岁月流过母亲河

李 剑 著

山东文艺出版社

图书在版编目（CIP）数据

岁月流过母亲河 / 李剑著 . -- 济南：山东文艺出版社，2022.10

ISBN 978-7-5329-6690-5

Ⅰ . ①心… Ⅱ . ①李… Ⅲ . ①散文集—中国—当代Ⅳ . ① I267

中国版本图书馆 CIP 数据核字 (2022) 第 124185 号

岁月流过母亲河
SUIYUE LIUGUO MUQINHE

李剑 著

主管单位	山东出版传媒股份有限公司
出版发行	山东文艺出版社
社　　址	山东省济南市英雄山路 189 号
邮　　编	250002
网　　址	www.sdwypress.com
读者服务	0531-82098776（总编室）
	0531-82098775（市场营销部）
电子邮箱	sdwy@sdpress.com.cn
印　　刷	肥城新华印刷有限公司
开　　本	890 毫米 ×1240 毫米　1/32
印　　张	9.25
字　　数	236 千
版　　次	2022 年 10 月第 1 版
印　　次	2022 年 10 月第 1 次印刷
书　　号	ISBN 978-7-5329-6690-5
定　　价	48.00 元

版权专有，侵权必究。如有图书质量问题，请与出版社联系调换。

序一：岁月浪花上的歌

天街小雨润如酥，草色遥看近却无。

最是一年春好处，绝胜烟柳满皇都。

这是唐代诗人韩愈的作品《早春呈水部张十八员外》，意为京城大道雨丝纷纷，像酥酪般细密而滋润，远望草色依稀连成一片，近看时却显得稀疏零星；这是一年中最美的景色，远胜过绿杨满城的暮春。这首诗表达了人们度过严冬迎来春天的欢悦。

如今，岁月的河流经过九曲十八弯，驶到了新的世纪新的生活里，虽说新冠疫情还在干扰着人们的生活，但历经举国上下众志成城的团结拼搏，战而胜之的曙光与希望就在前方。正是在这样的时节里，我读到了沂蒙作家李剑的散文集《岁月流过母亲河》，耳畔情不自禁回响起古人喜迎春天的诗句。

众所周知，人们时常用流水形容时光的逝去。"青春的岁月像条河，岁月的河啊，汇成歌汇成歌汇成歌。一支歌，一支深情的歌，一支拨动着人们心弦的歌"，当年，著名歌唱家关牧村为电视剧《蹉跎岁月》演唱的主题曲，生动形象地诠释了青春岁月。从某种意义上讲，李剑此书正是对逝去时光的回望。他用民谣般的语言来描绘所见所感，看似波澜不惊，却绽放着思想的火花，洋溢着浓浓的爱意。

我们随着作者的思绪文笔行走、随着故乡的河水翩跹地流淌，会感到那娓娓道来的平静美好的生活似曾相识，并且产生强烈的共鸣。我们从内心里真正明白：一本好的散文集能让人读到作者品格的高尚、性情的沉稳，以及面对苦痛挫折时的从容淡定。字里行间，传递着温暖的阳光、和煦的春风和积极的心态。而这些，又会感染着读者的情绪，让你我他的心也跟着明媚了起来。

比如他在《病中悟幸福》一文中这样说：

> 小的时候，觉得幸福是一种物品，得到了，便幸福了；长大以后，觉得幸福是一个目标，达到了，便幸福了；如今日趋成熟了，感觉幸福就是一种心态，悟透了便是幸福。

这一个"悟"字，给予了读者心灵的启迪。

在人间，我们总是忘不了苦痛的折磨、生活的击打，那些经历如风霜磨砺成的一把利刃一般，时常被提及并刺伤自己，削弱本属于我们的幸福和快乐。究其原因，不就是不少人把幸福当成了物品，时时想占有它，当成了物质与精神追求的目标，时时想完成它吗？可当我们静下心来，坦然面对生活的风霜时，才猛然发现，原来幸福真的是一种心态，它需要人们慢慢从生活的苦涩中咀嚼出甘甜的滋味来。

"问世间，情是何物，直教生死相许？"对于这人生的发问，古往今来大都认为说的是男女爱情。实际上，最宝贵最无私的情，当数包括爱情在内的亲情。因为这是血浓于水的感情，那些描述亲情的最美文字，没有刻意的修饰，而是自然而然的迸发。请看作者在《李子，我的小可爱》一文里描绘对外孙女的爱：

> 你就是个开心果，在临沂的日子里，我们家热热闹闹，笑声不断，你给我们平添了许多乐趣，我们累并快乐着。
>
> ……在你转身离开的瞬间，姥爷这个七尺汉子转过头去，止不住地擦眼抹泪，满心的失落。

作者李剑是位孝子，深受父母高洁品格的影响，对之念念不忘。在《母爱如诗》这篇文章里，他讲述了这样一段往事：

> 我陪父母去探望他们当年的班主任——临沂大学年愈九旬的王立合老教授时，他还激动地说："当年要是没有你父母的保护，我早就被那帮造反派整死啦……"说着说着，王老已是老泪纵横。

读着这样的句子，内心的浮躁被一扫而空，安静与美好立刻涌现心底。人们会从中得到启迪：只要保持内心的善良与朴实，只要对"人间自有真情在"的初心不变，美好就会伴随前行。在《那遥远而又亲近的故乡》一文中，李剑这样写道：

> 一下车，我便紧紧地拥抱着五叔，一句话都没说，泪水打湿了他的肩头，他也只是一个劲地安慰我："没事，没事，都过去了，一切都会好的……"
>
> ……故乡是用来疗伤的，它像创可贴，依附在身上就能化瘀止痛；它又是一剂慰藉心灵的良药，能让你从内心走出挫折和困境，坚强地面对人生。故乡是包容的，不论你是衣锦还乡，还是蒙难落魄，它都会像当初送你离开时那样和你相拥相望。

是啊，当面对突如其来的变故的时候，当经历人生大起大落的时候，正是因为有祖父辈品格的影响和对故乡、亲朋、同学深深的依恋之情，人们才不会哀怨悲观、停滞不前，内心反倒变得平淡如水，对生活看得更开、更透，悟得更深、更切，对爱也会变得更加执着与深情。

那么，在漫漫的岁月长河里，我们又是怎样赢得生活的理解与勉励呢？在纯朴善良之人的眼里，李剑笔下永远是那些闪光的灵魂和人格，从一事一物中，让我们学会感动与珍惜。正如《永远的怀念》中的奶奶，《盛开的山杏花》中的葛悠扬，《如果第一眼便能明白爱》里的男主人公何阳，在面临人生重大转折时，都能做出符合自己内心的抉择。

而在《那把舀子》里，作者更是用这样的句子来描述：

母亲手中的舀子似乎已不只是一件普普通通的生活用具，而是一下子变成了"金不换"，它承载着艰苦朴素的家风、血浓于水的亲情和难以忘却的过往，值得后辈永远珍藏。

这样的身边人、身边物、身边事，经过李剑朴实无华的文字描述，呈现到读者眼前。那些人是那么普通平凡，却又那么伟岸高大。普通平凡的是他们的身份，伟岸高大的是他们的品格与灵魂。他们时时左右着读者的眼眸，激荡着读者的灵魂，让读者深深明白，在人生漫漫长路上，就应该让内心的阳光蓬勃盛开，一路且行且吟。

在春夏秋冬的更替中，人生本是一场旅途，左边是花海，右边是山水，后面是画卷，前面是未来。暖阳与和风，霜雪与细雨，沧海与桑田，我们一路走，一路经历，当所有的爱恨情仇在心底化为诗行的时候，它们就会成为我们精神的寄托，成为治疗内心孤独与苦痛的良药。

《国庆抒怀》中有这样一段话："总有许多话儿难以诉说，总有几多深情难分难舍,祖国啊,就喜欢这样紧紧依偎在您的胸窝。"而在《天涯海角总关情》中,作者写道:"一家人听着看着,不时发出由衷的赞叹,都为生活在这样一个日益强大、繁荣昌盛的社会主义祖国感到无比自豪和骄傲。"字里行间无不流露出对党和祖国的热爱,体现出浓浓的家国情怀。

简言之,透过《岁月流过母亲河》这部散文集,能看得见乡愁,留得住记忆,找得到真情,读来让人动容。作者分别从乡情亲情、心灵感悟和且行且吟三个方面写起,内容各有特色,各有亮点。字里行间,犹如浪花上升腾跌宕的村歌社舞,流淌着对生活的热爱、对亲情的呵护、对往事的怀恋、对风景的描绘,融进了读者的眼睛,净化了读者的心灵。

正如没有十全十美之事一样,如果选本再精练一下会更好。当然瑕不掩瑜,此书独树一帜,将庸常岁月谱写成了生活之歌,值得阅读和收藏。说起来,我与作者李剑还是有缘的:当年我主持《山东文学》工作时,就曾编发过他的作品,颇为欣赏他在繁忙的行政工作之余还能潜心读书写作。所以,当我看到他拿出这样一部散文佳作时,一点也不感到奇怪,而是会心地致以深深的祝福!

是为序。

许 晨

2022年5月于青岛崂山脚下

(许晨,鲁迅文学奖获得者,中国作家协会会员、山东省作协原副主席、《山东文学》原社长主编、青岛市作协名誉主席。)

序二：用温情的书写追问世界

散文是有情的作品。

对于常年在纸张上耕耘的写者来说，读到好的文字，如久旱逢甘霖，无疑是一件幸福和幸运的事，欣喜如同萌动着的绿意在内心呼呼疯长，这也是我读作家李剑即将出版的散文集《岁月流过母亲河》时的最大感受。

疫情季诸多限制，恰是读书好时节。《岁月流过母亲河》分3个章节，有70余篇文章，从乡情亲情出发，到心灵感悟，再到且行且吟，李剑时刻都在捕获生活的点滴，将日常生活信手拈来，以敏锐与纤尘不染的赤子之心，对生活不回避，也不高估，任由或简洁、或优雅、或怅然的文字蓬勃生长，任由其恣意地流淌成了今天我们看到的一片爱与真情的海洋。

一

李剑的笔下满溢着真爱之美。

爱是世间最美的语言。危难当前，尤显可贵。亲情乡情，虽是世间寻常，写好却实属不易。究其原因，主要是人类所有的情义——无论是乡情、友情、亲情，还是爱情，多共性，易雷同，难感人。然而，李剑笔下蕴含着的人间真情不但感动了我，更让我久久不能自已。

　　整部文集从乡情亲情出发，足可以看出"爱"是这部集子的底色。字里行间弥漫着浓浓的大爱真情，即便言说思念、忧伤或困苦，那思念、忧伤或困苦的根部也全是爱，是爱在困难挫折中开出的花蕾，是爱到一定程度后结出的果实。这些爱，不仅是单纯的亲情之爱、友情之爱，更多的是体现在爱生活、爱社会、爱自然、爱世间万物、爱至善至美。这份爱是发乎内心却超越小我的人间大爱，是充盈着浩然正气的人间真爱。《母爱如诗》几乎就是天下母亲的真实写照；《牵挂最是慈父心》《父亲的背影》则是天下父亲的缩影；《那束淡黄色的康乃馨》表达的是一个6岁女儿对母亲纯真无瑕的爱恋与感恩；《那些年，我曾经被"邮递"过》讲述的是每逢周末由邮递员将其从县城"邮递"到乡下爷爷奶奶家的故事，却让读者从中读出邮递员"任大个儿"的亲善敬业、认真负责，读出淳朴真挚的乡情和似曾相识的其乐融融的亲情画卷；《那又酸又甜的山楂果》《流年匆匆》写的是李剑真实的经历，朴实无华，直击人心；《最浓是乡情》满溢着朴素的同学之谊；追忆同学的《梨花带雨——追忆我的同学刘常霞》更是撼人心扉，在《人民日报》融媒体一经刊发，短短一天的时间，转发量便突破30万；《月圆人缺——张二利博士百日祭》追忆的是同事，痛惜的是人才，表达的是对一个外乡人纯真无私的情谊和沂蒙山人宽广友爱的胸怀；《清明，春雨把思念挥洒》怀念的是先烈，是抗疫英雄，表达的是家国情怀……虽都是我们日常最熟悉的生活和事物，但当这些生活的经历和情节、细节，经由李剑的笔一一呈现时，那种震撼和感动竟然是加倍的强烈——这些作品情理俱佳，是李剑作为知识分子对现实社会的介入，显示的是一位作家的济世情怀与社会担当；同时，生活匆匆，生命匆匆，我们因看惯了四时更迭而变得迟钝且漫不经心，轻慢了大量本应该珍视的瑰宝,对我们的父母如此,对朋友、邻居等我们身边最普通的人同样如此。然而,无名的考生、卖山楂的女孩、邮递大叔等,在李剑的笔下宛如春风,一经捧读便暖了那颗粗糙之心。这些简朴的文字,因为满溢着爱,也就有了质朴无华的底色和真切感人的本色,从而具有了强烈的生命力。这些作品,凝聚着李剑对生活的满腔热爱,凝聚着他充满睿智的观察与畅想,更凝聚着他特有的文学追求和人文情怀。

二

李剑的笔下满溢着纯朴之美。

《那遥远而又亲近的故乡》无疑是分量很重的一篇。该作仅 3000 余字,却写出了沂蒙乡村的简朴至美,写出了亲情蕴含着的力量,更写出了故乡给予心灵的安宁和慰藉;《夹谷毓秀百合妍》于轻松愉悦中呈现和谐秀美、风景如画、安居乐业的沂蒙景色;《家乡的秋色》呈现的是"玉米冒缨,高粱吐穗,大豆结荚,芝麻挂满果实"的充满活力的沂蒙丰收景象;《古城夜思》里,那一轮皎洁的月亮,照见的是沂蒙古城的秀色,传递的是沂蒙传统文化的韵味;《皖南情思》带来一曲皖南三月婉转悠扬的娇嗔恋歌,"那些柳枝、树影、浮萍,还有鸭鹅等,好像成了绸缎上的印花",将厚朴与宁静之美衬托得活了起来,更显出山高水长,海阔天空;《悠悠南疆情》由"夜栖老山"到"西畴印象",再到"浩气长存""永德情深",深情讲述了对长眠老山的烈士们的敬爱和"高山下的花环永远鲜艳,老山上的红旗世代飘扬"精神的传承,讲述了"西畴人民战天斗地、改造自然的生动案例"和对壮乡苗寨的祝愿,讲述了"改革先锋"杨善洲老书记的丰功伟绩,讲述了中缅边境线上璀璨明珠永德的人文历史、风土人情……高天厚土，大气磅礴，表达了这一方水土和这一方人民爱家乡、爱祖国、爱亲人、爱生活的人性大爱。流畅清新，好读耐看。每个章节都带有强烈的情感，平实朴素的字里行间埋藏着一种感人至深的力量，表现了时代的波澜壮阔，让我记住了这些美丽的土地和生活其中的人民，并从他们身上汲取到勇毅的精神力量……

文字因爱而美好，人间因爱而美丽。正是因为爱，李剑的每一篇文章都富有现实感和表现力，因而具有别样的亲切感和丰富性；在他的每一篇文章里，无不展示着真诚、质朴，散发着生活沃土的芬芳，如清澈的小溪，如涓涓的细流，让人忍不住走进、融入且感同身受，那份欢喜和共鸣，不自禁地便会引起心灵的激荡。最可贵的是李剑于从容的叙述中释放出深邃的思想、厚重的责任感，以及对人性的种种感悟与思考，值得赞许。

三

文学是人学，作品如人品。

有人说，从一个人的作品中可以看出他的学识、修养、人格。正所谓艺术源于生活，生活就是广大的社会。作品之所以是这种样子而不是另一种样子，皆缘于作家赋予了它特有的思想、特有的生命力。这种思想、生命力，是作家自己的修养、胸襟、理想在作品中的映像。正因如此，成熟的作家都有自己特有的标签：李白豪放不羁、陶渊明恬静自然、路遥顽强抗争、王鼎钧感性睿智。我所热爱的著名作家周晓枫也有其特有标签。周晓枫的散文集《有如候鸟》仅一年时间便连续印刷七次，但她总说自己是"小众"。通读了李剑的作品后，我感觉到他和周晓枫的文字都饱含着一份纯真的情愫。

与我一样,李剑生活在沂蒙。这片美丽的文学沃土,有着丰富的传统文化、著名的红色文化,更有新时期形成的具有沂蒙特色和活力的现代文化。近年来,沂蒙的散文如雨后春笋般繁茂,且达到了一个新高度,百花文学奖、冰心散文奖等许多重量级的奖项纷沓而至,《人民日报》《散文》《散文海外版》等重点刊物上时有临沂作家的名字出现,一大批优秀的创作群体和高质量的文学作品在全国引起广泛关注。

与李剑相识是在今年的春天,印象中的他豁达正直、认真诚恳、儒雅稳重、风趣幽默、淡然从容。他对文学的热爱和对人生的豁达,尤其让我肃然起敬。

母亲的古诗词教育启蒙,打下了李剑深厚的文学基础;从小学到中学努力写出典范作文,再到大学时的校报记者经历以及工作后经年的笔耕不辍,练就了他扎实的文字功底;良好的家风和多年的组织工作经历,造就了他严谨的文风;手不释卷的良好习惯,提升着他的文学修养;生活中的挫折则锤炼了他坚强的个性;沂蒙故乡的传统文化、红色文化(八路军一一五师指挥部和刘少奇、罗荣桓等革命家在李剑生活的小村待过一段时间),苍山叠翠、冠山仙境、鬼谷驻迹、沭河古道、栗海金沙等著名景点和历史传说,都给予李剑丰富的人文滋养。莫言说:"作家写故乡,是一种命定的东西。"是的,月是故乡明。故乡,永远是作家的根、文学的魂。李剑把文学的目光深情投向美丽苍茫且厚重的沂蒙大地,把对故乡亲人的爱融入自己的笔端。《湖畔》《栗林深处》《情系马陵山》《沂河晚秋》等文章,或行思坐想,或深思笃行,细腻深情的笔触无不回应着大地的恩泽,闪耀着智性的光辉,更展示着生态之美、人文之美、历史之美,使万物可亲,让心灵富足。

四

"让情感自然地流淌,借景抒情,借物喻人,用幽雅的意境将思想和感情融入日月星辰、山川河流、花草树木等自然界的一切,感悟真谛,品味人生。"我十分认同李剑的散文观。

真正写好散文的人,最是有情之人。优秀的散文,无不是有感而发、行止随意、从容而为;优秀的散文,会让人内心柔软、温情款款,触发读者巨大的感受力,从而向美向善向好向未知的远方一路前行。此时,我正阅读着《岁月流过母亲河》,文字简单朴实,主题却深刻美好,表达的意愿让人沉思,处处显露着温情爱意,恰如此刻窗外涌来的初夏的夜风。

春意藏,夏初长。在此,愿李剑所有的播种都能丰收,所有的付出都有收获。行进于新时代壮阔的洪流中,愿他继续用率真、从容的笔触和真情,予日常生活以星辰大海,紧贴大地,书写生活之美、人间之爱、岁月之暖。

我们期待着!

张 岚
2022 年 6 月

(张岚,百花文学奖、冰心散文奖获得者,中国作家协会会员、中国散文学会会员、山东省作协全委会委员、临沂市作家协会主席。)

序三：此心安处是吾乡

一

壬寅春夏之交，欣读《岁月流过母亲河》，倍感亲切。

大约二十年前，随众人去李剑的老家临沭，自此结下相识之缘。那时，在县直部门任职的他，是不折不扣的文学青年。工作之余，他勤奋写作，诗歌、散文、通讯报道，处处开花。他对到来的众人，热情周到，极尽东道主之谊。饭后，又专门带领一众游沭河古道，边游边讲解，不觉暮色渐晚。橘红的夕阳、连绵的芦苇、黄昏的微风与成群的归鸿，一并化为记忆。此去经年，虽再无机缘重游，可每逢兼葭苍苍的季节，我便想起古道秋色和热情好客、文采飞扬的李剑。

白驹光阴，再相聚已是今春。仪表堂堂的李剑仍如当年一般，有顶天立地的气概。隔了多年时光相遇，他性情依旧，文学情怀依旧。笔会上，他为大家讲了一个又一个精彩故事，无意中凸显了小说家的特质，让我再次叹服："才子就是才子。"

当听说他的散文集即将面世时，我一点都不意外，在我的心里，才子李剑写作、出书，是水到渠成的事。向他要文稿，我想先睹为快。

读着他的文章，记忆里的沭河古道、静美秋色、芦苇晚风，一并摇曳眼前。

二

李剑散文，有的是国画中细细润染的工笔，如摄景物之魂的《夹谷毓秀百合妍》，既呈现天人合一的境界，又闪烁童话般的光芒，引人遐思，予读者以无穷的美感趣味；有的是粗犷潇洒的大写意，如自然洒脱的《沂蒙春来早》，逸笔草草，情趣盎然；有的既有精心的描绘，又有酣畅的写意挥洒，形神兼备，意蕴幽远，如《那遥远而又亲近的故乡》，细细品读，体会到"此中有真意，欲辨已忘言"，体会到峰回路转、柳暗花明。

跟随李剑的文字，重游临沭。他笔下的沭水、冠山，乃至乡野的风土人情，读来亲切鲜活，春风扑面。《情系马陵山》《心中那条流淌的河》《最浓是乡情》《清明，春雨把思念挥洒》，质朴无华，感情饱满，引人入胜。

读李剑散文，读他丰沛的情感与思想。读他的成长史，他的人生履历，他的心路历程，读出了浓浓的长情与深情。自幼年起一直与他相伴的亲情，陪伴他成长的友情爱情，眷恋故乡风物的乡情，构筑了他生命里最丰赡的人生底色，这是他的福报，也是他坦然笑对人生风雨的底气与自信之源。

读李剑散文，读出了他的人生智慧。生活中的李剑，是修身齐家的典范，他以身作则，培养了优秀的女儿。《申奥·爱女》《为女儿庆生有感》《又是一年高考季》《写在女儿进京求学前》《牵挂最是慈父心》《天涯海角总关情》，这些展现舐犊情深的笔墨，让一个令人称羡的好父亲跃然纸上;他是诠释伉俪情深的好丈夫,一篇《我想……》是他对妻子的承诺与爱恋;对于长辈,他更是孝心满满,《记忆中的童年》《永远的怀念》,记录着医术精湛、菩萨心肠的奶奶与慈爱勤劳的爷爷对他的疼爱呵护,而《母爱如诗》《父亲的背影》《那把舀子》《一年又一年》,又以真挚情感传达了血浓于水的亲情与朴素家风。寸草春晖,道是平常也动人。

三

在李剑的散文里,读到了至亲长辈的言传身教,这无形中塑造着他的人格与品行。李剑的人格魅力,正源自家风的传承与熏陶。作为一个被亲情滋养的人,他在生活中感受爱,付出爱,回馈这个世界一片深情厚谊。于同学朋友,他是侠肝义胆助人为乐的才子。师生情、同学情都是他生命里不能忘却的情谊。《湖畔》《曾经的地方》《难忘我当校报记者的岁月》《费县的东霞,还有师专》《金秋喜相逢》《寻梦母校》《回眸青春》《跟我远行》《梨花带雨——追忆我的同学刘常霞》等回忆散文,记录着幼时两小无猜的玩伴、求学时的同窗情谊与浓郁芬芳的青春岁月,发自肺腑,率真朴拙,唤起读者心中的共鸣。毕业走上工作岗位,他把最美好的韶华奉献给组织工作,组工岁月为他的人生留下浓墨重彩的一笔。工作中的李剑,是同事眼中的好领导好上司,《甘为人梯终不悔》《致敬!无悔的青春》,一片赤诚,启人心智;《又逢重阳》,是他对工作中自创新意的记录,他把对长辈的敬爱投射在工作里,爱心与担当相融,收获了无边的快乐与感动。

同样拨动读者心弦的,还有李剑在《流年匆匆》中对晕场女生的宽慰,对面试败北青年的惋惜,文中透出的人性暖光,令读者动容。

这是他的仁爱之心，也是他惜才爱才的品德使然，这种慈父般仁厚的品质，还体现在《那又酸又甜的山楂果》中，他以实际行动表达了对卖山楂的女孩的悯恤，对弱小群体的关爱，传递出人性中最柔软美好的慈悲，让我想到那句"世间所有的惊喜和美好，都是你积累的善良和人品"。

四

李剑的游记情真意切，别具一格。幼年时所受的教育，使他把对革命先烈的崇敬之情融入灵魂，知行合一。在《彩云之南，回味悠远》里，在腾冲国殇园，他手捧鲜花，祭奠9168名抗战时期的远征将士，与飘落的天雨一起为英烈们的壮举垂泪，呼唤英雄魂兮归来，读来如歌如泣，荡气回肠。

五

读李剑散文，读他的洞见与思考，柔情与豪情，睿智与豁达，宽广与胸怀，勇毅与坚守。文如其人，多年组工工作，使他形成独特的行事风格与文学气质。他周到缜密，细致入微，幽默达观，百炼钢成绕指柔，具有从善如流又与众不同的顶级人格魅力。他所到之处，春风化雨，润物无声。

读李剑散文，读出了他对文学初心的坚守、追随与深情。那是一种"情不知所起，一往而深"的情愫，是一种同道们心领神会却难以表达的感觉。所谓精神家园、精神世界、灵魂伴侣之类的词汇，都无法完全描摹那种感觉。我只能拙言，那是一种崇高又神圣的感情，借用我最崇拜的作家毛姆说过的一句话"阅读是一座随身携带的避难所",那么,写作也是。真心与文字拥抱的人,方才体悟到"无用之用方为大用"的人生之妙。人生如海,每个人都需自渡的方舟,相比于物质的光环,文字是心灵的城堡,自足与丰盛,圣洁与辉煌,无与伦比,不可言说,不禁忆起海子的一句诗:"天空一无所有,为何给我安慰。"写作中的李剑,已避开了外在的喧嚣,找到了自己的人生节奏,以魏晋式的洒脱不羁,静听花开花落声,闲看云卷云舒。

读李剑散文,读他心中的山川明月,感受他对脚下这片土地的深沉之爱。《我在郯国古城等您》《有凤来仪》《古城夜思》,长风浩荡,清新豪健,文采熠熠,殷殷之情呼之欲出;而《金陵会记》《金秋古郯会记》《龙川湖记》,皆是他畅游文学之海后的佳作,"俱怀逸兴壮思飞",令人击节赞叹。

六

读李剑散文,读他不谙世事的天真烂漫,读他听涛观海的豪迈,读他的生活感悟、文化随笔,感受一片爱与美的情怀。他的文字,或直抒胸臆;或借景抒情;或借物喻人;或不事雕琢,出水芙蓉;或琳琅珠玉,灿然星陈。福慧双修的李剑,在世俗层面和精神层面已登顶,可谓"一览众山小",入世亦出世。他书写的动力源于才华,更源于爱与生命的丰盈。付出与收获,感恩与回馈,舍得与放下,智慧与修为,种种人生历练与感悟,化为生花妙笔,让文字富有质感,端正清雅,异趣横生。

读李剑散文,读他的自省谦逊,内敛缄默,明朗欣悦,善良质朴,坚韧向上,远见卓识。在这个疫情仍未散去的夏天,读他的浩然之气君子之风,让人感动、振奋,平添向上的力量。

"此心安处是吾乡。"祝福才华横溢的李剑与文字同行,福至心灵;拈花微笑,福德圆满。

胡英子
2022 年 6 月

(胡英子,山东省作家协会会员,主要作品有长篇历史人物传记《谢道韫》,另有长篇小说《机关男女》《漂在机关》。)

目录

1 序一：岁月浪花上的歌
6 序二：用温情的书写追问世界
12 序三：此心安处是吾乡

辑一　乡情亲情

2 那束淡黄色的康乃馨
4 家乡的秋色
7 心中那条流淌的河
11 申奥·爱女
13 永远的怀念
18 又逢重阳
23 记忆中的童年
27 写在女儿进京求学前
32 一年又一年
36 那遥远而又亲近的故乡
42 沂河晚秋
45 母爱如诗

53	父亲的背影
57	天涯海角总关情
63	牵挂最是慈父心
67	为女儿庆生有感
70	又是一年高考季
74	金秋喜相逢
77	那些年,我曾经被"邮递"过
80	李子,我的小可爱
83	我想……
85	最浓是乡情
89	拜　年
93	那把舀子
96	搬　家
99	沂蒙春来早

辑二　心灵感悟

104	跟我远行
105	橄榄绿,我永远的梦
108	难忘我当校报记者的岁月
111	如果第一眼便能明白爱
115	回眸青春
118	珍惜年轻时光
120	甘为人梯终不悔——《人梯》序言

126	《廊桥遗梦》观后随感
129	生命如歌
130	月圆人缺——张二利博士百日祭
135	病中悟幸福
138	愿疫去春媚
140	水　边
142	清明，春雨把思念挥洒
145	静听花开花落声
147	雨夜遐思
149	读书、行路与写作
151	国庆抒怀
154	一部穿越时空的立体电影——《吾家小史》读后感
157	古城夜思
160	梨花带雨——追忆我的同学刘常霞
166	致敬！无悔的青春
170	有凤来仪
173	流年匆匆

辑三　且行且吟

180	梦里水乡
183	杏山桃花红
185	曾经的地方
187	夹谷毓秀百合妍

193	漫山红叶醉南园
196	野　泳
199	栗林深处
203	悠悠南疆情
210	寻梦母校
215	龙川湖记
218	这个冬季，还有那抹新绿
221	湖　畔
224	金陵会记
226	工作的第一站
232	小　站
235	那又酸又甜的山楂果
238	盛开的山杏花
241	费县的东霞，还有师专
245	金秋古郯会记
248	情系马陵山
253	我与书城的不解之缘
256	皖南情思
260	彩云之南，回味悠远
264	我在郯国古城等您

后　记

269	徜徉文海品味人生

辑一

乡情亲情

　　总想找段完美的诗句,把埋藏在心底的情愫表达,哪怕浓缩成一句话足矣,可我却找不到任何贴切的话语能把乡情亲情概括;总想撷一朵优雅的花儿,把深深的思念表达,可是终没忍心去碰触那鲜活的每一朵。春树暮云,叶落归根,飘忽在游子心灵深处的那抹淡淡的愁,只能用款款深情来诉说……

那束淡黄色的康乃馨

这个周末,少有的清闲,和妻一起在朋友家闲聊,时间很晚了,才带着淡淡的倦意回家。

透过夜幕,看见整个宿舍楼上只有我家的灯光还在静静地亮着。

"这孩子真粗心,嘱咐了多少遍,临睡前还是忘了关灯。"妻自言自语地抱怨着。

"女儿还小,以后慢慢会注意的。"我替女儿辩解。

打开房门,眼前的一切令我和妻始料不及:女儿已和衣躺在沙发上睡着了,一条腿搭在沙发下面,稚嫩的脸上挂着甜甜的笑,胸前抱着一束淡黄色的康乃馨,朵朵鲜花在柔和的灯光下显得更加娇艳美丽。听见声音,女儿醒了,站起来揉揉惺忪的睡眼,脸上绽开了笑容。

"妈,才回来啊,我一直等您呢。今天是母亲节,这花是我用平时攒的零花钱买的,感谢您为女儿付出的辛劳,愿这束康乃馨给妈妈带来幸福快乐!"女儿娇嗔着。

妻一下子怔住了,眼里噙着泪花,看得出,她和我一样也没有意识到今天是个特殊的日子。这一刻,我突然发现那个稚气未脱、天真烂漫的孩童长大了,6岁的女儿真的长大了!

妻紧紧地把女儿搂在怀里,亲吻着她的面颊,喃喃地说:"女儿,你长大了,知道想着妈,知道疼妈了……"

女儿扬起小脸，噘着小嘴告诉我："爸，奶奶生你气了，嫌你不送花给她，我要给她送，她说今天不是'奶奶节'……"

我的脸唰地红了，神情一点也不自然。

"爸爸，别吃妈的醋。等父亲节到了，我也一定送您一件礼物，您可别忘了给爷爷送啊！"女儿天真地说。

夜已很深了，我却难以入眠。望着那束弥漫着亲情的康乃馨，我的心在隐隐作痛。父母含辛茹苦地抚育我成长，而我整天忙忙碌碌，很少能想到他们，近在咫尺，却想不到常回家看看，还不如刚懂事的女儿啊。

柔和的月光透过小窗洒在床上，女儿静静地躺着，笑靥如花，睡得是那样心安，那样坦然。妻轻轻俯下身，给了她一个甜蜜的吻。

家乡的秋色

"我们曾经终日游荡在故乡的青山上……"每每听到经典老歌《友谊地久天长》的旋律，思绪总带我回到家乡——苍马山下那个背山面水的小村庄，那情那景恍如昨日，回忆悠长。

立秋时节，雨后初霁，苍马山景区渐渐凉爽。驾车在后山的旅游路蜿蜒盘旋，路旁苍翠欲滴，景色宜人。远观，河汊交织，阡陌纵横，将这醉人的秋色分割成一幅幅精美的画卷。

后山的幽静与山前景区的嘈杂对比鲜明。这里远离尘世的喧嚣，只有宁静秀丽的山乡和辛勤耕作的农人。停车驻足，耳边松涛阵阵，头顶云海如絮，空气中松香、艾香、花香扑鼻而来。目之所及，蝶舞花绽，牛羊满山，田野里、沟坎上、小溪边草丰林茂，生机勃勃，青葱列队，玉米冒缨，高粱吐穗，大豆结荚，芝麻挂满果实……好一派充满活力的丰收景象。年复一年，这些作物还都是过去的样子。

山坳的青檀谷，南北长近两公里，西邻响马岭，东连马山，谷幽林秀。青檀、刺槐与马尾松覆盖坡上，狗皮毡子草绿茵如毯，一树树的苹果虽然青涩，但也开始从套袋中探头探脑，木槿、一串红、波斯菊、百日草，还有那些不知名的花草点缀其中，组合成一座没有围挡的花果园。漫步谷中，只觉仙气顿生，抬眼望去，"鬼谷驻迹"四个汉隶大字跃然壁上。传说鬼谷子王禅在此修炼期间，曾教授了孙膑、庞涓、苏秦、张仪等多位高徒。侧耳细听,云端仿佛又传来鬼谷子传道授业的抑扬顿挫之音。窦王庙安在,岁岁供奉,却再也听不到古战场上窦王率军征战的鼓角声。幽谷深处,银杏参天,花草遍地,慧济寺禅香缭绕,经声抑扬,余音绕梁,那浑厚的暮鼓声宛如天籁,充溢着空灵神韵,善男信女心虔志诚,祈福修行。

  走进初秋,不禁感叹于大自然的巧夺天工。这个季节的颜色是最朴素的,不用修饰,不用渲染,有的是恒久而辽阔的清新明媚,有的是昭示生命力的绿意盎然。置身山顶云端,仿佛进入了久远的梦境,这里才是最贴近自然的地方。我们一起围坐在树影稀疏的山坡上,五彩的叶子或挂在枝头或长在田间,伴着风铃般的悠扬声,随风舞动着飘逸的洒脱。叶子中间总有些瓜果点缀,让我们萌生出成功的喜悦和展翅欲飞的冲动。周围骆驼饮水、神龟回望、老子问天等富有灵性的象形岩石,虽历经沧海桑田,看着还像童年记忆中那样熟悉。此时此刻我们忘情于群山深处,仿佛踮起脚尖,就能笑看云端……顶峰那座航标依然屹立,那是年少时我们攀登的目标,每次登山,都会树立不到航标非好汉的信念。这里海拔399米,是家乡的最高峰。那时的我们总是喜欢站在山巅举目四望,一股征服的愉悦和自豪感就油然而生。就这样在秋天里回忆,说着当下,憧憬着未来,谈天说地,仿佛回到从前的岁月。晚霞醉人,不知不觉,我们的脸上都罩上了一层油画般的色彩,变得不再那么清晰。漫步在山间小道上,大家嬉笑打闹,采花折柳,无拘无束。每个人都笑得那么灿烂,找到了未泯的童心,忘记了天上人间、万事万物,仿佛宇宙间只剩下初秋和我们,大家犹如童话里的孩子。临上车,妻还掐了一把地瓜叶,准备回家做"渣豆腐"呢。

  车过叠翠峰,远远望去,秋色掩映下的滨海烈士陵园松柏翠绿,花团簇拥。那里长眠着1500多名革命烈士,记载着山东人民抗日战争时期的光辉历史。园内碑亭林立，纪念塔、馆整修一新，人民英雄纪念碑巍然屹立，使人肃然起敬。打记事起，每年我都会心怀感恩和敬意，一次次地来到这个圣洁的地方缅怀先烈们的丰功伟绩。

　　山下的凌山头水库碧波万顷，若隐若现，恰似一条飘舞的玉带，又似一条腾空出海的蛟龙，沐着夕阳的余晖，波光粼粼，更显浩渺。站在水边的岩石上，望着金光闪闪的水面，看白色的浪花一排排地冲击着水岸，给脚下的灰色岩石镶起一圈一圈的花边。鸥鹭哨子般的叫声传来，分外空灵，我们四下张望，却找不到它们的踪影。暮色四合，月挂天边，水面更为空阔辽远，我们更显渺小。晚风轻拂着我们的头发，顺着袖口、裤角灌入衣衫，脚下的岩石稳固如磐，银色的沙滩一望无边，我们站在这里，犹入仙境。这绿水环绕青山，刚柔并济，人与自然高度融合的画面就是初秋最美的景观。

　　秋的色彩是绚烂的，无须虚化，不用乔装，万紫千红是自然的基调，叠翠流金是随处可见的风景。它没有春的煦风细雨，夏的热情似火，冬的稳重沉着，恰如人到中年，经历了季节的轮回和成长的坎坷，有的是成熟和希望，有的是收获和硕果。

　　好想在家乡这秀美的山水间修身养性，颐养天年，感受这里的天高气清、花香满径、淳朴乡情，畅享人间天堂。

　　家乡的秋色惹人醉。这个秋天，你可以尝试忘情山水，融入自然，去感受万山红遍、层林尽染的精彩，去感叹"一年好景君须记，最是橙黄橘绿时"的悠然。

心中那条流淌的河

我曾游览过奔流不息的长江、波澜壮阔的黄河，也曾领略过西湖的美景、漓江的秀色，但流淌在我心间的却永远是家乡临沭那条古老而神奇的母亲河——沭河。尤其是沭河下游的古河道，堪称大自然的杰作，原始而古朴，静谧而安详，山水相依，令人神往。

深秋的一个午后，我再也按捺不住内心那份魂牵梦绕的情怀，踏着满地的落英，带着久远的心灵之约，去聆听大河的祝福。

当我踏上河岸边那个在白杨林后掩藏的古老渡口时，映入眼帘的一切是那样久远而亲切：水车、木屋、篱笆墙、木锨、鱼篓、针线筐……老船公的面庞黝黑发亮，和善的目光中透着坚毅，女主人的微笑热情而真挚，小女孩唱着欢乐无忌的童谣，连那条看家的小花狗也在友好地直把尾巴摇。这动静结合、声情并茂的场景，多像是一幅清新和谐的乡野风情画啊。

拿张草苫铺在船上，我盘腿坐在船头，那哗哗起锚的声音带我走进了梦的远方……

老船公是土生土长的沭河汉子，脸上刀刻般的印痕见证了大河的昨天和今天。老人能言善语，精神矍铄，声如洪钟，他一边掌舵，一边和我们寒暄。交谈中得知：这沭河古道曾是沭河的主河道，因沭水东调河水分流而未再进行开发整理，古道流经临沭县长约25公里，后经古郯人江苏，最后融进洪泽湖。两岸生态原始，河中芦苇丛生，环境优雅，水鸟众多。这是一条古老的河，十八弯水路上烟波浩渺，景象万千。两岸人民勤劳质朴，世世代代生活在这充满诗情画意的仙境中，创造了古老的文明。两岸散布着许多动人的故事，也流传着几多美丽的传说。

船行五六里，水面渐宽，约两百米，苇荡突显，水道回旋，船绕苇行，苇随风舞，鱼鹰引吭，白鹭欢唱，秋虫呢哝，风吹苇叶沙沙作响……各种声音相互交织，共鸣协奏，萦绕耳际，恰似一首苇荡交响乐。老船公告诉我们，这片芦苇五百多亩，栖息着一百多种水鸟，春夏秋冬，长年定居，且呈繁盛之势，周围的人们视它们为吉祥如意的象征，精心呵护，和睦相处，情深意笃，不愧是一方人与自然谐美的乐土。

船入苇荡深处，成群的野鸭在船头掠过，它们扎猛追逐，嬉戏水中，其乐融融。不远处，一位渔姑在下网捕鱼，她身姿矫健，动作娴熟，挂满笑容的脸上洋溢着收获的喜悦。"绿草苍苍，白雾茫茫，有位佳人，在水一方……"置身其中，似在琼瑶小说中徜徉，又似在《沙家浜》的意境里游荡。同行的朋友不由哼起了阿庆嫂经典的唱段："来的都是客，全凭嘴一张……"

桨声和歌声惊起了苇荡深处的一群白鹭，它们欢叫着，如令箭一般直冲云霄。"一行白鹭上青天"的美景重现在这古老的河道上。

沭河古道不仅仅是一川风光旖旎的秀水，更是一条底蕴丰厚的历史文化长河。在古道的中段，群峰沿岸绵延几十里，这就是马陵盛景，几乎每一座山峰都蕴藏着古老的传说。公元前341年，那场著名的齐魏孙庞大战即发生于此，至今庞涓仍抱恨羞眠亘卧于河畔的马陵样山之巅。置身古战场，手抚残垣断壁，耳畔仿佛又响起了疾雨般的马蹄声，那刀光剑影、龙争虎斗、两军浴血奋战的场景犹在眼前。"一将成，万骨枯"，古战场上遗留的满目疮痍更令人慨发出瞻思怀古之情。

在样山前端，一块巨石长卧于此，石身中三箭，箭痕如孔。传说远古的时候，此石生长速度过快，企图遮天蔽日、殃及百姓，玉皇大帝闻讯后，钦令二郎神三箭射穿，石无底气，从此不再生长。这块"箭眼石"在向人们昭示：自古以来，背民心者必遭诛之。

船出苇荡，顺流而下，一望无际的河面上波光粼粼，碧水荡漾。岸边密密的白杨亭亭玉立，仿佛日夜守护着这千古流淌的古河道。那一束束盛开着淡黄花的野菊，散发出幽幽的清香，沁人心脾，涤荡肺腑。黄的菊与众多不知名的山花野草相互映衬，编织出一幅色彩绚丽的壮锦。真想静静地躺在这浑然而成的帷幕中，头枕着大河的波涛，覆盖着蓝天白云，任秋风和浪花深情抚慰，温柔入梦。

夕阳西下了，晚霞笼罩在整个水面上，为宽阔的河面铺洒上一层火红，两轮红彤彤的落日在天地间遥遥相望，依依不舍。渔姑们摇着船桨，渔夫们忙着收网，不时能听到鱼落舱中的声响，整个河道成了一片收获的海洋。好一幅"长河落日红"的美景啊！

夜幕降临，古渡口的木屋上空升起了袅袅炊烟，顽皮的牧童趴在牛背上踏上了归程，河边的浣女在拾掇晾晒好的衣裳准备回家。我知道，我也该收起思绪告别这世外桃源了。我感叹大河的奔腾不息，如岁月，如宇宙，它孕育了生命，滋润了土地，哺育着万物，它也会引领我们进入一个个循环往复的轮回。我喜欢这幅天作的美图——自然流畅、隽秀清纯且富有灵气。

踏上河堤，久久地凝望着河水泛起的朵朵涟漪，老船公粗犷豪放的歌声依旧在我的耳边回荡：

大河哟，随着时光流，

岁月流过母亲河

水清清哟,天蓝蓝,
两岸鱼米香哟,风光无限美,
浪花伴着心花开哟,生活比蜜甜,
……

申奥·爱女

乍把申奥与爱女相连，似乎有点风马牛不相及，但细品其中奥妙，觉得挺有趣的。

2001年7月13日晚22时，国际奥委会主席萨马兰奇在莫斯科向全世界宣布：第二十九届夏季奥运会主办城市——中国北京！听到这振奋人心的消息，一家人沉浸在胜利的喜悦中，特别是爱女，高兴得跳呀，蹦呀，一遍遍地高呼："中国真棒，北京万岁！"我知道，除了发自内心地希望北京申奥成功外，女儿还有另外一个心愿。

爱女年方10岁，乳名"晓诗"，意为"通晓诗文"。到了上学的年龄，妻念及故乡蒙阴，便为女儿取学名为"晓蒙"，"理解沂蒙"之意。女儿挺乖巧，学习又认真，成绩也不错，整天念叨着要去北京上大学。随着女儿年龄的增长，年级的升高，我望女成凤的愿望也愈发强烈。终于在去年的国庆节，萌生了带女儿去京城拓宽视野、增长见识、支持申奥的念头。

在北京的五天，我们领略了五朝帝都的风貌。尽管长城气势磅礴，故宫古色古香，颐和园风景如画，但看得出来，爱女对此无暇顾及，只是一个劲地嚷着："去北大，看清华……"终于走进北大校园，爱女踌躇满志，在未名湖畔、图书馆、实验室间徜徉，末了还到教室一坐，俨然一个"小北大生"，一个上午乐而忘返，差点误了行程。

离京的前一天,一家人去天坛参加支持北京申奥万人签名活动。在祈年殿内,爱女双手合十,虔诚地为北京祈祷,并在申奥签名条幅上工工整整地写着:2008,北京好运,圆我大学梦!

申奥成功为爱女的学习增添了不竭的动力,暑假里,她比以往更刻苦、更努力,还把在北大校园的留影装裱一新挂在书房,每天都要细细端详呢。

暑假过后,爱女该升五年级了。掐指算来,2008年她将参加高考。期待着那一天,爱女进京上大学,我去赏奥运。

永远的怀念

奶奶离开我们整整二十年了。如果健在的话，她该 90 岁了。

二十年来，奶奶的音容笑貌时常浮现在我的眼前。她的热情，她的纯朴，她的善良，还有她倚在村口那棵老槐树下翘首盼我回家的画面将永远留在我的心田。

童年的我尽管生活在城里，但对家乡的眷恋是超乎寻常的，因为我喜欢那里的山山水水，那里的父老乡亲；那里有我的乐土、亲密的玩伴和最疼我爱我的奶奶，那里生长着我的根。

在家里我是长孙，也是奶奶的最爱。从小父母工作忙，是奶奶一手带大了我。上学后，每逢寒暑假我都要回到农村奶奶家，直到六七岁，我还央求奶奶搂着我睡觉。古老的村庄蕴藏着许多古老的故事。抗战时期，八路军一一五师师部曾设在我们村，刘少奇、罗荣桓、符竹庭等一大批老一辈无产阶级革命家都曾在这里战斗过，我军历史上著名的"小西安事变"——中共特别党员常恩多、万毅发动的"九二二锄奸"运动就发生在我们村。我最喜欢依偎在奶奶怀里听她讲打鬼子、锄汉奸的故事，听她倾诉辛酸的往事。高兴的时候我会和她分享快乐，伤心的时候我会稚声稚气地安慰她，为她拭去泪花。童年的好多夜晚我都是伴着奶奶的童谣和轻轻的拍打进入梦乡的。

奶奶疼我爱我，但这种疼爱不是无原则的溺爱。她经常教育我不要把自己当成一个"机关"孩子，不要因家庭条件优越而看不起农村的孩子，要和他们互通有无、打成一片。在奶奶的引导下，我的谦逊随和赢得了家乡孩子们的信任，小伙伴们从不把我当成城里孩子看，吃的同吃，玩的同玩。童年时期我结交了许多知心朋友，直到现在我回老家时仍能准确地叫出他们的乳名。回想起来，那段时光是人生中最美好的时光之一。

我还喜欢在奶奶目光的注视下赤着脚丫在大田里嬉戏，在河汊里摸鱼，骑在牛背上撒欢……更喜欢趁奶奶不注意躲在麦垛里，听着奶奶由远及近焦急地呼唤着我的乳名，然后等奶奶走过去了，我冷不丁冲到奶奶背后吓她一跳。每次得到的肯定是奶奶不愠不火的埋怨："唉，这孩子，不知道什么时候能长大成人呢，一点也不像他爸爸小时候那么听话……"

在奶奶喋喋不休的叮咛和唠叨中，我从一个懵懂无知的顽童渐渐长大了。从街坊邻居和父母亲戚的闲谈中，我对奶奶的了解由浅入深，对奶奶的爱也与日俱增。我佩服奶奶的坚毅、善良，并且富有同情心。

奶奶是个苦命人，娘家生活贫困，她又排行老大。苦难的家境使奶奶像当时大多数传统的中国妇女一样无缘接受教育。虽然没有文化，但奶奶天资聪颖。为姑娘时，她偶遇良医指点，从此潜心钻研医术，练就了一根银针治百病的绝技，对小儿病的诊治造诣匪浅。后来，家庭的重负使她不得不早早地嫁给了邻村靠给地主扛活为生的爷爷。那时候兵荒马乱、土匪肆虐，爷爷奶奶整天东一头、西一头地避难，夜不能寐，居无定所，历尽了苦难。奶奶虽没能投身革命工作，但她时时都在用自己的医术挽救生命，也弥补了当时乡村缺医少药的不足。

记得在一个风雪交加的大年夜，一阵急促的敲门声将我从睡梦中惊醒，奶奶披衣下床，自言自语道："这么晚了，准是谁家的孩子又得急病了……"打开房门,一个"雪人"扑通跪倒在奶奶面前,泣不成声地说:"大娘,求求您了,快救救孩子吧,可能不行了……"奶奶简单询问了一下病情,神情凝重,二话没说拿起医疗箱就坐上独轮车消失在风雪中……

那个风雪夜,我一个人害怕地蜷缩在被窝里,一直盼着奶奶回来。孩子最终得救了,可奶奶却因重感冒躺了好几天。记忆中,奶奶这样的经历不胜枚举。

奶奶行医只为积德行善,从来不图报酬。但每当诊治好一个病儿,纯朴的乡亲们总是送来红糖、油条、鸡蛋、小米等,他们在用这最古老的方式答谢奶奶。每每这时,看到奶奶自豪而满足的神情,我也由衷地感到幸福。童年时,我的口福多得益于奶奶的乐善好助。

多年来,经奶奶医治好的病儿不下几百人。她不辞劳苦,呕心沥血,有求必应,被四乡八里的百姓誉为"神医菩萨"。

三年困难时期,爸爸和叔叔都在读小学,吃糠咽菜的生活使他们的身体变得格外瘦弱,许多同龄的孩子都被家长拽出学堂挣工分度日。一段时间,爸爸和叔叔也萌生退学补家的想法,奶奶觉察后,明确表示宁可缺吃少穿也要供他们读书,及时打消了他们荒废学业的念头。困难磨炼了奶奶的意志,善于勤俭持家、精打细算的奶奶学会了用新法做豆腐。由于奶奶做的豆腐货真味美,再加上她为人忠厚、童叟无欺,不长时间便赢得了"豆腐西施"的美称,她做的豆腐不出家门便可换购一空。奶奶的辛勤使爸爸和叔叔都没辍学,他们接受了良好的启蒙教育。1959年夏,爸爸因几分之差没能进入县一中,奶奶失望极了,平生第一次大发雷霆。一顿训斥和埋怨后,奶奶最终给予爸爸的还是鼓励。后来,爸爸没负众望,在1960年春季班的招生中以优异的成绩考入了县一中。三年后,爸爸又以全班第一名的成绩考入了地区的师范学校,成了村里为数极少的学问人。爸爸接到通知书的那天，整个村子沸腾了，一向勤俭的奶奶也不顾家庭拮据，特意请了亲戚、近门和爸爸小学、中学的老师饱餐一顿以示庆贺。以后，叔叔也通过努力成了一所小学的校长。奶奶很受乡亲们的尊重，因为她培养出了两个"吃国库粮"的儿子，我知道，这也是奶奶最大的自豪。

奶奶是个热心人，乡亲们遇到难事都喜欢找她倾诉，让她帮忙出主意、想办法。平时村里有邻里纷争、婆媳争吵、妯娌反目等事，只要经她调解，多能风平浪静。久而久之，她成了村里有名的"和事佬"。爷爷生性倔强，认准的事往往八头黄牛也拉不回头。那年他因看林护路的报酬问题和村里发生了争执，时任村支部书记的婶婶进退两难，一边是自己的公公，一边是村集体的利益……奶奶看在眼里，急在心里，私下里帮助婶婶出主意、想办法，在婆媳两人的共同努力下，问题终于得到了妥善解决，既给了爷爷面子，又保证了村集体的利益没受损失。

斗转星移，光阴荏苒，奶奶的黑发被无情的岁月漂染得花白了。生性勤劳的她永远不愿放下手中的活计，依然拾拾掇掇地做些力所能及的事情，依然热情助人，依然古道热肠。儿孙绕膝，生活殷实，本该享受天伦之乐了，可一场突如其来的变故使我永远地失去了奶奶。那是我参加高考的前夕，听到奶奶遭遇不幸的消息时，我捶胸顿足、痛心疾首。当我一口气跑回老家时，奶奶已经与我阴阳两隔了。

奶奶生前是个普普通通的人，虽没能做出什么轰轰烈烈的事，但细微之处能体现出她的优良品格。在我的心中，她就是一座不朽的丰碑。孙儿没能实现尽孝的诺言，二十年来，这一直是埋在我心中的憾事。没有了奶奶，故乡似乎一下离我遥远了许多，但每逢重要节日和奶奶的祭日，我都会长跪在奶奶的坟前遥寄相思。

昨天是中秋节,我又去看奶奶了。值得欣慰的是,守护在坟茔周围的青松已苍劲挺拔,田野里丰收的图画时时抚慰着奶奶早逝的魂灵。

有青山相伴,有绿水相依,有亲人的无尽思念,奶奶永远不会孤单。

愿奶奶含笑九泉。

又逢重阳

"最美不过夕阳红,温馨又从容,夕阳是晚开的花,夕阳是陈年的酒……"这首《夕阳红》是我担任老干部局局长后学唱的第一支歌,也是我最喜爱的歌。

又逢"九九"重阳节,每每回忆起在老干局工作的那段美好时光,我都由衷地感到自豪和骄傲。书法家徐林田主任,球迷刘金科主席,笑星吴福胜、尹子川书记,还有剪纸艺术家赵全兴主任,老革命家李淑兰主任……我很珍惜和这些可亲可敬的老人们一起朝夕相处的日子,几乎和每位老领导之间都有一段难忘的故事,让我回味,让我怀想。从他们的身上,我学到了如何为人处事,如何尊老敬老,如何拥有豁达的性格和宽广的胸怀……经过三年多的老干部局局长生涯,心未觉满,它为我的人生增加了阅历,增添了光彩,这段经历也是我生命中最宝贵的财富之一。

2006年3月,组织上决定让36岁的我兼任县委老干部局局长。我成为当时全省最年轻的老干部局局长,从领导找我谈话时的语重心长,我已意识到这个岗位的不寻常。虽然长期在组织部门工作,对老干部工作也有所了解,但让我一下子近距离地接触这帮"老革命",我还是没有思想准备,生怕才疏学浅难当重任,生怕服务不周辜负了领导的期望。作为一名组工干部,我更深知,服从组织安排是天职,开弓没有回头箭,要干就只能干好，决不能辜负组织的厚望和领导的重托。

上任伊始，好多老同志用疑惑和不解的眼光看着我，大概心想：就这样一个涉世未深的毛头小伙子，能服务好我们这帮平均年龄80多岁，且经历不同、性格各异的老人吗？一段时间，我也感到压力很大，我深知，这副担子很重，这个岗位对我来说是一个全新的领域。面对着新的责任，新的挑战，我动摇过，彷徨过，甚至有时愁得吃不下饭，睡不好觉。通过了解得知，全县四百八十名离休干部分布在各行各业，战争年代他们为革命抛头颅、洒热血，和平时期又为现代化建设奉献了毕生精力。这真是一个特殊的群体啊，他们中有许多功臣、劳模。论级别，有的是地专级，有的是县处级；论年龄，最大的90多岁，最小的也76岁高龄。他们有的儿孙满堂，尽享天伦之乐；有的鳏寡独居，身体残疾，生活难以自理。如何让这些情况迥异的老人们颐养天年是摆在老干部管理服务部门面前的一个崭新课题。我想：他们辛辛苦苦为党和人民工作了一辈子，理应受到全社会的尊敬和爱戴，老干部的今天，就是我们的明天，能为他们服务尽孝，我毫无怨言。

为了尽快熟悉情况，想老干部们所想，急老干部们所急，我先拜访了县级离退休干部，后又分别拜访了企业、事业、乡镇离休干部代表，并下发了《致全县离休干部的一封信》《征求意见书》，悉心倾听他们的意见和呼声。这期间，老年教育委员会的徐敏瑞、于清玺主席、甄玉珍主任，老年体协的张步行、王德超主任、解桂茹主席等老领导，都给我出主意、想办法，介绍老同志的情况。针对老干部工作如何抓，怎么抓出成效，对我进行言传身教，指导我开展工作，使我明确了工作重点，牵住了"牛鼻子"。

离休干部"两费"问题解决得好坏，直接影响到离休干部的晚年生活，关系到离休干部队伍的稳定性。我把解决"两费"问题作为"定心丸"工程，不断巩固和完善离休干部"三个机制"建设。为拉平企业与机关事业单位离休干部之间的"待遇差"，按照"成熟一个企业，计提一个企业，向主管部门移交一个"的办法，逐步展开推进。县经贸、粮食、供销、商贸、物资等部门与企业离休干部签订了管理服务协议，计提了有关经费，正式移交主管部门管理。从2008年5月开始，在全市率先为离退休干部增加了住房补贴，实现了县乡拉平，县直和乡镇的离退休干部住房补贴分别由25%和15%提高到30%，探索出了离休干部共享经济社会发展成果机制和特困离休干部帮扶机制。县联社离休干部徐恒亮拿到补发的护理费后，眼含泪花，紧握着我的手说："小李啊，你真是为我们企业离休干部做了一件大好事，解决了我们的后顾之忧！"这情景至今犹在眼前。

老干部们虽然年事已高，但是他们参与政治、了解时事的热情不减。我深知，充分利用离退休干部的威望和影响力化解矛盾、解决工作中的难题，是发挥离退休干部作用的重要方式，也是实现他们老有所为的一个重要途径。在2008年县里组织的旧城改造工作中，部分群众对旧城拆迁改造的意义认识不足，一度影响了整个拆迁进程。老干部们看在眼里，急在心里，33名担任过副县级以上实职的老干部自告奋勇担任旧城改造顾问，帮助县委、县府出谋划策，向群众解疑释惑，提出解决问题的思路和办法，把问题解决在萌芽状态，使全县旧城改造工作顺利实施，既节约了土地又美化了环境，成为全省新农村建设的典范。

工作过程中，我和许多老同志结下了深厚的情义，成了"忘年交"，经常"煮酒论英雄"。县人大常委会原副主任张步行老领导，军人出身，工作作风雷厉风行，是个做老干部工作的热心人。他退居二线后，我三顾茅庐聘请他出任老年体协常务副主席。在深入调查的基础上，他先后组织成立了老年门球研究会、书画研究会等11个老年文体研究会，积极组织离退休干部参加老干部大合唱、老年节文艺晚会、老年运动会、老年书画展等活动，寓教于乐。每逢节日组织开展各类比赛，举办书法、绘画展览，陶冶了老同志的情操，激发了老同志的生活热情。县城38个活动站点的老同志坚持每日晨练太极剑、扇子舞、健身操等，春夏秋冬不间断，已成为县城一道亮丽的风景线。

县人大常委会原主任、县关心下一代委员会主任、老年书画研究会会长徐林田离职不离休，挥毫泼墨赞家乡，吟诗作词颂发展；用自己丰富的阅历、感人的事迹教育下一代茁壮成长、早成栋梁。他的事迹传遍了齐鲁大地，激励着一代又一代的年轻人踔厉奋发，笃行不息。

我还记得老领导徐敏瑞主席给我讲的赴宴"人、酒、菜"三要素：第一，人要对眼；第二，酒要醇厚；第三，菜要可口。多么朴实无华的语言啊，他对做人的道理没有一丁点的掩饰和加工。

在我的记忆中，老副县长王德顺同志的身体格外硬朗。每次老干部外出参观，都是他跑前忙后地给大家照相、录像。前些天外出回来，他还亲自把自费刻录好的光盘送给每一位同志。这样一位精神矍铄的老人怎么说走就走了呢？

还有好多老领导、老同志，他们都是值得我们一生学习的榜样……

在别人看来，老干部工作枯燥无味，可我却乐在其中。每为老干部解决一个难题，每次工作受到上级的表彰和肯定，我都觉得是人生价值的最好体现。

一分耕耘，一分收获。在我任职期间，县老干部活动中心被省委老干部局命名为"省级示范老干部活动中心"；县老年大学被省委老干部局命名为"省级示范校"；县老年体协被省体育局、省老龄办、省老年体协评为山东省老年体育先进单位；县委老干部局被市委、市政府授予"全市老干部工作先进集体"的称号，郑山镇老干部党支部被中组部命名为"先进老干部党支部";我本人也被授予"全省老干部工作先进个人"的称号,被省委组织部、老干部局、省人事厅记二等功,并代表老干部工作者在全市老干部"双先"表彰大会上做了典型发言。我知道,这一切荣耀都是老干部给我的。

至今我还清楚地记得,2008年8月21日,时任山东省委老干部局局长的霍正气同志来县里视察指导,对全县离退休干部工作给予了"党委政府认识得好,政治生活待遇落实得好,工作组织机构好,作用发挥好"的"四好"和"有发展、有进步、有创新、有特色、有突破"的"五有"评价。

光阴似箭,尽管我的工作岗位换了又换,但是对老干部的感情却一往情深。

如今,每当老领导们在街上遇到我手拉着手和我拉拉家常,每当老人们到我的办公室品尝一杯茗香,每当老人们成群结队到新单位祝福勉励我,我都由衷地感到幸福和欣慰。我知道这是老领导们对我最大的信任,也是对我这个曾经的老干部局局长工作的肯定和褒奖。老人们的叮咛时时激励着我在新的岗位上奋发图强,再创佳绩。我知道,只有这样才能不愧对老干部局局长这一称号,才能不辜负老领导们的殷切期望。

我很怀念担任老干部局局长的那段美好时光,那么清纯素洁,那么清丽从容。

又逢重阳,衷心祝愿天下所有的老年人幸福安康、如意吉祥,祝愿我们的老年人事业乘风破浪、发扬光大!

记忆中的童年

童年时期,尽管父母在城里工作,但我多数时光是在乡下老家跟爷爷奶奶一起度过的。至今我还清晰地记得那段生活中的点点滴滴,并将永远铭刻在我的记忆里。

爷爷从小就给地主扛活,是个打庄户的老把式,个头不高,清瘦干练,耕、种、犁、耙样样在行。想必是想让幼小的我接受劳动的熏陶吧,他经常带我去田间地头,一边哄我玩耍,一边教我识别地里的庄稼。每次收工的时候,总喜欢把我扛到生产队的那头水牛背上,然后他牵着缰绳,扶着我,踏着夕阳的余晖,一路哼唱着那首我至今也没懂的民谣往家走。我骑在牛背上,双手紧抓着梭头,一路左摇右晃,爷爷总在旁边慈祥地看着我,时而嘱咐我双腿夹紧,时而轻声叱牛赶路。当然,我从牛背上掉下来的时候也有,爷爷手疾眼快,总能一把把我揽在怀里。

晃着晃着就来到了村头的代销店门口,这是回家的必经之路。爷爷总是先把我抱到水泥砌成的柜台上坐下,然后哆哆嗦嗦掏出几张皱巴巴的毛票,让开小铺的近门二叔拿几块糖果把我逗乐,再自己舀上满满一黑碗高粱酒,悠然地点燃旱烟,就那样站在柜台边,手捻着山羊胡,啧啧地品尝岁月的味道。烟锅里忽明忽暗的光亮,映照着爷爷黝黑而又透着满足的面庞。他还时不时地亲亲我的小腮帮,让我一起享受浓浓的酒香,劳累一天的疲惫便烟消云散了……看到碗底剩下的酒不多时,爷爷总是脖子后仰一气喝光，然后捏几颗用小碟盛着的盐粒放进嘴里，再用手紧紧地把嘴巴捂上，悠长悠长地回味着……这时无论谁叫他也不会开口搭腔。现在想想，对于爷爷来讲，那该是世界上最美的享受了。

在沂蒙山区，那时走街串巷的小货郎是孩子们的最爱。听到货郎摇鼓，老人孩子瞬间就能齐聚左右，洋红、洋绿、顶针、头绳、铅笔、橡皮……各类小百货应有尽有。小货郎嘴甜，又会说，大家都很喜欢他。当然，那时兜里缺钱，凑热闹的居多，真正买东西的还是寥寥无几。记得叔家有个爱漂亮的小妹妹，每次奶奶梳头的时候她都在旁边收拾落在梳子上和掉在地上的头发，然后仔仔细细地包好。攒了半年后，她竟悄悄地用奶奶的发丝从货郎摊上换来了半尺红绸缎，手巧的婶婶把它编成漂亮的蝴蝶结，扎在妹妹的辫梢上。小妹高兴得专往人堆钻，那个美劲简直赛过了盛开的红牡丹。就这样，她能蹦蹦跳跳地美上一个春天，连睡觉时也要把蝴蝶结放在枕旁，生怕被别人抢走了。

孩子们都盼年，感觉一年的时间好长好长，总盼着过年时长辈送点小玩具、小礼品，先是爱不释手地好好把玩，然后都喜欢找个私密的地方珍藏起来。记忆中，我那把精致的小木枪，是爷爷用做车架的下脚料亲手给我做的贺年礼，刷着亮油，枪把上还拴着一块红绸布。腰里别着它，给一帮同龄的伙伴们训话，别提多威风了，活脱脱一个"孩子王"。那把小木枪，成就了我当"儿童团长"的梦想，让我尽享了童年的荣光。

进入腊月了，孩子们又盼着吃炸鱼、吃丸子、吃酥肉，更盼着早早拿到压岁钱，好去集市上买花、买哨、买炮仗，还能买上几块麦芽糖解解馋。年三十的夜里，大人们剁馅儿、包饺子、做豆腐、蒸年糕……不停地忙碌着，而小孩子们就放鞭炮、打扑克、藏猫猫、熬百岁，还时不时地捏点好吃的放到嘴里。实在困得撑不住了，还不舍得脱下妈妈给做的新衣裳，手里抱着装满压岁钱的泥塑存钱罐，甜甜地进入梦乡。

一年四季，从天气微热，到天气渐凉，除了数九寒天，孩子们总喜欢在家门口的河汊里捞鱼摸虾，在村东的果园里捉鸟捕蝉，还会藏在生产队的瓜地里，吃个肚儿圆圆。多少次，在奶奶的吆喝声中，我和小伙伴们一起光着屁股匆匆爬出水塘，钻进密密的青纱帐。任凭家人喊哑了嗓子，就是憋住劲不吱声，直到玩够吃饱了，才在夜色的掩映下溜回家中。对孩子们来说，挨训斥是家常便饭，铁孩、三蛋他们还常受皮肉之苦，但爷爷奶奶从来不舍得打骂我。

　　感觉那时奶奶家门前的那条小巷好悠长，特别是晚上，每次一个人走出去，都怕找不到回家的路。有次晚上刚出门，斜刺里窜出一条狼狗，把我吓掉了魂，连续几天昏昏沉沉。从不迷信的奶奶这次可急坏了，又是找巫婆，又是贴符子，又是灌偏方，说是把我的魂给叫回来了。后来，每当晚上奶奶带我出门，我都紧紧扯着她的衣襟，生怕丢掉魂。奶奶是位乡医，身怀治疗小儿症的绝活，她乐于助人，行医从不图回报。精湛的医术、高尚的医德让她在方圆百里有口皆碑。

　　河对岸那片竹林很幽深，微风吹过，竹叶沙沙响，蛐蛐轻轻唱，鸟语花香，蜂游蝶舞。那是小伙伴们幸福的乐园，大家经常在那里玩老鹰抓小鸡、骑马打仗、过家家、捉迷藏。有次还碰上两个谈恋爱的小青年抱在一起亲嘴儿，可把我们乐坏了，趁他们没发现，调皮鬼二孬点燃鞭炮扔过去就跑，把小两口吓得不轻。用弹弓打玻璃、挖陷阱、掏鸟窝、拔蒜苗等等，这些恶作剧没少搞，也留下了最美的童年回忆。

　　那时年龄小，脑子里还没有害羞这个概念。一群小伙伴喜欢无所顾忌地在村旁的小河里裸泳，岸边总有几个俊俏的媳妇姑娘在浆洗衣裳，她们也不避讳我们这些小孩子们，经常一起嬉笑打闹，还说着孩子们永远听不懂的"大人话"，几个胆大的婶子大娘甚至趁夜色朦胧，互相泼水淋浴，末了，还撩起衣衫擦洗身体呢。那时总幻想未来的新嫁娘也像这群天仙或是邻家小姐姐那样漂亮。

后来的几十年，我在外地读书、工作，爷爷奶奶相继去世，老屋因社区改造拆除重建，父母也居住在城里，于是便很少回去，故乡似乎也只是个概念了。但记忆中的这些场景仿佛就在眼前，思绪一次次催使我故地重游。

终于，我又来到了沂蒙山区东部这个秀丽的小村庄，又见到了金锁、黑子、三郎等众多童年的小玩伴，没想到当年光着屁股放驴的二蛋还当上了村主任。

祖国日益强盛，家乡也是旧貌换新颜。一排排整齐的楼房，宽敞整洁的马路，绿树成荫，花团锦簇，处处显示出美丽乡村的繁荣景象，彻底改变了往日贫困落后的面貌。在这里，我细细寻找着童年的足迹，辨认着村庄昔日的模样。小河依然唱着欢歌，青山愈发巍然肃穆，老屋已翻新，但没有了曾经的厚重。门前的小巷虽然长不足百米，但留下了我童年许多的怀想，脚下古老的青花岩上更是洒满了少小离家的愁和忧。河边的竹子已寥寥无几，只剩下一亩见方，但棵棵翠竹仍是记忆中那样秀逸挺拔。当年的小媳妇都熬成婆婆啦，岁月的沧桑写在了曾经如花似玉的脸上，那些美丽的姑娘也早已出嫁，听说如今都是子孙满堂、幸福康宁。侧耳细听，河岸边隐约还有她们当年浣洗时咯咯的笑声。只有那一簇簇娇柔素洁的百合花，依然顶着露珠，还是那样羞羞答答地盛开在丛林中。

村北的山坡是先辈们长眠的地方，那里鲜花簇拥，瓜果飘香。面对坟茔长跪不起，耳畔仿佛又响起了祖父吆牛的喊声和祖母唤儿的呼声。隔着半尺黄土，我久久地把童年的记忆回望，它们永远珍藏在心灵深处最圣洁的地方。

写在女儿进京求学前

在这金秋时节，女儿带着一份青春的激动，接到了中央财经大学的录取通知书，实现了她儿时进京读书的梦想。

今儿早上我还没起床，女儿便早早来到了我和妻的卧室。"爸、妈，我走了你们会想我吗？我想你们了怎么办呢？"女儿揉着惺忪的睡眼，一遍遍地问。看得出，她已没有了昨晚收拾行囊时的得意。听着女儿的话语，虽然有些心酸，但我还是强装笑颜地和她打趣："别自作多情了，谁会想你呀，那么调皮，不在家我们才清静呢！""到了那里学习那么紧，心都用在学习上了，就没有工夫想我们了。"我又安慰了一句。再看妻时，她已是泪落腮边。

说实话，在我们的眼里，17岁的女儿依然还小，从没有单独离家过，谁都舍不得让她远行。女儿跨入了名牌大学，本是件非常令人高兴的事情，但莫名的惆怅还是涌上我的心头。女儿成长的一幕幕不断跃入脑海，挥不去，抹不掉。

女儿小时候总是变着法子淘气，经常搞出一些高智商的"恶作剧"。

记得有一天下班回家，看见女儿正洋洋得意地手舞足蹈，她穿着那双刚买不久的新鞋，我发现鞋面上多出了一朵美丽的牡丹花。妻拿起她的小脚细细端详，原来花是用胶水粘上的。推开卧室的门，一个大窟窿跃然床上，5岁的女儿为了挖下被单上绣着的牡丹花，已把崭新的被单剪得七零八落。妻子心疼得直跺脚,可女儿却看着花鞋高兴得前仰后合,我只有苦笑着埋怨她:"女儿,你可是俊了,可床单上的窟窿怎么堵得上呢?"女儿接过话茬:"那还不容易吗?用你的止痛膏贴上啊!"真没想到,女儿这么小就知道拆了东墙补西墙,弄得大家哭笑不得。

一天中午路过楼前,看见女儿和一群玩伴对着一座土丘虔诚地鞠躬,土丘上还套着一个用野花扎起的花环,场面肃穆而庄严。看见我走过去,女儿悄悄地告诉我:"爸,奶奶家的金鱼终于老死了,我们早就盼着给它开追悼会呢。"我总算明白了女儿为什么整天缠问我金鱼能活多大年纪,真是个鬼精灵。

邻居家门前那株玫瑰花开得美丽娇艳,可后来却一天天枯萎凋零,施肥、浇水仍然没能挽救那株鲜活的生命。直到有一天,邻居拔下这株玫瑰后,才发现它的根部齐刷刷断了。吃饭的时候我说起这件事情,女儿老是嘿嘿地笑,终于忍不住坦白了:"谁让他老是嫌我们玩时声音大影响他午休呢?这就是最好的报应!"原来,坏事是女儿和一帮小同学干的,他们趁着邻居午休,拔起玫瑰,用剪刀把根给剪掉后又插进土里了。最后,还是我说服女儿鼓足勇气上门给人家道了歉。

女儿小时候虽然有些顽皮,但是丝毫没有影响到她的学习成绩。直到小学毕业,她在班里一直是第一名,最终以优异的成绩考入了全县的实验班。

刚进初中的时候,一下增添了几门课程,女儿一时觉得难以适应。特别是英语,从来没有接触过,再加上几次考试成绩不够理想,愁得她直掉眼泪。这时,是妻子充分发挥了她英语专业的优势,辅导她,鼓励她,安慰她,并经常和老师沟通,帮助她树立起学习的信心。没用多久,女儿便重新找回了自信和学习的窍门,在强手如林的实验班里,稳稳地站住了脚跟,并在全国英语奥赛中获奖。

在女儿读初二下学期和初三上学期的时候，周杰伦的名字风靡整个社会，许多少男少女盲目崇拜Jay（周杰伦），沉醉其中，难以自拔。女儿也把Jay当成了自己的偶像，什么《七里香》《东风破》，天天曲不离口，自己的小世界里贴满了Jay的剧照，甚至教室的桌椅上也写上了Jay的名字。老师担心这样下去会影响她的学习和班里的风气，经常与我们沟通，寻找对策。我知道，女儿正处在青春期，出现情感的萌动和对异性产生倾慕都是很正常的，不能回避，只能正确引导。经过多次观察，我发现女儿和那些盲目崇拜者不一样，她上课听讲特别专心，作业也完成得很认真，成绩没受影响，只是课余时间喜欢唱Jay的歌，研究Jay的成长经历。和女儿进行长谈时，我们没有批评她，只是向她讲明盲目崇拜的害处。女儿也谈了她的观点，告诉我们，她的崇拜不是盲目的，她只是崇拜Jay的精神，只会用他的精神激励自己，业余时间听听他的歌是对自己紧张神经的放松，只会有利于学习。女儿是这样说的，也是这样做的，还用自己的行动带动和影响了其他同学，使整个班的同学没有因情感的波动而影响学习，没有因个人崇拜而分心，对此许多同学都对她非常感激。后来，我在外出时，还专门买了许多Jay的歌碟和画册，作为礼物送给她。

女儿有自己的一套学习方法，她注重效率，劳逸结合，制订的学习计划周密细致，切实可行，执行得也比较严格。学习的时候她专心致志，当堂学到的知识能做到当堂消化，课后预习新知识。接触过女儿的老师对她都有这样的评价：这孩子平时看上去慢慢腾腾，不急不忙，好像是个慢脾气，可在课堂上接受能力非常强，回答问题时反应特别敏捷。高二上学期由于受转学等因素影响，几门功课接不上茬，一段时间影响了女儿的学习成绩。在困难面前，女儿没有灰心丧气，而是主动找老师咨询补课，最终迎头赶上，保持了领先的势头，物理、生物两科还在全国奥赛中荣获二等奖。

　　高三进入复习阶段，女儿觉得早、晚自习最好自由支配，这样可以按需有重点地学习，建议老师能够出台个"政策"，既保证班级管理秩序不混乱，又能保证各个层次的学生都能充分利用好时间。最后班主任定了这样一个规矩：谁能保证每次考试成绩都在前三名，最后一节晚自习和早自习就可以自己安排。结果全班只有女儿一人举了手。看得出，女儿是非常自信的。作为班里的学习委员，女儿在做好自己功课的同时，主动参与班级事务的管理，积极向老师提一些有利于教学的合理化建议，关心同学，乐于助人。毕业前夕，被光荣地推选为"市级优秀学生干部"。

　　女儿给我带来了许多骄傲，时时让我感到愉悦与自豪。但是由于平时工作繁忙，对女儿的关心照顾很不周到，在我的记忆里，有两件事让我感到非常内疚。

　　女儿上幼儿园的时候，我在乡镇工作，整天起早贪黑忙个不停，接送女儿的任务都落在了妈和妻身上。一天下班回家后，女儿一头扎进我的怀里，边哭边说："班上的小朋友都说我没有爸爸，说从来就没见过你，还有小朋友欺负我……"女儿的哭声刺痛了我的心。随后的几天，我都是请假接送女儿，并且一直把她送进教室。我要让女儿的同学都知道，她不仅有爸爸，而且爸爸长得魁梧高大。从此以后，女儿脸上时常露出幸福的笑容，那笑容是我最大的欣慰。

　　中考前一天的晚上，一位重要客人来家探亲，老友相见，分外亲热，酒过三巡，孩子考试的事就抛到脑后了。带着酒意回家后，对女儿絮絮叨叨，反复说教，闹得女儿很是烦心，一夜未眠。第二天中午，我怀着负疚的心情到考场外急切地等待女儿，铃声响过许久，才看见女儿抹着红肿的双眼走出了考场。见到我后边哭边埋怨："都怪你，都怪你，进考场后半个多小时脑子都是空白，结果试卷没做完……"我一句话都没有说，只是任女儿在那里发泄，我知道这个失误是无法弥补的。回到家后，我和妻慢慢地帮她调整情绪，使女儿打消了顾虑，重新进入了考试状态。中考成绩公布后，尽管第一场发挥失常，但女儿仍获得了全市高分。女儿高考前夕，我接受了中考时的教训，很长一段时间不再参加应酬。高考的时候一直陪伴在女儿左右，确保了她保持良好的心理状态，每科考试结束她都是微笑着走出考场，从女儿的眼神中我已预感到她的成功。

光阴似箭，岁月如梭。转眼之间，女儿从牙牙学语的幼儿出落成亭亭玉立的青春少女，从少不更事的孩童成长为一名才思敏捷的大学生。在女儿的成长过程中，亲朋好友都给予了无微不至的关心呵护。如今，女儿即将进京求学，我们的希冀也为她放飞，祝愿女儿适应新环境，再接再厉，用优异的成绩来报答辛勤培育她的母校、老师和亲人。

在充满机遇和挑战的未来，相信女儿会以跨进大学校门为新的起点，进一步学会做人，学会求知，学会做事，学会交往。她会乘着知识的宝船遨游瀚海，搏击风浪；用丰硕的学习成果回报家乡和社会；用智慧、勤奋和真挚的感情为自己的人生谱写更壮丽的诗篇；用完美的人格为未来留下更加美好的回忆。

一年又一年

寒风又起,满地落英。又是一年初冬时节。

一年又一年,时光飞逝。父母已年近古稀,我们也走过了天真的童年、稚嫩的少年,度过了美好的青春年华,而今已跨越了中年的门槛。

久居闹市,公务繁忙,应酬颇多,虽同在一个小城,但平时回家探望老人的时间也是寥寥无几,更谈不上能陪老人外出消遣了。

一个周末的午后,妻提议带着老人到乡下领略大自然的美景,借机也松弛一下整天绷紧的神经。

"从小生长在农村,参加工作后又在乡下工作了很长时间,穷乡僻壤的有什么好看的?再说现在都进入冬季了,更不会有什么风景可看。"老爸投了反对票,不满地嘟囔着。他退休后除了晨练,没有别的爱好。

"城里有什么好的,除了钢筋、水泥,就是噪声污染,连天空都变得混浊狭窄,我早就想到乡下透透气了。"喜欢外出的老妈虽说得有些片面,但是也道出了我的心声。

少数服从多数,倔强的老爸还是顺从了我们。于是,一家人结伴向马陵山和沭河古道方向出发。

漫步乡间,百草枯萎,叶落归根。一家人循着蜿蜒曲折的田间小道前行,拉着家常,嬉笑着、追逐着……连平日里腿脚不太灵便的老妈也变得灵巧起来,不知不觉就爬到了样山之巅。

这里是当年孙庞大战的古战场,而今,那烽火连天、兵戎相见、大动干戈的场景早已淹没在历史的长河中,空寂的古战场上没有了往日的血雨腥风。身边的苍松依然青翠,白桦树上树下都是一片金黄,在冬日暖阳的照射下显得柔软而又安静。

放眼远眺,远处有连绵起伏的群山,有山涧中搏击翱翔的雄鹰;近处有奔腾不息的沭河,有岸边错落有致的小桥、码头,有水中央点点的帆影,还有一片片白茫茫的苇花……尽管缺少了红的点缀、绿的映衬,但这初冬的美景仍不失为一幅素致淡雅的山水画。

下山的时候,我走在父母的身后,不经意间,忽然发现,岁月的年轮将父亲的脊背束缚得不再挺拔,将母亲的步履缠绕得日益蹒跚,一对老人华发似霜染。

哦,一年又一年,一切都可以被时光改变。

午餐安排在靠近渡口的一个古朴的渔家小店。菜肴以山珍、河鲜居多,还有当地传统的农家菜。一家人围坐在八仙桌旁,有说有笑,其乐融融。

"小的时候是盼年盼年,盼着吃炸鱼,盼着吃炸肉,盼着穿新衣服,盼着拿压岁钱……"弟弟这样说。

妻添了一句:"那时姊妹多,家里穷,女孩子就盼着娘能给割上一段扎头的红绳。"

"现在是不知不觉就是一年,发展的压力大,工作的任务重,花销不愁了,可生活的舒适程度还有差距。"我也说了说自己的感受。

老爸呷了一口酒,慢腾腾地说:"你们也该满足了,我小的时候,你爷爷给地主扛活,我们缺吃少穿,过年连个饺子也吃不上。参加工作好多年连辆自行车也买不起,回趟家要步行半天,每月二十多块钱的工资还不够生活费。不能贪图享受啊,要把心思用在工作上。"他永远都是那么正统,很显然对我的说法不满意。

正在这时我的手机响了，是上大学的女儿从北京打来的。

"爸爸，昨天妈妈给我算了一下账，这学期花费不少呢，北京的物价又涨了。为了省钱，今天中午我就吃了两块钱的凉皮呢。"女儿委屈地告诉我。

老爸夺过手机："孙女，你好好吃，别疼钱啊，爷爷有，他们不给你，我给！"

"你急什么呀，又不是让孩子受了委屈，让她培养培养艰苦朴素的生活作风是应该的。"老妈如是说。

妻笑道："这孩子还记恨我呢。现在生活条件好了，从小到大还真没让她受一点委屈。昨天我教育了她一下，她就告我的状呢。"

一年又一年，孩子长大了，我们也有了更多牵挂。

饭后小憩的时候，我和渡口的老船公闲聊。老船公体态健壮，神采奕奕，谈吐自如。交谈中得知，他叫王啟尧，二十世纪四十年代初出生，在大岱渡口摆渡已近四十年了，他见证了大河和渡口的昨天和今天。问及持之以恒从事摆渡工作的初衷，他告诉我："摆渡不图回报，只当成乐趣，让大家都觉得我还是个有用的人就很满足。"这么多年来，不管时间早晚，不论渡河的人多人少，他都有求必应。

多么忠厚的一位老人啊！一年又一年，风里来雨里去，他始终默默无闻地奉献着，不计得失，就像大河中的一朵浪花那样，美丽飘逸而又不事张扬。

乘船而上，泛游河中，与水相伴相依的是群山。两岸特有的丹霞地貌粗犷奇特，形态各异，有的似龙腾虎跃，有的似大鹏展翅，给这流淌千年的河流笼罩上一层神秘的面纱。微风吹来，荡起层层涟漪，河水清澈轻柔，金色的苇荡摇曳生姿。尽管越冬的候鸟已迁徙，打鱼的艄公还没开始收网，但河面上成群的野鸭时而探头探脑，时而潜底沐浴，给寂静的河面增添了一丝生机。

很少出门的父母都被这神奇的自然景色所陶醉。他们真的没想到最美好的东西竟然就在自己家乡这个从不显山露水的地方。

"明年县里就要对这个景区实施大开发，现在整个旅游规划基本做好了，局部的景点已经开始建设。你们看，河西岸机器轰鸣，红旗招展，就是在搞冬季会战呢。"我告诉老人。

下船的时候，老妈恋恋不舍地看着身后逶迤清亮的沭河，看着远处横亘绵延的马陵山脉，久久不愿离去。

一年又一年，古老的沭河会以更加美好的姿态呈现在人们面前，会用更加澎湃的波涛推动时代的发展。

那遥远而又亲近的故乡

冰雪消融,春暖花开。

这段日子,心态平和了许多,思想包袱渐已放下,周末也很少加班忙碌了。于是,便想起回老家小憩,看看那年那月在院子里栽下的石榴、蜡梅、竹子、桂花……七年了,它们见证了故乡翻天覆地的变化,一直长在我的心里,梦里依稀徜徉其中……

正值春分时节,阳光明媚,草长莺飞。那个周六的早上,终于按捺不住思乡的情怀,驱车从市里往乡下老家奔去。为了更真切地感受春天的韵律,领略乡野的气息,我故意绕开了嘈杂的大道,转走乡间的"村村通"。

摇下车窗的玻璃,一路在乡间小道间穿行,两旁风景原始古朴,秀色可餐。沭河两岸已是桃红柳绿,鸟语花香。远处的山,近处的水,湛蓝的天空,眼前报春的红梅、泛青的麦苗、葱茏劲秀的万亩板栗园,还有雄伟的沭河大桥、田野里耕作的农人、撑船捕鱼的艄公、悠然嬉戏的群鸭……这动静结合、远近辉映的景色多像一幅浑然天成的美丽图画啊。只可惜心里的阴影犹在,不然我肯定会停车驻足,重燃激情,享受春天营造的美妙意境。

这条回家的路线,是县里刚刚开辟的旅游专线,途经"栗海银滩""苍山叠翠""冠山仙境"等圣境。以前虽多次历览,但每次总有变化,许多古迹又得以整修，日渐完美。一路欣赏，不知不觉便驶入家乡境内。

家乡东盘村地处县城东北部，因隋唐时期名将罗成在此安营扎寨得名，是座依山傍水的小村庄。抗战时期，刘少奇、罗荣桓等老一辈无产阶级革命家都在这里战斗、生活过，也算颇有名气了。

因为刚刚接受完组织处理，心里还是疙疙瘩瘩，所以这次来家心情复杂，羞愧难当，忐忑不安，总怕有人再碰触内心那根敏感的神经。尽管家人早就从其他渠道得知了发生的事情，可自己心里还是感觉像犯了错误的孩子那样不敢回家见爹娘。

刚到村口，就看到五叔正站在那棵老槐树下翘首遥望呢。打我记事起，这棵槐树就一直本深末茂，虽算不上名贵，但也称得上"村宝"了。它历尽苦难，饱经风霜，见证了乡村昨日的沧桑和今天的辉煌，深受村民的喜爱。我知道，五叔是特意来此接我的，怕我这个刚刚迷途的孩子找不到回家的路。

五叔是个地地道道的庄稼汉，魁梧的身材，黝黑的皮肤，一身的行伍打扮（其实他没当过兵，衣服都是我那个在部队服役的堂弟留下的旧军装），憨憨的笑容里透着朴实厚道。五叔是父亲最小的叔兄弟，论辈分是叔，可他比我也大不了几岁，童年的时候经常带我抓鸟捕蝉、捞鱼摸虾，偶尔也演绎一些恶作剧，我们感情笃深。一下车，我便紧紧地拥抱着五叔，一句话都没说，泪水打湿了他的肩头，他也只是一个劲地安慰我："没事，没事，都过去了，一切都会好的……"

简单的寒暄过后，五叔便就近带我来到村前被我称为"老家"的地方。说是"老家"，其实修建的时间也不太久，约是2010年吧，三间平房是旧村改造时用祖传的老屋置换的。平时父母住县城，我们也很少来，都是五叔帮着打理。

院子不大，但收拾得干净利落，门上大红的春联还保留着节日的喜庆。迎门而进，两树迎春花映入眼帘，那精致的黄花簇簇拥拥，竞相开放，虽算不上艳丽，但已彰显出了初春的芬华。寒冬过后，门旁的蜡梅已渐枯萎，但仍然透着淡淡的幽香；院西的石榴树已冒出紫红色的嫩芽，迎风招展的枝丫似在宣告春天的来临；院里东墙角有一簇碧绿的百合竹经冬不凋，蓊蓊郁郁，透出富贵祥和之气；两棵金桂刚撤下越冬的围帐，正养精蓄锐，期待花期一到，散发出清可绝尘、浓能远溢的芬芳。还有椿树、枸杞和几株不知名的花草，在春光的沐浴下亦露出蓬勃的朝气。五叔懂得园艺，早按节气把各类花木修葺一新，全没有了过冬的臃肿，似在迎接满园春色的到来。

走出家门，迎面可见早年移栽的几株"四季竹"已长成林。我喜欢竹林的幽静恬然、高雅清新，更喜欢竹干的挺拔洒脱、正直高洁、清秀俊逸……

出门向东，我急切地寻找着记忆中童年的乐园——盘龙河。夏天，我们在那里逮鱼抓虾，游泳戏水；冬天，我们在冰封的河面追逐溜冰，堆雪人，打雪仗。我曾用这样一首诗来赞美过它：

> 故乡的小河哟
> 你从岁月的深处流出
> 带来远山虔诚的祝福
> 你从亘古流向未来
> 伴我走进外面的世界
>
> 故乡的小河哟
> 你把荒野和村庄默默装扮
> 滋润了两岸的土地

养育了纯朴的乡亲

那记忆中印满了脚丫的河滩
点缀着无忧无虑的童年
牛背上悠扬婉转的笛声
融入了溪水缠绵的呼唤
河岸上百年的石榴树果儿咧着嘴
似在喋喋不休地叮嘱顽皮的孩童
河中央那柔曼而幽静的芦苇荡哟
藏得住恋人耳畔的悄悄话
却藏不住少小离家的凄和忧

故乡的小河哟
你缓缓地流啊流
漂白了祖母的黑发
流瘪了少妇的乳头
故乡的小河哟
你缓缓地流啊流
纵使你流到天边
也带不走我浓浓的乡愁

　　而今，伴随着沿岸的开发建设，河床变窄了，河水也因上游的拦截变成了涓涓细流。两岸的人造景色虽美，却失去了昔日的原始自然，全然没有了"一条大河波浪宽"的壮阔。唯有河滩上那片挺拔的白杨依然雄赳赳、气昂昂，虽然伐了一茬又一茬，但它们始终年复一年地站在这里，用坚实的臂膀守护着两岸子孙的幸福安宁。

"春江水暖鸭先知。"恰巧这时溪面上游过一群鸭，有的在水面上扑腾着翅膀，伸展着腰肢；有的猛然扎入水中，露出高高翘起的尾巴……它们憨态可掬，悠游自在，与岸边欢叫的喜鹊和众多不知名的花卉相映成趣，此时，若有擅长丹青的朋友，我想一定会绘出一幅美妙绝伦的"鸭鹊戏春图"。

走上河岸，便是一排排依河而建的大棚。五叔介绍说，棚的主人是与我同年出生的发小杨六，这几年国家惠农政策好，他流转了二百多亩土地，利用所学的知识搞草莓、西瓜、甜瓜等瓜果种植，成了远近闻名的致富带头户，春节过后，光是采摘草莓每天就收入一千多呢。

回五叔家的时候，正好路过祖宅的遗址。透过阳光下斑驳陆离的记忆，仿佛看到老屋披着远古的衣裳飘然而至，那百年的风霜撼不动黄土夯实的基墙，春泥细筑的燕巢饱经风雨和动荡。岁月的印痕刻满了院子里的每块青石板，碾子磨过的凸凹记载着世间的沧桑。那石阶上的苔藓伴随老屋送走了代代先人，不灭的风灯又为父辈照亮了明天的航向。仿佛听到屋顶喜鹊的叫声又奏出了四世同堂的谐音，仿佛看到鏊子上又烙出了热气腾腾的煎饼。祖母亲手制作的豆腐脑孕育出的纯朴家风，我们将代代传承。

我还在记忆中努力搜寻着，那东墙边已尘封数年的犁具，时时勾起我对祖父的思念；西墙角那棵枝繁叶茂的椿树，早已成了祖母安息的棺椁。

不想说再见，那茅草房顶的袅袅炊烟，那口葱郁掩映下的古井，那群信步闲庭的鸡鸭牛羊……

渐远了，祖母倚在门旁的叮咛，还有祖父叱牛下田的喊声……

如今，现代文明的浸染推动着时代飞速发展，住上社区里的高楼大厦，让庄户人变得神采飞扬。老屋虽已结束了神圣的使命，但它的一草一木都化作了记忆中的永恒。

老屋是我童年的乐土，我亲人的温室，我心灵的守护者，我魂牵梦绕的精神家园。

午饭是叔和婶精心准备的，几个亲朋围坐，颇有家庭氛围。五叔不愧是村里的"大厨"，荤素搭配合理，做的全是家乡的养生菜肴。席间仿佛回到从前，大家无拘无束，畅谈古今，怀念故人，展望未来，尽享亲情，忘却了一切烦恼。值得一提的是，在这样的季节里竟然还吃到了荠菜、香椿芽等鲜味。

时间渐晚，我不得不匆匆踏上归途，没有握手，没有拥抱，甚至一句客套的话语都没有，那凝望的目光和不舍的神情足以表达一切。摇下车窗，挥手与众亲道别，泪水止不住地模糊了双眼……

故乡是用来疗伤的，它像创可贴，依附在身上就能化瘀止痛；它又是一剂慰藉心灵的良药，能让你从内心走出挫折和困境，坚强地面对人生。故乡是包容的，不论你是衣锦还乡，还是蒙难落魄，它都会像当初送你离开时那样和你相拥相望。

"从哪里跌倒就从哪里爬起来。"我会吸取教训，正确面对，忘掉过去，重新规划今后的人生道路。以后无论从事何业，身在何方，我都会常回家看看，多看几眼这个生我养我的地方，这个遥远而又亲近、熟悉而又日新月异的村庄……

沂河晚秋

秋风萧瑟，落叶金黄，寒露已过，几近冬凉。

四季中，多数人都喜欢姹紫嫣红的春。经过了冬的洗礼，万物复苏，柳弹莺娇，给人以蓬勃向上的活力。秋，大概因其总给人一种凋零秋殇的感觉，在此时节，许多人的内心不免会有一番或轻或重的伤感。而我却对秋情有独钟，我知道，走过了夏的热烈，秋更懂得矜持自重。特别是深秋，色彩斑斓，桂子飘香，如诗如画，如梦如幻，总让人心旷神怡，沉醉其中。

大美临沂，代表作就是山和水。有水就有灵性，有山才有气势。家住沂河畔，出门便是大河浩荡，几乎每天都能欣赏到波涛起伏、水天相连的大气磅礴。工作单位在蒙山脚下，更让我时时感受到了沂蒙人民的质朴和扑面而来的乡野气息。

整天穿梭于城乡之间，风景变幻，美不胜收。城区的高楼大厦、五彩霓虹，让我感受到现代都市的风范。然乡野风光的自然流畅，山川河流的浑然天成，更让我感受到历史积淀的厚重和对过往岁月的依恋。

暮秋时节，和一位客居日本的朋友相约在这灿烂的季节里重逢。陪同考察期间，有幸细细欣赏了临沂城乡的秋色，才知道身边的景色最美，家乡的情结最深。

久居临沂，我对沂河和临沂文化也算略知一二。那天早上，我陪同友人循沂河西岸漫步北行，边走边介绍着。

　　沂河是沂蒙人民的母亲河，两岸风光秀丽，古迹荟萃，孕育了灿烂的文化。特别是流经市区的1.2万亩水面和18公里的滨河大道两旁，经几届政府的规划建设，面貌焕然一新。滨河景观因为惠泽于民，也已成为市民心中的最美之地。

　　千百年来，沂河的水就那样静静地依偎着岸，流来又流走，带来了远古的旧事，滋润着两岸的土地，流淌着美好的时光，谱写着动人的诗篇，生生不息，不事张扬。面对肆虐和侵略，它会用汹涌的怒潮回应；面对友好和善良，它会流露出温顺包容的品格。它孕育了沂河两岸七千年的文明，承载着1100多万沂蒙人民昨天的辉煌和明天的希望，沂河充分体现着沂蒙人民的优秀品格。

　　虽是深秋，但所经之处，苍翠蓊郁，花香扑鼻，我们并未感到一丝凄冷。百花园中千菊绽放，月季争妍，风车摇曳，曲径通幽，四周青松掩映，白杨矗立。天是湛蓝的，几朵白云悠然飘过，给人一种玲珑剔透的感觉，这清朗皎洁、沉静温润、错落有致、高低起伏的景色，宛如画中仙境。

　　滨河公园里刀光剑影隐现，一群老者虽已须发皆白，但一招一式仍透着强健刚劲。悠扬的琴声响起，大爷大妈们随节律起舞，笑意写在脸上，身姿轻柔矫健，处处氤氲着幸福祥和的氛围。

　　走近林边，银杏肃立，成排成行，微风吹起，满地金黄，落叶时不时地翻滚，彰显生命的本色。从嫩芽初生，到落地为泥，其实枯萎原本就是一场感天动地的情事。

　　"人烟寒橘柚，秋色老梧桐。"可我觉得这片点缀在五彩缤纷之中微泛血红的梧桐林，在秋风中挺拔玉立，愈发显得整齐壮观，绝无老态龙钟之相。靠近河岸，金柳随风飘逸，时而柳丝拂面，痒得让人心荡，虽没有春时的娇嫩，但更觉得撩拨心弦，传出的旋律恰似写在发梢的华章。顺着河滩上的小径前行，但见水和岸连接处，苇荡深幽，芦花飞扬，蒹葭苍苍，虫鸣鸟啼，几缕霞光掠过苇隙洒落在湿地上，积水泛光，给这份静谧又平添了几分动感。

"秋色催花香，湖光泛金黄。枝头寒意染，蒹葭映朝阳。"置身于这恬静安逸的世界里，禅意顿生，六根清净，杂念全无，好想让这秋色主宰宇宙，普惠众生。

行四五里，一座现代化的大桥赫然出现在眼前，远远望去，如飞雁展翅，又如彩虹高悬，好一道靓丽的风景啊！同行的朋友介绍说，这座桥名为"南京路桥"，于2016年通车，是连接沂河两岸的重要枢纽，主跨飞雁式异型拱桥采用钢箱拱、叠合梁组合体系，不仅坚固耐用，而且外形美观，全长1000多米。日本的友人也被眼前这自然与现代完美结合的景象所折服，连连感叹道："少小离家城似郊，满目苍凉思温饱。故里重游桑梓处，风景如画胜京都。"

登上南京路桥，俯视河滩上的秀丽风光，遥看沂河里的点点帆影，仰望高耸入云的大厦铁塔，自豪感油然而生，再看朋友，已是热泪盈眶。是啊，在游子的心中，故乡的一草一木都是值得眷恋的。

母爱如诗

"儿行千里母担忧，夜半灯前念远游。"母爱如诗，舒缓地流淌在每个游子的心中……

以前常年在外地工作，虽离家不远，但回家探望父母的次数并不多。这次回家，不经意间发现术后的母亲愈发显得苍老了，心情不由得沉重起来。好在她精神状态不错，虽拄着拐杖，步履蹒跚，但还是喜欢里里外外不停地忙碌。吃饭时聊起家里家外的人情世事，言语间能感觉到母亲的心态挺好，什么事情都能看开想开，这才让我慢慢感到欣慰。

午饭后斜倚在沙发上小憩，回想起那些年和母亲朝夕相处的一幕一幕，我不禁感叹母亲的平凡与伟大。是啊，母爱似水，缓缓地流过我人生长河的每个片段；母爱如诗，胜过世界上最华美的篇章……

穿越时光的隧道，走过记忆中开满鲜花的山岗，我仿佛看到了年轻时的母亲，那么端庄秀美，那么朴实无华，蕙质兰心，人如其名，淡定清雅而又不事张扬。从事小学教育三十多年，她倾尽心血和汗水，辛勤地浇灌着祖国的花朵，为人师表，敬业奉献，谱写了一曲"春蚕到死丝方尽，蜡炬成灰泪始干"的园丁之歌。

母亲生于二十世纪四十年代的中国农村，艰苦的岁月养成了她吃苦耐劳的习惯。姥爷虽然不识字，但常做些小生意，所以对知识的渴求也超乎寻常人。尽管生活比较拮据，但姥爷省吃俭用把母亲和舅舅送到了学堂，没有过高期望，盼的就是下一辈别再像他那样成了"睁眼瞎"，经常挨哄受骗。懂事的母亲十分珍惜这难得的学习机会，她勤学好问，刻苦认真，学习成绩一直名列前茅。放学回家还不忘做些力所能及的事情补贴家用，她心灵手巧，割草、编篓、积肥、锄禾等各种农活样样精通，深得姥爷姥娘的喜爱。就这样，一步步从村办小学升入乡办完小，后又考入县一中，成了四乡八里为数不多的"女秀才"。

穷人的孩子早当家。母亲深深地知道，祖祖辈辈生活在农村，守着二亩田，面朝黄土背朝天，过着日出而作日落而息的日子，一辈子也不会有出息的，虽然没有什么鸿鹄大志，但改善生活条件、追求幸福安逸的愿望还是很强烈的。那个年月，庄户人的孩子要想跳出农门，仅有的出路就是考学或参军，但一个农村的女孩子想参军几乎是不可能的事情。自古华山一条路，所以母亲只能选择用优异的学业成绩作为打开"国库"的敲门砖。

初中三年，正是"大跃进"时期，许多同学都因家境困难坚持不下去辍学了，但生性坚强的母亲仍然以超乎寻常的毅力坚持着，并且更加刻苦努力了。校园里的操场上，学校门前的小河边，教室里幽暗的油灯下……到处都可以见到她苦读的身影。功夫不负有心人，三年之后，母亲在中考中再创佳绩。以她当年的成绩，可以有多种选择，上卫校、上农校、上高中考大学……但她深知家庭状况已不允许她再读高中，上其他学校费用又高，心里只有一个念想：读师范，做一名光荣的人民教师。一来师范生免食宿费用，可以减轻家庭负担；二来可以用学到的知识帮助更多的人改变命运。

拿到录取通知书的那天，母亲流下了激动的热泪……她一口气跑回十多里地远的家中，第一时间将喜讯告诉了正在田里耕作的姥爷。"山沟里飞出了金凤凰"，消息瞬间传遍了这个只有几十户人家上百口人的小村，人们奔走相告，打心眼里为母亲高兴。母亲成了全村第一个跳出农门的中专生，为自己的村庄赢得了荣光。一向勤俭的姥爷也阔绰地摆了一场宴席来答谢平时互帮互助的乡里乡亲。

为了节省块把钱的路费，姥爷用独轮车推着母亲整整走了一天，才把母亲送到四十公里外的市立师范。那是母亲第一次出远门，来到临沂城，才知道外面的世界是那么精彩和新奇，店铺林立，商品琳琅，让人目不暇接。虽身处闹市，诱惑颇多，但上学期间，母亲节衣缩食，艰苦朴素。每次期中、期末放假回家和开学返校，都要步行一天，直到毕业的时候，才第一次坐着学校租用的班车返回县里。现在已很难想象那时一个孱弱的姑娘是怎样身背干粮、跋山涉水、走街串巷来回奔波的了。

在三年的师范生涯中，母亲度过了人生最美好的花季年华。在这里，母亲不但学到了知识，掌握了本领，还和同是学生干部、学校运动队员的父亲相识相知。后来，他们在老师和同学的撮合下结为伉俪。1966年父母临近毕业的时候，恰逢十年动乱开始，打砸抢、派性斗争等把学校搞得乌烟瘴气、鸡犬不宁，许多老教授被打成"走资派"，惨遭迫害。善良朴实的母亲明辨是非，不但没有卷入这场动乱，而且还凭自己的机智勇敢保护了许多老师。去年，我陪父母去探望他们当年的班主任——临沂大学年愈九旬的王立合老教授时，他还激动地说："当年要是没有你父母的保护，我早就被那帮造反派整死啦……"说着说着，王老已是老泪纵横。

受"文革"影响，父母这届毕业生均延迟分配一年。直到1967年，他们才被分配到家乡一个乡村小学任教。由于兢兢业业、任劳任怨，教学成绩显著，不久父亲和母亲分别被选拔到公社的中心中学和小学任教。1975年冬天，父亲又被选派到县里做行政工作。一年后，母亲也随调到一小任语文教师。

岁月流过母亲河

记忆中,母亲总是忙忙碌碌,一刻也停不下来。我们小的时候,学校每周有两个晚上进行集中备课,母亲都是先把我们哄睡,然后锁上门去学校。多少次,我和弟弟从睡梦中醒来,四处寻不见母亲,只能用号啕大哭表示抗议,待到哭累了,再沉沉地睡去。每次母亲回家的时候,我们不是掉到地下,就是歪在床上,泪滴挂在腮边,不停地抽噎。母亲到县城工作后,家离学校很远,骑车要半个多小时。那时我刚上一年级,弟弟还是顽童。每天,母亲都要骑那辆"大金鹿"自行车,大梁上坐着弟弟,后座上带着我,风雨无阻,来回两趟。就这样,一米五几、不足百斤的母亲以瘦弱身躯超负荷地工作,后来落下了腰腿疼的毛病。我清楚地记得有次雨天路滑,上坡的时候,我的一只脚不小心夹到了车后轮里,血肉模糊……母亲连人带车摔倒在地,她从地上爬起来,不顾自己的伤痛,急切地捧起我的小脚,心疼得泪如雨下。以后的好多天,都是我坐在车前梁,把那只负伤的脚架在车把上,坚持上学。五年的小学生涯,母亲和那辆"大金鹿"给我留下了不可磨灭的印象。

母亲心地善良,为人忠厚朴实。她心疼孩子,但不是无端溺爱,并且时常教育我们尊敬师长、团结同学等为人处事的道理。我和弟弟虽然都是吃"国库粮",是老师的孩子,但从没有高人一等的优越感。我和小学同学感情笃深,至今还经常聚聚聊聊,一起怀念青梅竹马、两小无猜的孩提时光。弟弟小的时候比较调皮,经常和同学打打闹闹,母亲从不护短,每次都是严厉地批评训斥,让弟弟承认错误,有时还着着实实地打上几巴掌。那时候父母工资低,买不起成品衣服穿,心灵手巧的母亲便利用业余时间学习裁剪、缝纫、刺绣等女红。我和弟弟上中学之前的所有衣物几乎都是母亲一针一线缝制的,并且式样新颖,做工精细,穿在身上经常引来同学羡慕的目光。父亲是家中的长子,也是整个家族的顶梁柱。每当大家庭中出现宅基纠纷、老人赡养、姑嫂争执等家长里短的问题，都是由母亲和时任村支部书记的婶婶出面调解，终能妥善解决。在她们的苦心经营下，整个大家族团结和睦、红红火火，她们用自己的人品和人格影响带动了周围的亲戚朋友。母亲乐于助人，与街坊邻居、同事朋友的关系也非常融洽，大家遇到困难和问题，总喜欢和她商议，大家一起出主意、想办法。记忆中母亲唯一一次与人发生冲突，还是因为担任单位负责人的父亲坚持原则遭到打击报复，最后殃及母亲。母亲宽宏大量，不愿积怨成仇，也没有在我们面前过多地提及。

1983年，经组织推荐考选，父亲考入了师专干部专修班。当时我读初三，弟弟上五年级，都在升学的关键时期，家中爷爷奶奶又体弱多病需要照顾。接到通知书后，父亲非常纠结，进退两难，不去上吧，辜负了组织的培养和期望，去吧，家里确实面临着很大的困难。母亲看出了父亲的心思，"放心去上吧，年轻时老为没能读大学遗憾，别错过这次机会，家里有我呢……"，短短几句话，坚定了父亲的信心。在以后的两年里，母亲既当爹，又当妈，既要关注我们的学业，还要赡养家中的老人，吃尽了苦头，她用自己的实际行动为我们做出了表率。我和弟弟最终没负众望，1987年的高考和中考后，双双迈进了大学和中专的校门。

母亲工作认真，事业心强，常年担任毕业班班主任，并带整个年级的语文课。教学过程中，她善于总结提炼，借鉴先进经验，注重教学研究，教学成绩在全县一直名列前茅，得到了领导、同事和学生们的一致赞誉。任教期间，母亲多次受到省、市、县各级的表彰奖励，1984年还当选为县第九届人大代表，成为教育系统为数不多的代表之一。1985年，她又光荣地加入了中国共产党。至今我还清楚地记得，那次学校开运动会，我用母亲在人代会上收到的文件包盛衣服，不小心弄丢了，母亲领着我，找遍了整个操场也没见踪影，回到家后，狠狠地训斥了我一顿。

记忆中,她是很少那样发脾气的。从政多年后,又回想起这事,我才明白过来,母亲不是心疼衣服丢了,也不是在乎文件袋本身的价值,而是为失去了一件象征着荣誉的纪念品而懊恼。

辛勤的努力换来了丰硕的成果。三十多个春秋,她送走了一届又一届学子,数千名学生遍布世界各地,也算是"桃李满天下"了。他们中有北大、清华生,还有博士、留学生等。我的女儿能够考取名牌大学,也得益于母亲给予了良好的启蒙教育。如今,学生们都在各行各业为实现伟大的中国梦挥洒汗水,努力奋斗。每有佳音传来,学生登门,母亲的脸上都会洋溢着幸福的微笑;每每谈及自己的学生,母亲都会如数家珍,由衷地感到自豪和骄傲。闲暇的时候,母亲总是喜欢把一摞摞的奖励证书和一枚枚金光闪闪的奖章拿出来,左翻翻,右看看,爱不释手。我知道,母亲是用这种方式追忆自己平凡而又辉煌的过往。

时光飞逝,如白驹过隙,在父母的培养教育下,我和弟弟幸福地成长,并相继成家立业、娶妻生女了。由于工作需要,这些年和母亲聚少离多,但只要打电话或逢年过节回家,母亲总要叮咛"听组织的话,和同志们处好关系""别贪、别沾,一碗水端平"。话虽朴实,但字字句句都体现了慈母的牵挂之情。虽算不上出人头地,但我们在每个岗位上都尽心尽力,取得了一定的成绩,一路走来,感觉问心无愧。

1998年,从教三十二年的母亲告别了三尺讲台,光荣退休了。操劳了一生,退休后的母亲依然不甘寂寞,闲不下来,报名参加了老年大学的课程,唱唱歌、跳跳舞,偶尔还和老同事们一起郊游、踏青,生活还算充实。对我们,她没有过高的要求,认为平平淡淡、平平安安就好。常年的奔波劳累使母亲的膝关节严重受损,去年以来,疼痛起来连走路都十分困难了,医生建议通过手术根治。母亲犹豫了许久,为了在有生之年还能多走走看看、蹦蹦跳跳,坚定选择了手术治疗,宁愿一时痛苦,也不愿永远地站不起来。春节前后，年逾 75 岁的母亲顶着身体和精神的双重压力接连做了两次大手术，更换了两侧的膝关节。感谢现代医学的神奇，手术非常成功，再加上母亲乐观豁达，护理方法得当，目前已恢复得很好，又能行走自如了。

  2018 年正月初八，家添新丁。喜讯传来，母亲高兴得好几天都合不拢嘴。随着外孙宸溪的出生，母亲已是四世同堂，儿孙绕膝了。小外孙在北京，母亲每天都要在微信里细细端详，不厌其烦地念叨，还按老家的习俗给他过了"满月"。母亲节那天，我给母亲发去了小外孙的视频和一句简短的问候，母亲秒回了一句："宸溪好可爱，你们要常联系我。"寥寥数语，却饱含了母亲对孩儿深深的挂念。

  穿越时光的隧道
  仿佛看到了年轻的妈妈
  那么秀美端庄
  那么朴实无华

  走过开满鲜花的山岗
  仿佛看到了慈祥的妈妈
  眼里闪着泪花
  心里几多牵挂
  ……

  原谅儿的木讷
  平时很少叫妈
  原谅儿的不孝

岁月流过母亲河

让您常受惊吓
……

别再操心费力
儿孙都已长大
如今四世同堂
也该享享福啦
……

祝福您,妈妈
青山常在人不老
祝福您,妈妈
夕阳最美续芳华
……

母亲,您从事的是太阳底下最光辉的职业——人类灵魂的工程师,值得所有人尊敬和爱戴。母爱,如同一泓清新甘洌的清泉,将永远流淌在我们的过去、现在和未来……

父亲的背影

打我记事起,父亲的背影就在我追逐的目光中风雨兼程。几十年过去了,父亲各个时期的背影还总在我的眼前晃动。从他的背影里,我体会到了人间的冷暖,生活的艰辛,无限的亲情。

奶奶曾告诉我,父亲小的时候头顶留"小锅铲",脑后扎着一根小独辫,在农村,那是小惯孩的标志。我老是想,如果从后面看,那时父亲穿着大花袄、大腰裤,甩着小独辫,一刻也不停地牵着奶奶的手,在大人堆里蹦蹦跳跳的背影一定很滑稽可爱。这个模样也在告诉我,父亲的童年一定是天真烂漫、快快乐乐的,那时的他肯定是爷爷奶奶的掌上明珠、心肝宝贝。

听村小的老教书先生讲,父亲学习非常刻苦,专心致志到可以用"痴迷"来形容。他经常背着粪筐就上了学堂,挑着水桶就到了猪圈、谷场。每次都是人们好心地提醒他时,他才恍然大悟,边答应着,还边埋怨别人打断了他的思路,解了半截的几何题又成了无解。因为经常耽误奶奶做豆腐用水,他没少受到批评责怪。

我的眼前时常出现这样的画面:一米四几的父亲,肩挑勾担,前头后头各勾着一个刚离开地面的大桶,他踮起脚用力地担着水桶,还要低着头不停地思考问题。那个背影,是挑战命运的无声呐喊,是扛着岁月向前的最美雕塑。就是这个背影,成就了父亲考入中专跳出农门,成为国家干部的梦想。

尽管年轻时吃糠咽菜,几乎不堪重负,但父亲还是顶着压力顽强地成长,生就了一副一米八的身板,除了学习成绩优异,还酷爱体育运动。读师范时的父亲和参加工作后的父亲,都是篮球队的主力大前锋。那时的父亲,雄姿英发,挺拔硬朗,尤其是他跳起投篮的姿势优美,动作娴熟,手起球进,就像教科书上绘制的示范图那样标准。幼小的我最喜欢在篮球场外看着父亲的背影在全场移动,攻击、抢断、上篮……他无所不能,浑身充满着朝气蓬勃的力量,每投进一个球,我们都会为他加油助威。每当赢了球,他总是喜欢笑哈哈地把我高高地抛起,接住,抛起,又接住……

12岁那年,我和同学去市里参加比赛,那是我第一次独自出远门。父亲给我准备好了离家的行囊,骑车把我送到车站,并且当着同学的面千嘱咐、万叮咛,弄得我很不好意思。他提着事先准备好的水果,把我送上车坐下,久久不愿下车,翻来覆去地告诉我注意这,注意那……甚至乘务员几次善意提醒,他都充耳不闻,直到车发动了,他才一步三回头地下了车。车缓缓地前行,我透过车窗望着父亲渐渐模糊的身影,突然鼻子一酸,眼泪簌簌地往下流。那时的父亲已年近不惑,上有老,下有小,生活的艰辛压得他走路有些前倾,腰身不再挺拔。我想起了朱自清先生在《背影》中写到的父亲,那在月台一趟趟攀上爬下为他买橘子的背影,正是拳拳爱子之心的真实写照。父爱如山,孩儿无论走多远,身后都是父亲不舍的目光,无论在何方,父亲总会为儿祈祷守望。

我刚结婚的时候,还在乡镇工作,虽然和父母分开生活了,但是许多家务活还是他们替我做。记得一次下班回家,远远地看到一个人拉着一地排车煤球在爬坡。他吃力地弓着身子,喘着粗气,目视前方,一下紧接一下用力蹬着地。车子左摆右晃,煤球摇摇欲坠。我紧赶两步从自行车上下来。定睛一看，啊，这不是年过半百的父亲在为我送煤球吗？只见他汗流浃背，手上、脸上满是炭黑，肩膀已被纤绳勒出了血印。我赶紧帮忙，双手用力推着车帮。忽然，咯的一声，车子的右轮陷进了泥坑。只见父亲略微喘息了一下，对我大喊"用力啊"，然后一只脚落地，另一只脚腾空跨起，随着"啊"的一声大叫，身体向前猛冲，车子终于摆脱了困境。

这幅画面深深地印在我的脑海里，尤其是父亲那满弓的身影，是世上任何摄影作品都无法比拟的。

父亲当过教师，后来从政，也算县直单位的一个领导了。早年他既带体育课，又教数学课，操场上有他踏实的足迹，讲台上有他孜孜的背影。从事文化体育工作四十年，他创造了几多辉煌，荣誉榜上浸透着他的汗水，金奖杯上镌刻着他的功绩。父亲公道正派，原则性强。无论什么情况下，他始终保持着清醒，坚定不移地站在正义这一边。他常说，一个人的能力有大小，但必须做到走得正，行得直，身正才不怕影子歪。这么多年来，从没看到有人指着他的背影说三道四，从没听到任何人质疑他的人品人格。

骑在父亲脖子上撒娇是我童年最快乐的事。他总是耐心又慈祥，我却老是天真地央求他一刻也别停地摇晃，那一老一少其乐融融的背影就是岁月里最美的风景。遭训斥、挨打骂是我年少时的家常便饭，记得一次因我考试成绩糟糕，鸟笼被怒不可遏的父亲摔得稀烂，那只喂养了许久的黄雀没逃过噩运，趴在地上奄奄一息地哀鸣。那次逃学去池塘洗澡被父亲抓个正着，浑身被树条抽得血印道道，还要赤裸裸地站在烈日下受罚。一眨眼，这些记忆都伴随如诉的琴声留在了童年筑砌的回音壁上。

这次回家见到父亲，他的腰身已不再挺拔，满头华发，甚至耳朵也有些背了，一聋三分痴，表现在行动上就显得迟缓拖拉，完全没有了年轻时篮球前锋的干练洒脱。好在耄耋之年的父母性格开朗,心胸豁达,在他们的面前,我们还能撒撒娇,找找小时候的感觉。倘若时光能倒流,我情愿再挨他打,让他吼。

每次从家里走的时候,父亲都要坚持送我们上车。每当车渐前行,我转过身望着他体态佝偻、步履蹒跚的背影,总会情不自禁地泪落腮边。

父亲,虽然您的脊背已被岁月的年轮压弯,但乐观向上的心态、"老骥伏枥,志在千里"的信念还会托起更美的明天,您的背影在我们的心目中永远高大伟岸。

天涯海角总关情

许久了,女儿女婿一直想尽尽孝心,带我们去领略一下南国风光,尽享椰风的轻拂,聆听海韵的祝福。但都因一个"忙"字未能成行。

终于清闲下来,有了一段可以自由支配的时光。于是一家四口相约海南,共同实现了一个心愿。

时序将近冬至,北方已是冰封大地,万物凋零。上飞机的时候还是寒风凛冽,身上全副武装,到达三亚凤凰机场却觉暖风扑面,如沐春光。

女婿考虑得很周到,已提前和女儿从北京过来打好前站,还借了朋友一辆越野车方便自驾游。上次来海南是八年前,日新月异的变化已让我对这里的一切感到陌生。一路欣赏着南国旖旎的风光,不觉便来到了入住的海滨酒店。

酒店是开放式的,坐落在亚龙湾畔、椰子林间。临窗而立,椰树摇曳,海风习习,院内绿草如茵,泳池清可见底,游客们或坐或躺,或泳或谈,或拍照或摆拍,都是一袭夏日装扮,一脸悠闲惬意。

小憩之后已近傍晚,夕阳西下,迎着清新的海风,踏着脚下细软的沙滩,慢慢走向海边,不一会儿,茫无边际的大海和成片的椰林便尽收眼底。

近了,更近了,已经听到了阵阵涛声,我急不可耐地把鞋子扔掉,张开双臂投入大海的怀抱。海水湛蓝湛蓝的,清纯如少女之心,没有一丝杂质，时而俏皮地涌到沙滩上，溅起浪花朵朵，那么晶莹剔透，那么大度包容，那么温柔善良，就像一首歌里唱到的："大海啊大海，就像妈妈一样……"这一刻，我真的像婴儿躺在妈妈的怀抱，又像漂泊的游子终于回到了故乡。返老还童，叶落归根，有的只是满足，再大的委屈都烟消云散了。

拍照、走秀、唱歌、跳舞、嬉笑、打闹……我们又找回了未泯的童心，回到了年少时光。玩累了、倦了，就躺在海滩的藤椅上，沐浴在夕阳的余晖里，聊着家人朋友、亲情友情，以及生活中的点点滴滴。小两口还时不时地秀着恩爱，尽情地享受着大自然的恩赐，欣赏这天人合一的美景，直到夜色渐渐地将我们吞没。

三亚的夜生活丰富多彩，顺着椰林小道，步行不远，便来到闹市区的海鲜大排档。

这里各类生猛海鲜应有尽有，客人们可以根据不同的口味和消费水平到海鲜超市采购，然后交大排档加工。大家围坐在一起，不管认识的还是不认识的，都热情地打着招呼，还时不时地碰上一杯，气氛很是融洽。

酒足饭饱后，和女儿挽手穿梭在琳琅满目的商业街上，时而吃串烧烤，喝罐椰汁，品尝一下新鲜的热带水果，还给小外孙选了两件别具海南特色的小玩具呢。

发小所在的舰队就驻扎在亚龙湾军港，恰逢军营开放日，知道我和女婿都是军迷，特意安排我们一家登上了"长沙舰"。这是习近平主席在南海阅兵时的检阅舰，正停在泊位补充给养，蓄势待发，准备远渡重洋。

我们沿着主席视察的路线，仔仔细细地参观了这艘船坚炮利、性能卓越的国产最新型导弹驱逐舰。值班军士长告诉我们，这艘国产战舰装备着世界上最先进的相控阵雷达系统，可同时探测、识别、追踪上百个空中目标，具备同时和数十个空中、水上目标交战的能力，火炮、导弹、反潜、近防系统都处于世界领先地位，是航母编队的带刀护卫、中华神盾。这种新型战舰的批量入列，大大提升了人民海军的战斗力，我们不仅可以在近海捍卫主权，而且还可以走向深蓝，为维护世界和平尽显神威。一家人听着看着，不时发出由衷的赞叹，都为生活在这样一个日益强大、繁荣昌盛的社会主义祖国感到无比自豪和骄傲。

为了更好地体验黎苗风情，我们把旅行的第二站选在位于五指山南麓的保亭黎族苗族自治县。

车子途经新星农场，路两旁黎苗风格的寨子阁楼随处可见，漫山遍野的芒果丰收在望。果园里，田地间，农人们都在辛勤地耕种劳作，好一派南国风光。停车休息的时候与路边小卖部的主人寒暄，得知她是山东菏泽老乡，当年父母都是插队知青，后来就留在农场就业了。恰巧家里老人刚从山东探亲回来不久，谈及遥远的家乡，老人家一下打开了话匣子，眼神中不时流露出眷恋和不舍。时空阻隔、骨肉分离、岁月无情，我无法对那段历史做出一个准确评价，但眼前的情景却让身处异乡的我们也陡增了一抹淡淡的乡愁。

听当地的朋友介绍，保亭山清水秀，风景如画，气候温而不热、凉而不寒、爽而不燥、润而不潮，是理想的休闲度假胜地。我们下榻的酒店，就坐落在远近闻名的七仙岭国家森林公园，这里依山傍水，植被茂密，药材遍布，地热充足，空气中负氧离子含量极高，还有一个更好的待遇，就是不出房间就能泡到上好的温泉。

清晨，云雾缭绕，推窗望去，七仙岭酷似七位仙女披着薄纱亭亭玉立，端庄窈窕；时近中午，雾渐散去，此时的七仙岭又像七把利剑直指云霄，气势雄伟。我们在这里观云海、看茶花、赏奇石、追逐雏鸡，还踏着溪水捕捉石鱼，观看风情演出，品尝竹筒饭、山兰酒等特色风味……享尽了南国别具一格的民俗盛宴。

在黎族民俗馆里，我们认真聆听讲解员介绍五指山下这神秘古老的民族。他们世代生活在绿椰林边，崇敬自然、祭拜鬼神、植棉织锦、破竹为器、绣面文身、欢歌曼舞。他们坚守着古朴的文化与生活，也在与其他民族的交流中不断完善着自己的智慧与认知。勤劳勇敢的黎族人民在长期的自然生活和社会活动中，创造了丰富多彩的物质文化和精神文化，在数代人的传承与磨砺中将他们的文明孕育成一朵盛开在海南岛上的瑰丽奇葩。

位于县城一隅的仿古建筑——和坊茶楼是保亭的象征，被誉为"海南第一楼"，它是明清阁楼建筑与黎苗元素的完美结合，文化底蕴厚重，古色古香，也是保亭最为著名的景点之一。这次没能到茶楼上品茗听书，体验民族风情，只是遥遥地驻足观望了一阵，也算留点小小的遗憾吧。

返回的时候，途经一个叫作"呀诺达"的热带雨林公园，许是被这奇妙的名字吸引，许是被宣传画上热带雨林独特的魅力感染，我们临时决定来次雨林探险。

导游告诉我们，"呀诺达"是海南土语，翻译过来就是"一二三"的意思，不过在这个景区里还有另一层意思，大概就是"你好，诺言，再见"。于是，所有人进去后都要用"呀诺达"三个字来打招呼，还要配合一个"V"的手势。园内游乐设施齐全，张灯结彩，卡通人物众多，大家仿佛走进了一个童话般的世界，极尽快乐浪漫色彩。

这里常年气候炎热，雨量充沛，由于新陈代谢速度极快，素有"地球之肺"的美称，也是诸多动植物的栖息地。走进雨林，只见古树参天，枝藤蔓延，杂草丛生，各种乔木、灌木、藻类、蕨类、藓类等植物随处可见，不愧是植物王国。这里生长着世界上最珍贵的木头——黄梨木，这种木头敲开外壳后，里面还有一小根木头，做家具的时候只能用里面那根。百闻不如一见，这次我终于亲眼看见了"树黄金"的出处。

一路走来，长期生活在北方的我们真是大开眼界。龙眼树、毛丹树、槟榔树、红豆树、蜘蛛花、白骨苦丁茶，还有一种没有花心的"好男人花"，能释放大量水分的旅人蕉等，都给我们留下了很深的印象，有些植物亲眼所见后还颠覆了我们以前的认知。

在热带雨林里，藤本和附生植物居多，它们有着极其顽强的生命力。最具特色的生存竞争该是"植物绞杀"了，就是为了汲取养分，一种植物的藤蔓攀附在其他树木上，直至把那棵树的养分吸光致死。真没想到生物链也是这么残酷啊，看来"藤缠树，树缠藤"般激情相拥的背后还暗藏杀机呢。自然界就是这样，时刻都在演绎着适者生存的定律。

就在"呀诺达"的旁边有一个"槟榔谷"，在那里可以看到原生态的黎苗文化，至今那里还有最后一批脸上画有图腾的原住民，给这洋溢着现代气息的雨林增添了几分古老的神秘气息。

走出景区，女儿感叹道："千万年来，能在这里生存下来的数千个物种肯定都是最棒的。来，一起把它们拉进框里！"

快门闪过，留下我们和常春藤同框的俏影，也匆匆结束了短暂的热带雨林之行。

回到三亚海棠湾的时候，夜幕已经降临。华灯初上，晚风轻拂，椰子树上五颜六色的霓虹忽明忽暗，将这美丽的南国小城装点得更加妩媚多姿。

短短几天的工夫，我感觉自己已彻底喜欢上了这座海滨小城。这里远离都市的拥堵和喧嚣，碧海银滩，椰树林立，风和日丽，遮阳伞、太阳镜、人字拖是城市象征。无论是躺在亚龙湾的沙滩上享受日光浴，还是独自一人踏着海韵在椰林中漫步，或是潜入神秘的水下去探寻未知的世界，都会为你留下难忘的回忆。远在天涯海角，才能真正体会夕阳落尽的意味、自在逍遥的美好。

时间过得好快，转眼到了分别的时候。

在三亚高铁站口，女儿轻轻捶打着女婿，"明天你又生活在爸爸妈妈身边了，而我却又要离开爸爸妈妈了，好不公平啊""妈妈，不想让你走，以后你们到北京和我们一起生活吧……爸爸，都怪你非让我留在北京工作"。

女儿扑在妻的怀里，不停地啜泣，全然没有了前些天的欢愉。女婿一边忙前忙后地帮我们整理行李，一边不厌其烦地宽慰女儿。我的鼻子酸酸的，甚至找不到一句安慰的话语。

"都是孩子的妈妈啦，怎么还跟个孩子似的？"妻劝女儿，却也是泪流满面了。

站内广播中又传来一遍催促上车的声音，妻这才一步三回头地和女儿分开，我一直拉着行李箱往前走，努力不去回头。终于通过了安检，我偷偷转过身向女儿望去，女儿的泪还在流，依然和女婿一起不停地向我们招手。这回，我终于忍不住了，泪水夺眶而出，顺着腮边流了下来……

"女儿，别难过，天涯离别，京城聚首！"坐在高铁上，我按下了手机的"发送"键。

"爸爸妈妈，以后每年我们都在祖国各地相约！"女儿秒回。

动车缓缓地驶离三亚，夜幕下的椰子林更显婆娑幽窈，海浪仿佛依然回荡在耳边，星光点点，似在诉说着亲情无限。

牵挂最是慈父心

世间万物总是掌握一个平衡的规律,当一扇门关上的时候,肯定会有一扇窗要打开。晴天响霹雳,那纸处分决定了我从此告别为之奋斗半生的事业。一时懊悔、愧疚、自责、迷惘,还有领导和亲朋们的惋惜、宽慰、失望,甚至是指责等,一齐涌来。阴霾密布,悲从心升,压得我喘不上气,一种将要窒息的感觉。幸亏组织疏导、亲朋谅解,特别是妻子的理解包容,才勉强支撑着我没让精神垮掉。

腊月二十八,原单位主要领导把我送到新单位报到。尽管是戴错之人,但老领导还是充分肯定了我以前的工作成绩,新单位的领导同事也没另眼相看,嘘寒问暖,关怀备至,我悬着的心总算放下了。虽是深冬,又是一个陌生的环境,但感觉仍有一股暖流涌上心头。因在央企工作的女儿临产需要照顾,隔了一天,我便请假陪妻匆匆进京了。

临近春节,处处张灯结彩,洋溢着节日的气氛,身临其境,我却一点闲情雅致都没有,如同局外人一般。为了避免尴尬,临来前先把最近发生的事情给亲家和女婿通报了一下。尽管知道研究经济的女儿对从政为官看得很轻很淡,但为了不影响女儿的情绪,还是决定等孩子出生满月后抽适当时机再告诉她我的有关情况,让她慢慢接受这个现实。在女儿的眼中,父亲的形象伟岸高大,从小到大一直是她的骄傲,充满着正能量,从没把我与犯错误、挨处理之类挂钩,我们父女如玩伴,又如忘年交,感情笃深。前段时间她还告诉我,要趁我在省城挂职,带着全家再去泉城,因为她曾在济南参加过几次竞赛、考试,喜欢那里的千佛山、大明湖、趵突泉……可这下愿望落空了,都因我的疏忽大意,"一失足成千古恨"哪,想起来又是一阵自责。

女儿秀外慧中,质朴善良,积极向上,也算是学霸了。那年高考,以优异的成绩实现了进京读书的夙愿。后来读研、就业一直在京,年纪不大,但也算是"老北京"了,谈起北京的风土人情、名胜古迹如数家珍。虽有大月份身孕,但女儿并不显笨重,依然步履轻盈,身手敏捷。在她小时候,我特别喜欢牵着她的小手走街串巷;如今,出门已习惯她挽着我的胳膊左顾右盼了。短短几天,我们一起游览了天安门、军博、朝阳公园……在王府井还品尝了女儿推荐的京城小吃,尽管再三推托,但女儿还是从头到脚都给我换了新装。白天,和妻子秀着恩爱,和女儿谈天说地,和亲家谈古论今,感受着和谐宽松的氛围,亲情使我暂时忘却了伤痛。而夜深人静的时候,左思右想,难以释怀,还是会不由自主地发出声声叹息。

女儿的预产期是年初三,可左等右等,直到初五,外孙还没有出世的迹象。我心想:小外孙真沉稳啊,也可能是不愿见这个犯了错误的姥爷吧,看来得赶紧走。假期将满,我只好悻悻离京,留下的是对女儿无尽的惦念和牵挂。

回到家里,我时刻把手机拿在手里,又开通了视频功能,生怕错过女儿的任何消息。好在单位工作不是很忙,有时间关注女儿的一切。那边有妻子和亲家母的陪伴,心里也踏实不少。后来得知,女儿是正月初七夜里十一点多进医院待产的,时值深夜,怕打扰我休息,他们就没及时告诉我。

女儿身体比较孱弱,一米七的身高,临产时体重不足六十公斤。本可以选择剖宫产的，但听医生说顺产可以避免麻醉剂伤害到母体和孩子的神经系统，忍下一时的剧痛，能避免麻药可能带来的长期伤害，保障自己和孩子的身体健康；另外，宝宝经历了生产的过程，神经系统、肺部功能等会得到很好的锻炼，对今后的生长发育有利等益处后，女儿毅然决定正常分娩。这对习惯了被大家宠着、看到血滴就头晕的女儿来说，该是鼓足了多大的勇气呀。

等待麻醉的时间很难熬，打早了怕生产过程中失去药效，打晚了怕麻药不能及时发挥作用。由于产妇多、医护人员少，本着先急后缓的原则，女儿只能坚强地承受着难以忍受的痛苦。女婿从待产室里传出一张照片，女儿仰躺在病床上，鼻孔里插着吸氧管，脸色蜡黄，紧握双拳，眼里噙着泪水，痛苦已扭曲了她的面部肌肉，满脸憔悴。我睁大眼睛紧盯着手机屏幕，这哪里像我那个秀美端庄、意气风发的女儿啊，顿时心如刀割，鼻子一酸，泪水模糊了双眼……于是随手发去了一条信息："女儿迈进产房门，最是难熬慈父心。翘首期待新生诞，别让伤痛折磨人。"

正月初八的凌晨三点女儿进了产房，在麻醉的作用下很快就沉沉睡去。这期间我不断地打电话了解情况，一切如预想的那样顺利……下午三点五十七分，煎熬结束，佳音传来：外孙顺产降生，七斤半，母子平安！我悬着的一颗心同时也落了地，第一时间给女儿发去信息："女儿，恭喜你当母亲啦！爸爸佩服你的坚强，好样的！"还带去了四句话："一声啼哭似宣言，喜伴新春落世间。远隔千山遥祝愿，祈福母子皆平安。"

看着视频中小外孙呱呱坠地的录像，一家人高兴地奔走相告，那肉嘟嘟的鲜活生命，从头到脚透着可爱，这段时间悲怆的心绪终于得以缓解。不当官了，这下可着着实实地做起了姥爷。人生啊，就是这样悲喜交织，喜忧参半。

转眼之间，外孙即将满月，平时不哭不闹，非常可人。望着乖巧可爱的小外孙,我心想:这孩子长大后一定会如女儿一样聪慧善良,如女婿般阳光帅气。该上户口了,一家人又围绕孩子的名字热烈讨论。最终还是由同是研究生毕业的女儿女婿一锤定音:"五行缺水,就叫宸溪吧!意为富贵,但无须大富大贵,就像小溪那样涓涓长流,清澈欢歌!"

外孙的出生给我增添了无穷的乐趣,填补了生活的空虚,让我尽早从那片黑暗中走出,同时也为我们扬起了希望的风帆。路还长,日子还要继续,万涓成河终要复归大海。

暮去朝来,一切创伤终会被时光抚平;岁月留痕,让外孙的茁壮成长伴随我们慢慢变老……

为女儿庆生有感

在沂蒙山区，给老人祝寿、孩子庆生，是祖上沿袭下来的习俗。虽然各地方式不同，但无论家境贫富，必要的仪式还是都有的。

"可怜天下父母心。"做父母的都希望力所能及地给予孩子最好的东西。贫困家庭的孩子，能在生日这天听到父母的祝福，吃上顿饱饭，就是最好的庆生。有些家口大的，父母甚至连每个孩子的生日都记不清楚。生活在温饱家庭里的孩子，生日的时候能够吃上平时想吃却又很少吃到的美味就是幸福。对于小康家庭来讲，孩子过生日就要有些仪式感了。要么在家里摆上丰盛的菜肴，邀请亲朋好友来家同庆，看着孩子吹灭蜡烛，虔诚地许下自己的心愿；要么订好生日宴，全家老小出去饱餐一顿以示庆贺。另外，庆生的方式还要根据孩子的年龄、性格、爱好等来决定。

从父辈开始，我们就是普通的公务员家庭，在小县城里，也算比上不足比下有余了。打女儿出生至今，每年她过生日那天，我们都要采取不同的方式庆贺一下，无论简单还是复杂，蛋糕和面条总是必不可少的，因为蛋糕寓为祝福、驱魔，面条的寓意是长寿。

记得女儿幼小时，一块小小的生日蛋糕就能让她高兴得手舞足蹈。看着那红嘟嘟的小嘴吹灭蜡烛，大人们总会为她许个心愿，希望她健康平安、早成栋梁。不谙世事的女儿总是乐哈哈地穿梭在大人们之间，像只快乐的小鸟一样，叽叽喳喳，任由大人们娇惯呵护。等到上小学，再过生日，除了买蛋糕、做面条之外，女儿还会主动要求买些学习用具和女孩儿的服装饰品，我们总会精挑细选，满足她爱美的天性。这一天，女儿俨然一副小公主的派头，指手画脚，发号施令，全家老小都要归她调度。她还会亲自主持自己的生日宴会，邀请小伙伴们一起唱歌、跳舞，然后把蛋糕切好放进大人们的嘴里。那一时刻我们满嘴喷香，心里也觉得好甜好甜。

上中学的时候，女儿学业紧张，但每当她生日那天，我们还总忘不了做份面条、买块蛋糕。倘若不能来家过，就给她送到学校，女儿会在众多艳羡的目光中和同学们分享自己的快乐。临走时，我们还会给她包个红包，让她在课余时间自己选择生日礼物。当然，懂事的女儿不会乱花钱，多是买了学习用品和资料。

女儿品学兼优，高中毕业后如愿以偿地进入名牌大学深造。从读本科到读研，每逢她的生日，我们都是尽量赶到北京，买块蛋糕，找个温馨的小饭馆。门面不需要大，几碟小菜搭配，面条还是必须有的，一家三口有滋有味地吃上一顿。然后，会让女儿牵着手逛逛商场，给她买上一身喜欢的衣裳，那时环顾四周，总是觉得自己的女儿最好。等女儿工作了，拿工资了，再去北京给她庆生，每次吃完饭，女儿早已把账结好，我们还是送她些礼物，有时是化妆品，有时是服装、包包。女儿也不过多地推辞，总说和父母在一起才有家的味道，一家人团聚就是最好的庆生。有一次在女儿生日宴上，我提了一个要求："今天我们给你庆生，以后你要为我们祝寿。"女儿脉脉含笑，她说不希望我们变老，她永远做我们的小丫头、小棉袄。

结婚后，亲家一家对女儿很好，她生日那天也总是按照我们家乡的风俗操持一桌丰盛的饭菜，蛋糕和面条永远少不了。我们不便常去打扰，但会用视频送她祝福，还会用微信发个红包。女儿收下我们的心意，总是用"谢谢爸爸妈妈"回复。有时也会向婆家人展示爸妈对她的好。

今年女儿生日那天,我照例用微信发了一个转账红包,可女儿怎么也不肯接受,告诉我她已经长大啦,不再需要红包了,我说在爸爸眼里她永远是那个小丫头。后来,她留下的一行信息让我泪目:"爸爸,如今我也做母亲了,我能感受到生我那天妈妈经历的痛苦,您用给我的红包给妈妈买件礼物吧。再过些年,女儿该给你们过寿了。"妻听闻后,也是热泪盈眶,自言自语道:"小毛丫真的长大了,我发的红包她也没要,往后该给小外孙庆生喽……"

一年年给女儿庆生的往事历历在目,一个又一个生日见证着女儿从牙牙学语、蓓蕾初绽、青春飞扬到知性文雅的过程。今后,我们还会一如既往地用父母之爱让女儿体会到生日的快乐美好。

岁月流过母亲河

又是一年高考季

榴花似火的七月,又是一年高考季。今年全国有一千多万名考生即将进入考场,接受知识的检验和命运的挑战。此刻,我的思绪回到了十二年前的2008年,那一年,汶川大地震、北京奥运会……大事不断,也恰逢女儿参加高考。

女儿10岁的时候,我曾带她去过北京,并且专门去未名湖畔、清华园等地参观。我们相约在2008年,她到北京上大学,我去看奥运。这个远大理想时时激励鼓舞着她,她聪明伶俐,又勤奋好学,小学、初中、高中都属学霸类型。除学习外,她还积极参加校内外组织的各项活动,竞争上岗担任学生会宣传部部长,多次在全国奥赛和青少年科技大赛中获奖,多次被评为省、市优秀三好学生和优秀学生干部,以全A的成绩通过了高中阶段学业能力测试。中学时期就在文学方面崭露头角,被中国散文学会、省青年作协等多个机构吸纳为会员,《大森林里的童话》一书还被山东文艺出版社出版发行。女儿的优秀一直让我们感到骄傲,按理说高考不用操心也有学上。但是,可怜天下父母心啊,做家长的总担心万一发挥失常就会前功尽弃,总想锦上添花,好上加好。那个高考季,我茶饭不思,夜难成寐,觉得比自己参加高考时还要紧张得多。

那年自主招生刚刚作为高考外的附加选择方式在一些重点院校推行,依女儿高中阶段的学业成绩和获奖的硬件,她可以报考的大学很多。当时临沂一中给十几所大学写了推荐信，初审几乎都通过了，但是由于复习紧张（当年自主招生考试是在高考前进行），加上多个学校都在同一天测试，经反复权衡，最终决定只参加三所大学的复试。那段时间考前辅导、查询资料、带着女儿辗转南北参加测试，加上单位工作繁忙，每天都在超负荷运转，但从没感觉丝丝疲惫，总有一团希望之火在心中升腾，总有一个目标在不远处等待。记得在女儿通过了北大自主招生文化课考试之后，参加面试之前，我特意带着她到北京西单商场买了一件粉红间有黑条、脑后带帽的小衫，女儿穿上既庄重朴实又活泼大方。作为一名老组工，我觉得穿上它参加面试起码会从气质和气势上胜出一筹。果然，在随后的两轮面试中，女儿脱颖而出，顺利通过。至今，这件小衫还整整齐齐地叠放在我家的衣橱里，它见证了女儿那一时刻的荣光，也记录着高考季那段青春绽放的岁月。

懂事的女儿白天参加大学组织的笔试、面试，晚上还加班加点自己复习功课，再苦再累从无怨言。考试之余，我还带女儿参观大学校园、图书馆、实验室、学术交流中心等，帮助她放松心情，树立信心，明确目标。最终，女儿以扎实的基础和出色的发挥，一路过关斩将，顺利通过了三所名牌大学的自主招生考试。

女儿高考的考场在市二中，那时我和妻都在县里工作。高考前夕，我们专门调休，在考点附近的小宾馆订了两个房间，早、中、晚都是妻给女儿准备最可口的饭菜，房间里还备上了西瓜等水果。那几天，我们尽量少说多做，不去干扰女儿的思路和发挥，至多给她灌输一些刚刚听到的时事政治知识。每场考试开考前，我们都是手牵着手把女儿送进考场，考试快结束时，我们又早早地等候在考场门外。每一科考试后，女儿都带着自信走出考场，从她面露喜悦的表情中，我已经感觉到离成功越来越近了。

高考之后等待成绩的日子又是一阵煎熬,终于有一天,女儿的班主任打来电话,说是成绩出来了,超出重点线八十多分……全家人都沉浸在喜悦之中,十年磨一剑,女儿也喜极而泣。2008年那个硕果累累的金秋时节,女儿终于圆了进京读书的梦想。在送女儿报到期间,我也实现了现场观看奥运赛事的愿望。

在大学里,女儿仍很努力,除学好专业课之外,还担任校报记者,写出了许多有思想、有灼见的稿件。由于成绩优异,本科毕业后又被保送本校读了研究生。如今,女儿已成为北京一家知名金融机构的一员,有了幸福美满的家庭,并且用学到的知识不断开拓市场,实现了自身价值。

每每回忆起那个既令人揪心又充满甜蜜期待的高考季,总会为当初对女儿的倾心付出而不悔。尽管自主招生考试的加分对最后的录取没起什么作用,但也算给孩子吃了颗"定心丸",让她在高考时放下了思想包袱。又逢高考季,每个考生都在积极努力,情绪也会紧张波动。作为考生家长,照顾好孩子的饮食起居,保证其发挥出正常水平理所应当,但要做到帮忙不添乱,切忌自以为是地说教指责,更不要不懂装懂去猜题估题,瞎掺和乱指挥,白白浪费考生的时间。高考分数出来后,在填报志愿的时候,要充分考虑专业咨询机构和任课老师的意见,参照以往的录取成绩和排名,提出恰当的建议。要充分尊重孩子的选择,学校固然重要,但进入大学后还有进一步深造的机会,专业影响孩子的职业规划,选择时要慎之又慎。

这个高考季非同寻常,无论是学校、家长,还是考生,都经历了抗击新冠病毒战役的漫长过程。从一度恐慌到慢慢适应,再到抗疫取得显著成就,我们越来越体会到社会主义制度的优越性,体会到中国的力量和强大,体会到健康和生命的重要。全民抗疫、居家复习、网上教学、网上测试，许多崭新的理念得以实践，大家的世界观、人生观和价值观都发生了新的转变，都为生活在这样一个伟大富强的社会主义祖国而感到无比自豪，这对稳定考生情绪，增强其战胜困难的信心和决心至关重要。

　　尽管高考时间推后了一个月，但是机会一点没缺少。祝福各位考生坚强面对，笑傲考场，顺利进入理想的大学深造。愿诸多高校敞开热情的怀抱，在这特殊年份圆莘莘学子一个大学梦。我坚信：今天您选择了他们，明天他们就是您的骄傲！

金秋喜相逢

这次回老家,路过杞柳之乡青云镇的时候,妻想去看看柳编工艺品。于是我想起了高中同学朱孔冲的柳编公司就在附近,下意识地摸出手机拨打,正好,孔冲在家。

我们赶到的时候,孔冲早在村口远迎,一声"老班长",仿佛又把我带回到年少时光。同学相见分外亲热,多年已过,孔冲还是那么清瘦干练,黝黑的皮肤透着健康的本色,宽边眼镜衬出斯文,只是花白的头发略显苍老。他高中毕业就返乡创业,发挥传统的柳编优势,出口创汇,成了远近闻名的致富带头人。寒暄中得知,受疫情的影响,今年柳编出口生意都不好做,他在家研究行情,打牌钓鱼,锻炼身体,倒也逍遥。不一会儿,嫂夫人进了门,左手提着新鲜蔬菜,右手拎着刚摘的花椒,浑身挂满了高粱花子,看得出,这是刚刚从地里回来。因为我是第二次造访,算是熟人了,所以嫂夫人见到我们几位不速之客并不愕然。交谈中可以感觉到嫂夫人热情朴实,心直口快,做事干脆利索。她一边带我们参观展室,一边为我们挑选柳编工艺品,看那个热情劲,巴不得把所有好看的样品都给我们带上。末了,夫妻俩还非坚持带我们去自留地里刨几墩鲜花生。盛情难却,只好客随主便了。

孔冲家的责任田在沭河岸边。时值正午,当头的骄阳照耀着一望无垠的田园美景:蓝天白云下,几位村姑在河边浣洗着衣物,粼粼的波光倒映出她们美丽纯朴的笑容；成群的水鸟在河中央振翅飞翔；几头水牛悠闲地在河岸上漫步；垂钓者们三五成群，悠闲地坐在马扎上，时而抛钩，时而遛鱼，时而收竿；更有一位头戴笠身披蓑的钓翁，是画中极好的点缀。

中秋时节，田野里一片丰收的景象，尤其是在沭河冲积平原这块肥沃的土地上，瓜菜遍地，硕果飘香。高粱涨红了脸，苞米脱掉了皮；那黄澄澄的玉米粒，像一颗颗金豆子，谷子笑弯了腰，似向我们鞠躬致意；成片的杞柳密密匝匝，被风吹得奏出乐曲。百果园里，粉嘟嘟的苹果在扒开绿叶往外瞅；满树的石榴笑裂了口，露出红通通的籽儿；大红枣儿灯笼般挂满了枝头；玛瑙般的葡萄一串串地悬在架下，像一颗颗紫色的珍珠。

我们边欣赏着美景边回忆同学趣事，拉着家长里短，不知不觉便来到了花生地头。我打小在城里长大，不谙农活，也就帮着择花生，妻自恃小时候在农村生活过，拿过挠钩就刨了起来，结果心有余而力不足，几挠下去，已是气喘吁吁。孔冲这些年一直经营柳编生意，一副儒商装扮，也不是干农活的料。唯有嫂夫人是真正的庄户把式，只见她挽起袖子和裤角，跳下田垄，振臂挥钩，不足半个时辰，半垄花生便起完了。择干洗净后，我们带着收获的喜悦满载而归。路过菜园时，嫂夫人又坚持下车摘了茄子、辣椒、黑豆等满满一大筐，直到塞满了我们车的后备厢。难怪妻开玩笑说，我们一来，真有当年鬼子进村扫荡的感觉。尽管孔冲夫妇已在镇上预订了午餐，但时间尚早，我们坚持没再留下吃饭。临别时，嫂子还紧赶两步把一捆芹菜放到了车前座上。车子越走越远了，我才突然想起连句感谢的话都忘了和老同学说，心中不免一阵愧疚。

摇下车窗回望沭河岸畔，那纷扬的红枫在宽阔悠远的天空下舞动，秋蝉在枝叶飘逸的金柳树上吟唱，涟漪拨动着银光闪烁的河面，缓缓东流的河水铭记着这场金秋相逢的故事，也似娓娓诉说着前世今生的同学缘……

归途中，我一直在想，从小学到大学，加上后来参加各类培训，同学也有千余人了，扪心自问，相对于其他感情，唯同学情至真至纯，这次偶然的相逢再次让我体会到了浓浓的同学情。同学情是世间绝无仅有的纯粹之情，它无须回报，不用掩饰，既热烈缠绵，又平淡如水，无论见与不见，无论咫尺还是天涯，无论地位高低，无论贫富贵贱，无论是得志还是失意，它都像呼喊乳名那样亲切，像春风拂面那样自然。

同学一生守候，同学三世相亲，同学情就是最美的牵挂。

那些年，我曾经被"邮递"过

每当看到快递员骑着电动三轮车来送邮件，我就会不由得想起二十世纪七十年代那些身着墨绿色制服的邮递员和我曾被"邮递"的岁月。

记得那时我六七岁，父母在县城工作，每逢周末和假期，我都喜欢到乡下爷爷奶奶的家里。从县城到乡村交通不便，路况又差，每天只有一趟班车，天气不好时还经常停运。只有邮电局配备的那种前面是驾驶室、后斗带蓬、人货分离的三轮摩托车（庄户人俗称"电驴子"），雷打不动每天往返一趟，负责东北片三个公社邮件的邮递。记忆中，那个穿制服、骑电驴子的乡邮员姓任，长得高大帅气。他和蔼可亲，忠厚善良，脸上始终挂着笑容，四乡八里的乡亲们都喜欢他，亲切地称他"任大个儿"。妗子时任村支部书记，经常需要订阅报刊、收发邮件，和他比较熟悉，所以爷爷让我喊他"任伯伯"。任伯伯经常在爷爷家里续点茶水，赶上饭点时，偶尔也吃顿便饭。久而久之，就像自家亲戚一样了。父母工作忙，我往返老家不可能老是接送，于是便想起让我搭乘任伯伯的电驴子，坐在盛邮件的车后厢里来回"邮递"。

每次我回奶奶家的头一天，爸爸就挂通"摇把子"电话先告诉婶婶，让奶奶第二天上午去大队部门口等着接我。第二天一早，爸爸便把我送到县邮局搭乘任伯伯的电驴子。开始一个人坐在后面有些害怕，特别是在坡高路陡的地段，任伯伯便把车速降下来，把连接驾驶室和后厢的小车窗打开，不时和我说话聊天，分散我的注意力。后来习惯了，觉得晃来晃去的还挺好玩，那嗒嗒的马达声悦耳动听，甚至连弥漫在车厢里的汽油味也出奇好闻。自己不时地看看任伯伯开车的样子，欣赏着路边的景色，数算着沿途的沟沟坎坎，经过一个半小时的路程，不知不觉便到了老家东盘村。

印象中，奶奶总是倚在大队部门口那棵老柳树下翘首遥望，等我回来。等电驴子停稳了，她便紧赶两步把我从邮件堆里抱出来，一口一个"小儿"地叫着我，一边往我的嘴里塞早已准备好的糖果、点心之类的东西，一边热情地和任伯伯打招呼。任伯伯卸完了邮件，会在大队部里喝点茶水，抽袋烟，小憩一会儿。然后再奔赴下一个驿站。

住上些日子，如果父母不得闲接我，还是婶婶先打电话告诉爸爸我回去的时间。一般都是在夕阳西沉的时候，奶奶估摸着任伯伯快到了，便提前带我到大队部门口等着。电驴子一到，奶奶会依依不舍地把我抱上车，让任伯伯载我回县城。当然，有时奶奶也会陪我一起回城，一路上，我会不停地向奶奶讲解周边的风光，不大的车厢里便充满了祖孙俩的欢声笑语。每次回去，爸爸都是早早就在邮局门口等我了。

任伯伯对工作认真负责，他常说邮件就是邮递员的命根子，容不得半点疏忽。记得有一次，在俺村卸邮包时发现少了一件，他心急如焚，饭没顾上吃，返回头就去找，两个多小时后，才在别的村里发现了多卸下的邮件。还有一次，电驴子在爬坡的过程中突然抛锚，当时前不着村，后不着店，天空中还飘着蒙蒙细雨，等了半个多小时也没拦到一辆车。眼看天就黑了，任伯伯担心邮件的安全，就把我锁在车里，自己硬是步行三里多路，到附近村里借来工具把车修好。等到他重新坐回驾驶室的时候，已成了一个泥人。

寒来暑往，每年我都要来来回回地被"邮递"好多趟。这样的岁月一直持续到我上中学，成了记忆中抹不去的痕迹。任伯伯的许多优秀品质也一直激励影响着我。

如今，路畅桥通，再也不用翻山越岭了，驾车从县城到老家只用十几分钟。爷爷奶奶早已作古，任伯伯也该八十五六岁了。可这段被"邮递"的往事一直珍藏在我的心里，充满着时代的气息，有时想想，那感觉比乘飞机、坐高铁还值得回味。

李子，我的小可爱

2019年11月20日下午四点半，在妈妈的躯体里又多偷了一周的懒，小外孙女，你终于带着深秋的诗意和初冬的安宁，在诸多亲人的期盼和祝福声中，用一声嘹亮的啼哭，宣告来到了这个世界上。都说男孩恋母，看来女孩也喜欢在母体里多享几天清福。

七斤三两，大大的眼睛高鼻梁，甜甜的笑意写在脸上，还有那肉嘟嘟的小腮帮，越看越像童话里的花仙子。看到你依偎在胸前，妈妈忘却了生产的痛苦，喜极而泣。十月怀胎，一朝分娩，妈妈终于浴火重生，凤凰涅槃。天遂人愿，儿女双全，妈妈从此有了自己的贴身小棉袄，我们又多了一份希冀和牵挂。

爸爸妈妈都在北京工作，你虽算是北京娃，但长到一岁半，从没离开过沂蒙山。乳名是姥姥给起的——李子，妈妈的姓，意为桃李争芳，朴实无华，名字好记又好听。你长得白白胖胖，模样招人爱，每次来到小区的广场上，大家都喜欢撩你抱你逗你乐。你对大自然充满了好奇，总是不停地摸摸这个，看看那个，清澈明亮的眸子里透着纯真，那洁净的童心世界里一定充满了幸福快乐。出生在沂河畔的临沂市妇女儿童医院，住的小区门外便是沂河公园，所以你的性格像沂河水一样欢快流畅，而又宁静舒缓。

爸爸妈妈不在身边，你懂事特别早，不哭也不闹，见人就爱笑，那笑起来的模样比绽开的牡丹还漂亮,楼上楼下的邻居都夸你是一个乖宝宝。大你一岁多的哥哥有些淘气,经常和你争这争那,你总是无奈地又躲又跑,每次被抢走了玩具和食品,也只能跺跺脚表示抗议。而每当你有了好吃的好玩的,却总忘不了给身边的人,从不自私。才1岁多,你就懂得讨好大人了,逗人笑,和人闹,还会藏猫猫。每当你张开小手扑向我的时候,那种幸福感是无法用语言来表达的。抗疫期间,你乖乖地待在家中,戴着卡通口罩时有模有样,俨然是个小大人。

那次你感冒去医院输液,因为血管太细,护士扎了几针都扎不进去,你号啕大哭,心疼得我也直掉眼泪。后来你经常在别人面前绘声绘色地描述:"我去医院打针,我哭啦,姥爷疼我,也哭喽……"看得出,你是个心存感恩的孩子。

你就是个开心果,在临沂的日子里,我们家热热闹闹,笑声不断,你给我们平添了许多乐趣,我们累并快乐着。朝夕相处六百多天,白天抱,晚上搂,你成了我们的掌中宝、心头肉,好想把你留在身边啊,看着你慢慢长大。但又担心长期不在爸妈身边对你成长不利,再加上这边的教育资源和首都比有差距,并且我们的工作又较忙,最后只能忍痛割爱,让你回到爸爸妈妈的怀抱,做个地地道道的"北京娃"。

上个月,你被爷爷奶奶接回北京了,临走时乐哈哈的样子在我的脑海里挥之不去。那天,你穿着新衣服,依在保姆奶奶的怀里,大包小包的行李也没引起你的注意,你仍认为是一次普通的广场公园之旅。李子,你还太小,品尝不到离别的滋味。在你转身离开的瞬间,姥爷这个七尺汉子转过头去,止不住地擦眼抹泪,满心的失落。因为害怕离别的那一刻,我没有勇气去高铁站送你,姥爷不想让你走。一个月来,每每视频通话或翻看照片,甚至看到你的布娃娃、小衣服,你姥姥都是泪流满面,那种可望而不可即的思念真是一种难以自抑的煎熬。

  写到这里,我又禁不住潸然泪下。李子小可爱,姥爷想抱抱你了,想看你跳,听你笑,带你一起逛公园、去超市……

  祝福你和哥哥在爸妈的身边开心快乐,扬帆起航,早日驶上成功的彼岸。你们一个北大,一个清华,去实现我们未了的心愿。

我想……

时光清浅,岁月嫣然。转眼之间,生命的年轮已过半百,前尘落定,已知天命,再添新辈,迎来了珍珠婚庆。

想抛却尘世间的一切纷繁芜杂,和你一起去游山玩水,去看日出,赏斜阳,伴随万物自由自在地生长。想一起走在空寂的山林中,听松涛澎湃、鸟儿欢唱、泉水叮咚,看怪石嶙峋、绿草如茵、花儿绽放。渴了,掬一捧山泉水;饿了,吞几颗野山果;困了,我们就倚在破庙的残檐下,你会像年轻时在学校的操场上那样,躺在我温暖的臂弯里眯上眼睛,感受馨香和安宁;醒来的时候,轻轻拂去发梢上飘落的碎花,抖一抖沾上衣衫的浮尘,就这样放松身心,怡然悠闲。

想和你在大漠里漂泊,追随着西域苍茫雄奇的风光前行。在这里,流淌着一泓清清的泉,它源于远古,生生不息。白天是泉,滋润着大漠,孕育了生灵;夜晚如月,似明珠般照耀着沙山。一簇簇充满活力的沙棘草,使荒芜的孤漠焕发出生机。看那蹒跚独行的骆驼队,踏着沉重的步履,走过黄沙堆积而成的岁月,一路从过去走向未来。我们的身影逐渐消失在戈壁深处,心灯点亮了夜空,还有大漠孤烟,悠长的岁月……这一切汇成一道壮阔苍凉的风景。

还想和你一起走在天边,四周是茫茫沧海。我们会漫步在椰风海韵装点的沙滩上,赤着脚,手拎鞋子,沿着长长的海岸线踩来踩去。一串

岁月流过母亲河

脚印留在身后,夕阳拉长了我们的身影,耳畔不断传来海鸥高亢嘹亮的奏鸣。我们迎着海风坚定地走着,手拉着手,还不时地低头私语。波涛汹涌,飞溅出朵朵浪花,洁白如冬菊,映衬着我们红红的笑脸,祝福着我们不老的爱情。

海天连接处,一块巨石飞耸,镌刻着四个刚劲有力的大字——"海誓山盟"。我们相视微笑,满足溢在脸上,甜蜜融进心里。

就这样相伴前行,无问西东。不管他乡还是故乡,天涯抑或海角,只要心相印、身相依,有我们的地方,处处都会是温暖的港湾和幸福的归宿。

最浓是乡情

前些天，在杭州工作的一位同学父亲生病了。他告假来家伺候，得知消息后，我招呼就近的几位同学前去探望，顺便叙叙久别之情。

中秋刚过，天气渐冷，石榴裂口，菊绽柿黄。这正是秋收的季节，摇下车窗举目四望，田野里人声鼎沸，农机轰鸣，瓜果遍地，五谷丰登，一派岁稔年丰的景象。坐在车里，回忆着和同学相处的一幕幕，思绪带我回到了高中时代的美好时光……

记忆中，同学勤学善钻，成绩优异，生性倔强，尤爱哲学，喜穿中山服和黄军装，给大家以稳重少年的印象。他中学时的愿望就是长大后能够钻研马列，研究理论。可事与愿违，他高考考入了一所师范院校学习化学专业，毕业后分配到乡镇中学任教。但他坚韧不拔，初心不改，业余时间发愤图强，经十年的不懈努力，终于考入浙江大学哲学系读研。如今，已成长为一名知名的党史党建专家。

同学的家乡位于苏鲁交界处，是一座古朴秀丽的小村庄。年少时，我们曾在那里春游登高、钓鱼捕虾，许多美好的情景都留在了记忆深处。

这些年，和同学联系多靠鸿雁传书，虽出差、休年假时偶见，但很难促膝长谈。一下车，我们便紧紧地拥抱在一起。上下打量，他还是记忆中的那副神态：书生意气，清瘦干练，慢声细语，只是脑门更亮了，多了几缕银丝，也多了几分教授特有的谦和儒雅。谈起在外工作的感受，他不禁面露愧色,远隔一千公里,以前交通不便,几年回不了一次家,那种对家乡的思念,对父母的惦念,对妻儿的愧疚,无时无刻不蚀骨揪心。幸好前些年组织出面将妻子调到他身边,孩子也长大成人,了了一桩心事。但每每把老人接到城市住几天,他们总是待不习惯,不是想念乡邻,就是念叨家里的猪狗鸡鸭……每次到车站送走父母,好长时间心里都空空的,那种无奈和失落只有游子才会感同身受。漫漫长夜里,他下过很多次决心想调回老家。好在现在交通便利,坐四个小时的高铁就能回到家中,缩短了心理上的时空距离,工作也就安心了。

同学家的院落不大,但收拾得整洁利落,几株月季、秋菊和不知名的花草点缀其中,墙角上堆放的花生、地瓜、玉米展示着丰收的成果。老父亲年近耄耋,是一位有着四十多年党龄的老党员,早年参军入伍,返乡后长期担任村支书,记忆中他身强体壮,眼神中透着坚毅果敢。这次再见,老人斜倚在门框上,见了我们微微一笑算是招呼过了。仔细端详,岁月的风霜无情地将他的黑发漂白,虽然寒露未过,却已棉衣加身,双手插袖,血液病的侵蚀让他显得那么孱弱无力,似已进入风烛残年。老人沉默寡言,但目光依然炯炯,当兵留下的寸发还是那样坚挺。同学告诉我们,在他的记忆中,父亲就是个"铁人",除了处理村级事务,五冬六夏都在农田里默默辛勤地耕作,身体壮实得像头牛,面对再难的事情也有解决的办法。同学的母亲生性健谈,一直在旁边说话,从她怜爱而又满足的神态中可以看出,儿子是她的骄傲和自豪,她没因儿子不在身边而有丝毫的抱怨。说到老伴患病的事情,她的情绪有些激动,冲老伴嚷嚷着:"都是早年没日没夜地给村里干活积下的,每次出工出夫都是第一个带头,从不叫苦叫累,小病小伤的都忍着,现在年龄大了,落下一身毛病……"老父亲被嘟囔得实在忍不住了,大吼一声:"别说了,生老病死是自然规律。这辈子我就听党的,党叫干啥就干啥!"

眼见老人身体无大碍，寒暄了一会儿，就邀同学一起去镇上就餐。同学相见分外亲热，酒过三巡，话题也渐渐多起来。我们回忆过往，感慨当下，展望未来，还不时八卦一些陈年轶事，相谈甚欢。

送同学回家的路上，大家提议到村前的历史名山——羽山脚下找寻一下少时的足迹。羽山主峰海拔269.5米，传说中是东海里的一座小岛，也是东海县的最高峰。别看它孤孤单单、默默无闻地矗立在那里，它可是背倚齐鲁，襟怀吴楚，那葱郁的山峦、清幽的山谷，美丽丰饶，隽秀挺拔，纯朴自然，静谧迷人。山前山后水库环绕，沟渠、堤坝上林木葱茏。虽无泰岱之雄，黄山之奇，似乎貌不惊人，却是一处旷古悠远的历史人文景观。

中学时，我们就知道许多关于羽山的故事，最出名的该是关于"殛鲧"的历史传说。据《史记》载："舜登用，摄行天子之政，巡狩。行视鲧治水无状，乃殛鲧于羽山以死。"说的是远古帝王尧将治水不力的鲧流放到海中的岛山殛死。从这一历史事件中，可以看出原始社会初期法制渐趋萌芽。但是尧帝并不因为鲧治水不力，而弃用鲧的儿子大禹。禹上任后，辛勤治水，让百姓再也不受洪涝之灾，因此受到百姓拥戴。当年的羽山禹王庙香火不断，人们对禹的功绩萦怀心上，可见为民者民必仰之。

车子停在山脚下的原野里，我们意犹未尽，忘情山水，把酒倒入茶杯中，放在车的引擎盖上，用大田里刚起出的、散发着泥土气息的花生和菜园的萝卜、青椒做肴，迎着萧瑟的秋风畅饮，直到不胜酒力，相依相扶，东倒西歪。一个个年过半百的大男人，就那样躺在旷野的千头菊丛中仰天长啸，仿佛要表达出心中所有五味杂陈的情感，这也是我这些年来听到的最真实的呐喊和嘶鸣。工作的压力，思乡的惆怅，父亲的病情，子欲养而亲不待的焦虑，终使同学躺在从故乡的黑土地中长出的草甸上放声大哭,这感觉是何等痛快,有一种自我疗愈、淋漓尽致的酣畅。我知道,在城市,很难找到属于自己的可以释放的空间,心情不好的时候只能泡酒吧、喝咖啡,在安静寂寥中压抑自己。能这样宣泄的地方唯有故土,这是在西湖畔、楼外楼等地永远也难找到的感觉。

晚霞夕照,酒亦半醒,我们驻足羽山脚下的水库堤坝,远眺层峦叠嶂,近赏湖光山色,恰似绿野仙境。雾气腾腾,青山像淹没在茫茫大海中一样,显得更加神秘,让人"不识庐山真面目",正像盛唐诗人崔国辅在《石头滩作》中所记:"羽山数点青,海岸杂光碎……"

悠悠岁月见证了羽山的变迁,见证了这里的历史、人文。睹物怀古,宁静的山峦里,一处处殛鲧遗迹,好像在向人们娓娓诉说那久远的传说。无奈天色已晚,加上醉意朦胧,这次只能远观怀旧,而不能攀登体验了。

这时,同学的手机中传来娘唤着乳名催儿回家的声音,听来还是儿时那样亲切。我知道,该收回思绪回归现实各奔西东了。当我们把同学送回家中交给父母时,两位老人左右端详,仿佛心里的一块石头这才落地。是啊,在父母的眼里,我们永远都是长不大的孩子,无论在哪儿,身后总有默默注视的眼睛,只有看在身边,绕在膝旁,才是最真的拥有。

没有刻意,不加修饰,此情此景回味悠长。这份浓浓的同学情、故乡情融入了金秋最美的画面。

拜 年

我的家乡地处沂蒙山区东南部，背倚冠山，盘龙河穿流而过，是一个山清水秀的古老村庄。谈起儿时对春节的记忆，最深刻的就是磕头拜年的传统风俗。

那时的农村，大年三十吃过年夜饭，大人们就准备年初一的饺子馅，继而是包饺子、团丸子、炸年货……孩子们则放鞭炮、贴春联、糊窗花、藏猫猫、打扑克……民间有个传说，大年三十晚上必须在家里生一堆旺火，这堆烈焰能驱除一切瘟疫病灾，这样大家在新的一年会健康快乐、吉祥如意、红红火火。当时农村的文化生活极为匮乏，又没有电视，每年也就能看上几部老掉牙的电影，还经常断片子。大家只能围坐在一起，一边聊着家长里短、街谈巷议，一边守岁，即俗称的"熬百岁"，等待着子时的到来。当零点的钟声敲响后，按民俗，有一个重要的仪式，就是"发纸"，敬天祭祖。家境殷实些的人家，事先在庭院里摆设考究的供桌，供桌中央供着神位，另有香烛四事及丰富的供品。祭祀时，一家之长领着全家人按长幼尊卑依次排列，先点香、烧纸、斟酒、敬拜天地诸神，再按次序叩拜门神、灶神、家堂、祖宗。这些祭祀活动结束后，本家长辈端坐正堂，晚辈依次给长辈叩头拜年。家境一般的人家，进入"发纸"阶段，就搬张小饭桌，摆上水饺、点心、酒菜等，在院子里烧几张打好的纸钱，全家老小祭拜完天地诸神，再祭祀列祖列宗。家境贫寒的人家就只能摆上桌子，放上简单的供品，然后烧纸跪拜了事。

"发纸"的另一个意思是"发在子夜"。传说财神爷在每年大年夜的子时到人间体察民情，并为忠厚善良、德高望重的人们赐禄送福。这个时辰家家户户都争相上供迎财神。有的人家还专门设牌位、挂神像。迎财神时，家长先点燃火纸，然后手捧点着的高香，到院子里面向门口三鞠躬，口中念着欢迎财神到来的词句，回到屋里后将香插到财神牌位前的香炉里，就算是将财神迎进家门了。

孩提时，我们最盼的就是发完纸后，给长辈磕头拜年这个环节。因为每磕一个头，长辈们都会根据亲疏和喜爱的程度给或多或少的压岁钱，这是一年到头孩子们最富有的时刻。记得有些喜欢开玩笑的长辈，专门按照磕一个头三毛两毛发钱，那时为了多挣点压岁钱，恨不得把头都磕破。

"发纸"的同时，家家户户都准备着抢放全村第一挂鞭炮，图个开年大吉。每户挑鞭的人选也很有讲究，一般是家里的长子长孙，或是长辈最喜爱的男孩子。童年时期，我是爷爷奶奶的最爱，自然，每年这个活基本都让我承包了，不过干这事也挺让人纠结，就是不能睡懒觉。于是，从夜半到晨起，整座村子鞭炮声此起彼伏，寓意辞旧迎新，纳祥吸瑞，祈求一个风调雨顺的来年。

五更时分，孩子们都早早穿上新衣，洗刷完毕，女孩子头上扎花，男孩子放花放炮，大人们有新衣的换新衣，没新衣的也换上了干净的中意衣物。之后拜年活动开始，家里一般留守年长的老人，一个家族的晚辈基本自成一群，一起去长辈家拜年。一群人由一个辈分较大的带着，一起去没出"五服"的族人家中拜年。许多小孩子拜年为的是凑热闹，跟在大人后面混吃混喝，混压岁钱。

拜年也是讲究规矩的，一般都是先去自己的爷爷奶奶家、叔伯大爷家，再去家族的最高长辈家,往后依次顺延。受拜的长辈一般都在屋里待着,看到有人来拜,长辈站在屋门口把大家让进屋。进屋后,来拜年的也是按照辈分、年龄排好顺序,齐声称呼长辈的称谓,如"大爷爷,给您拜年啦",然后磕头拜年。通常是称呼一个长辈磕一个头。磕完后,长辈们会拿出事先准备好的瓜子、糖果、点心等礼物分发给拜年的人们,并且多数长辈都在供桌上提前摆好酒菜,让拜年的人们礼节性地喝上几盅,然后离开这个长辈家,继续到下一家进行拜年。有些年龄大、健康状况不好的长辈起床比较晚,通常门是闭着的,拜年的人们从门缝往里瞅瞅,一看还没"发纸",就在门口大声吆喝几声,一齐跪下磕个头也算心到神知了。

拜年的人们中,酒量大的一圈转下来喝得脸红扑扑的,打着酒嗝,喷着酒气,酒量小的、贪杯的一圈下来东倒西歪,有的扶墙,有的抱树,也是街上一道独特的风景。日上三竿,整个村庄便弥散着醇醇的酒香和浓浓的火药味了,这也是家乡特有的年的味道。

初一的上午,村里更是热闹非凡。家家户户张灯结彩,人们三五成群,面带笑容,闺女玩花,小子放炮,老头、老太太也都换上了新棉袄,见面都是拜年问好,连客居我们村的流浪汉"愣高阵"也是逢人便跪下磕头拜年,讨糖瓜,要烟抽。许多姑嫂、妯娌、邻里之间平时结下的"梁子"也都随着新年的到来一笔勾销,重归于好。有条件的村子组织舞龙舞狮、旱船表演、踩高跷等,还敲锣打鼓,充满着祥和的气氛。

那时家里都穷,长辈给的压岁钱远远不够买摔炮和烟花的。四奶奶家的小五叔很有心计,到本族长辈家磕过头后,就带我们几个辈小的侄子去河东涯卖鞭炮的"小龟腰"(驼背)住的窝棚里去磕头拜年。"小龟腰"那时也该60多岁了,光棍一条,平时靠赶四集当货郎为生,论辈分我该喊他表叔,他是四乡八里知名的"小气鬼"。走进窝棚,五叔带着我们跪下,齐呼"给您老拜年啦"。然后他会毫不吝啬地给我们每人发十几个"小豆炸鞭"和几个"摔炮"以示感谢。有时鞭放完了,实在想不出法,我们还会单独去给他磕头换鞭炮。其实,每年他也盼着我们去给他磕头拜年。每每这个时候,他手捋着山羊胡,正襟危坐,很有威严的样子。再后来,他老人家不在世了,我们也就断了这份念想。

  童年就在年俗的陪伴下悄悄度过,回忆起磕头拜年的情景,宛若就在昨天。如今,随着新农村建设和移风易俗工作的不断推进,许多农民都搬去了楼房,磕头拜年的人们越来越少了,但记忆中那充满着亲情和乡情的场景永远挥之不去,并且会随着岁月的流逝变得更真切更值得留恋。

那把舀子

元宵节的晚上,一家人围坐在父母身旁。我不时陪老爸抿上一口老酒,其他人边吃着饺子和汤圆,边谈论着轶闻趣事。

经商的弟弟这几年生意做得不错,前些天去海南旅游看中了一个度假村的房产,想买一套让父母和我们每年过去小住一段时间。他提出来征询大家的意见。"我和你妈都八十多了,出门越来越困难,再说那边缺医少药的,又没个亲戚朋友,哪里也比不上家门口方便……在那里买房纯属浪费。"老爸首先投了反对票。

"趁着国家政策放宽,要把握好商机,最好把有限的资金用于扩大生意规模上。除非闲置资金多得用不了,不然不要考虑买。平时去旅游度假还是住酒店好,方便又实惠。"我说得也很中肯。

"真要买也没必要面积太大,又不常住,有个落脚的地方,能找到家的感觉就行。"妻既不赞成也没反对。

母亲缓缓地从锅里舀了一舀饺子汤,在往我们碗里分的时候,弟弟久久地凝视着那把舀子,说:"妈,这舀子该用了四十多年了吧。打我记事咱家就有,小时候不听话,你还用它打过我呢……"

眼前这把陈旧不堪、斑驳陆离的舀子,活脱脱就是一件老古董。我以前从没有认真地看过它,也记不清它是哪年哪月怎样来到我们家的,甚至都忽视了它的存在。记忆中,它既当锅,又当盆,还当勺,熬过汤,炖过羹，盛过饺子，淘过米。我和弟弟淘气时，妈妈还拿它当过惩罚我们的"刑具"。我对它熟视无睹，它却是我们生活中不可或缺的一部分。

说起这把舀子，一向沉默寡言的母亲一下打开了话匣子。听完母亲的讲述，我才知道了这把舀子的来龙去脉。原来，这把舀子还是1972年弟弟出生时，姥娘家送"米糖"带来的，算起来该五十年了。大约是1990年，舀子的柄和口之间的铆钉坏了，影响使用，当时就想换掉它。正好姥娘在我们家，觉得其他地方都没有毛病，扔了怪可惜，就捎回家让当铁匠的表姥爷给修补。还别说，当时用两个一分硬币代替坏了的垫钱，一直用到今天仍很结实。

我从母亲手中接过舀子仔细端详，岁月的沧桑在这把舀子上彰显无遗。表面凹凸不平，底和边上虽瘪了好几处，但没有一丝丝漏水的痕迹，细细观察，连烟熏火燎的颜色都是一幅幅抽象的山水图案。舀柄和舀口接茬处，两个一分的硬币紧紧地靠在一起，相依相伴，发挥着垫钱的作用，硬币上的图案和字迹依稀还能辨认出来。我感叹于这把舀子的货真价实，惊叹于工匠修补破损处的技艺，更感激姥娘的良苦用心和勤俭节约的精神。在我看来，这不再是一把破旧的舀子，更像是一件精雕细琢的工艺品。

母亲告诉我们，像这样用过几十年的锅、碗、瓢、盆等老物件，家里还有不少，这些年，也搬过不少次家，但只要物件还能用，她就不舍得扔。

"成由勤俭败由奢。"现在回想起来，受祖辈的熏陶，父母的生活一直非常俭朴，虽然都是国家干部，但从没有奢侈过。母亲天资聪颖，家务活、针线活都是行家里手，小时候很少给我们买成品的衣服，都是自裁自缝，并且样式新颖，穿出去落落大方。而他们的衣服都是新三年旧三年，缝缝补补又三年。她时常告诫我们，现在经济条件好了，生活富裕了，但优良的传统不能丢。

窗外明月高悬，似在感受人间的冷暖。一把舀子牵出的故事历久弥新。弟弟默不作声，估计心里有了新的打算。我也深受教育，会时时以这把舀子为镜鉴，对照审视自己。

母亲手中的舀子似乎已不只是一件普普通通的生活用具，而是一下子变成了"金不换"，它承载着艰苦朴素的家风、血浓于水的亲情和难以忘却的过往，值得后辈永远珍藏。

岁月流过
母亲河

搬　家

　　这次搬家回到家乡所在的小城，妻终于如愿以偿，住上了可以养花种菜的新房。

　　父母年事已高，为照料方便，在外工作的我最近经常回新家小住，茶余饭后，喜欢心无二事地在阳台上赏花弄草，怡然自得。有时坐在摇椅上闭目养神，不由得就会想起每次搬家时的情形，那些曾经住过的或租或购，或大或小，或新或旧的房子一栋栋在我的脑海浮现。于是，那些和房子有关的陈年旧事、生活琐事就像过电影一样，一幕幕呈现在眼前。

　　算起来这该是第十次搬家了，从刚参加工作时跟着父母住，到结婚后四处租房，居无定所，再到后来一次次换房；从县里到市里，再从市里到县里……从起初的肩扛手抬，到用地排车、三轮车拉，后来雇用搬家公司，一次次搬家的场景仿佛就在昨天。

　　俗话说"搬家三年穷"。起初搬家，那些破电器旧家具都不舍得扔，以至于搬到新房了，老旧物件摆得满满当当，与新环境格格不入，不合时宜。后来工资逐年上涨，经济条件慢慢好转了，加上父母接济，再搬家时才舍得添些新家具，但一些老家什还是不舍得扔，一来用着顺手，二来长期朝夕相处也有了感情。虽然每次搬家都要折腾得筋疲力尽，口袋空空，但每每提起搬家还是乐此不疲，还是有些期盼，因为心里始终有一个信念，那就是越搬新家会越气派，新房会越宽敞。

结婚时在城中村租用了一座民宅，哪知时间不长便被贼惦记上了。趁我和妻上班不在家，贼翻墙而入，将家中微薄积蓄，还有奶奶留下的两块大洋洗劫一空，妻心疼得好长一段时间郁郁寡欢，我也只好以破财免灾聊以自慰。还有一次刚搬了家不到三个月，房东就着急用房，只好很不情愿地悻悻搬离。那时就盼着早日能有一个属于自己的家，哪怕是很小的地方，也不用再四处漂泊。

至今我还记得第一次分到房子时的欣喜，那是县委家属院的一套不足40平方米的老房子，一室一厅一卫。拿到钥匙后，妻高兴地把房子粉刷一新，还铺上了当时比较时尚的地板砖，因面积实在太小，只能凑合着把阳台改成了厨房，厨房改成了给岳母居住的卧室，也算了了妻的心愿。虽然非常拥挤，但总算是有了属于自己的小家，并且工作单位和家属院仅一墙之隔，步行也不过五分钟的时间，对于经常加班的我来说倒是很方便。那年单位房改，我购得一套70多平方米的旧房，因房在顶层，又被爬楼、渗漏、西晒等诸多不便困惑了三四年，直到在旧城改造的社区买了一套还建房，这才算有了第一套新房。

后来我离开家乡调到外县工作，单位给配了套周转房，屋内设施都是按公寓化标准统一配备的，虽然很齐全，但缺少家的温馨。与妻更像别鹤孤鸾，六年时间我多是在形单影只中度过。妻刚调到市里工作时，起初也是租房，因房价太高，买不起宽敞的房子，只购了一套当时相对僻远的单位自建房。三十多年了，妻一直心心念念着换一套能栽花种草的小院。

以前工作忙没有闲情逸致，2020年临近内退的时候，妻盘点了一下资产，得出的结论是城里那些合院类的住房想都不敢想，便提议到老家的小县城买套大些的，最好是带个小院，能种花养草的那种。多方考察，四合院还是买不起，一楼带院的洋房私密性不强，卫生也不好保持，思前想后就买了套顶楼赠送阁楼的大平层。我知道，妻主要是看中了那80多平方米的大阳台，垫上些土，便可以养花种菜，也可以在上面喂鸟养鱼，偶尔吃个烧烤也不用担心污染室内环境，更不用考虑惊扰四邻。

于是，妻专门到农村的亲戚家拉来熟土和农家肥，在阳台的四周垫出一分薄地，栽上了月季、紫藤、桂花、茉莉、石榴等二十多种花木，还有黄瓜、西红柿、葱、蒜、辣椒等十几种应季蔬菜。妻每天都像辛勤的园丁一样浇灌、修剪、锄草、除虫……一年下来，竟将不大的空间改造成了一座"空中花园"，一年四季花团锦簇，藤蔓缠绕，既美化了环境，又品尝到了自产的放心蔬菜。

女儿把小外孙女从北京送来后，我们又专门加高了阳台护栏，在中间的空地上摆满了积木、拼图等益智玩具，小外孙女在上面连蹦带跳，这里俨然成了她的儿童乐园。有时朋友们一起在这里喝茶聊天，打牌下棋，有时孩子们在这里唱歌跳舞，嬉戏玩耍，不大的空间里经常充满欢声笑语，老少同台，更觉其乐融融。每逢来宾，妻都要带着上阳台赏花观景，展示自己的劳动成果，幸福之感溢于言表，看得出，她对目前的居住环境比较满意。

一次次地搬家让我深深地感受到城乡发展的突飞猛进和生活质量的不断提高。虽然没能住上优雅别致的四合院，但整天耳闻鸟语，鼻嗅花香，含饴弄孙，不复政事，也算悠然自在。

如果再次搬家，我想回归自然，搬到阔别已久的乡下颐养天年。那里还有三间瓦房，院里榴花似火，金桂飘香，瓜菜成畦，蜡梅吐芳；门前小溪欢歌，竹苞松茂，桑梓成荫，鸡犬相闻；那里懂乡音，重亲情，接地气，能包容，是祖先们留给我的精神家园，是日夜期盼着我叶落归根的故乡。

沂蒙春来早

"八百里那个沂蒙哟,春满园,遍地的牛羊哟,撒开了欢……"山坡上那个牧羊汉子粗犷豪放的歌声,将沟沟壑壑里沉睡了一冬的生灵唤醒,沂蒙的春天也就此拉开了序幕。

"雨水"刚过,年味还未走远,山川沐浴在乍煦的春晖中,那绽放的迎春花正用满枝的金黄宣告春天的诞生。田野里返青的麦苗,河岸边泛绿的柳枝,舒展身姿探头探脑的花花草草,还有房檐下衔泥的归燕,树梢上筑巢的喜鹊,从冬眠中慢慢醒来的青蛙……处处萌动着春的生机。

漫步沭河岸边,我深情款款地向春而行,急切地寻找那久违的春意盎然的景象。微风吹拂着面颊,不时有花香掠过鼻翼,像极了儿时母亲温馨的抚摸。一河春水欢快地流着,成群的野鸭在水面上振翅追逐,荡起串串涟漪,间或有莺鹭起伏,鱼儿欢跳。芦苇生出新鲜的嫩芽,绿中透红,初露头角。薄雾笼罩下的马陵山脉若隐若现,几只矫健的苍鹰俯视着幽谷,盘旋着,搜寻着,动感十足。经历了严冬的洗礼,青松翠竹依然葱茏,昭示着勃勃的生机。

"离离原上草,一岁一枯荣。"那些越冬的植物新芽频发,小草睁开了惺忪的睡眼,嫩嫩的,绿绿的,还有不知名的野花也在悄悄地次第开放,争宠弄俏。百花园里,众多花儿含苞待放,只待气温回升,雨露滋润，便争妍绽开。几树红梅怒放报春，那酷寒孕育出的粉红色花朵点缀着虬枝，笑傲风霜，成群的喜鹊在高高的白杨树梢跳来跳去，望梅欢叫，恰似一幅"喜鹊闹梅迎春图"。

村边石桥下的青石板上，几位浣女在浆洗着衣衫，她们仍在沿用着古老的方法，棒槌敲打，手工搓揉。大姑娘、小媳妇无拘无束，嬉戏打闹，说笑声伴着春风传来，柔美动听。废弃的古渡边，木制码头的踏板已残缺，竖桩、横栏也不全。那只弃用多年的小木船仍是一半在水中，一半在河滩，那一块块破旧不堪的船板似在诉说着世事变迁的沧桑，保持着古渡口的原始貌和存在感，虽与春色格格不入，但又是图画中不可或缺的点缀。

"人勤春来早。"放眼望去，田间地头挤满了劳动的人们，男女老少摩拳擦掌，拖拉机、抽水机的马达声和农夫挥鞭驭牛的喊叫声连成一片，熙熙攘攘，场面热烈。听村干部介绍，今年冬天雨雪少，墒情不好，幸亏冬季农田基本建设会战时上级调拨资金新打了两眼大口井，这下派上了用场，几台喷灌机彻夜不停。眼下家家户户都在抢墒耕播。少小离家的我不懂农时，更不会耕作，只是静静地看着田野里像我的祖辈、父辈一样辛勤劳作的人们，他们弯腰锄地，扬鞭催耕，肩挑背驮，施肥喷药。我用心观察着每一个简单、重复的动作，留意每个精彩的瞬间。我贪婪地嗅着这春天的田野里特有的气息，去感受刚刚被耕耘过的每一寸土地吐露出的丝丝芬芳。面对春耕，我心里突然有了别样的感受——春耕，不只意味着辛劳，而且象征着希望，有着浓郁的春的味道，保持着沂蒙山那份最初的质朴，它永远属于我的祖先、我的家园，根植于我的心间。

路过社区服务中心的农资超市，看到那里人头攒动，热闹非凡。犁、耙、锄、耧等农具样样齐全，种子、化肥、农药等应有尽有。宣传栏、明白纸、视频片三管齐下，市、县选派的乡村振兴服务队正在那里举行农科技术推广活动。走近聆听，刚来的农学研究生小张正手持话筒给大家讲解各种专用肥和农药的适用性和功效。他把复杂的道理简单化，用庄户人的口气介绍得具体生动，不光年轻人听得聚精会神，村里上了年纪的老庄户把式也都听得津津有味，就连出了名的"老犟筋"老于头也抽着旱烟坐在最前排，还不时插话提问。"在种植花生的时候，有人图省事，在播种前一次性施入大量速效肥，这就导致肥效全部集中在了花生生长的中前期，并且忽视了中后期追肥，造成后期脱肥早衰，底气不足，产量降低……"通过小张的解释，他总算明白了这些年种的花生肥施了不少，但是光长秧不结果的原因。"看来不相信科学，连种地都落伍喽。"老汉自我解嘲道。

走到村口，遇见一位云鬟雾鬓、落落大方的女子，她刚推开车门下来，从头到脚一身红装，标准的沂蒙山区新婚装扮，一看就是"回门"的新媳妇。新郎官打开后备厢，正在拿"回门礼"。没看到香烟、美酒、喜糖和茶叶这"传统四样"，满后备厢装的都是中国结、木旋、风筝、剪纸、柳编等当地非遗文化产品。正诧异间，新娘告诉我们，她的婆家是一个非遗文化传承世家，这几年组织周边的非遗文化传承人和民间艺人规模制作非遗文化产品，通过线上线下销售，产品远销海内外，自己发家的同时，还带动周边的群众脱贫致富。这次带回娘家的就是部分产品的模型和图纸，准备让当村支书的哥哥在娘家村发扬光大呢。

春回大地，人们的思想观念也在不断更新，我想，没有比这新春里的"回门礼"更珍贵奇特的了。瞧，那虎头帽上的两只眼睛还眨呀眨的，似向眼前的春光致意呢。

山脚下那片广袤的田野里，一排排整齐划一的现代化联栋玻璃温室，在春日的阳光下格外耀眼。这里是高科技农业示范基地，四十个高标准蔬菜大棚井然有序，精准环境控制、水肥智能循环等各类配套设施一应俱全。棚里栽植的西红柿、黄瓜、茄子、草莓等瓜果蔬菜，长势喜人。

走进西红柿专区,只见镇蔬菜办的老站长正在指导栽植技术,农户们边听边记,还不时地插话咨询。看见我们进来,老站长热情地招呼,并随手摘下两串小西红柿,洗净后让我们品尝。两颗小西红柿下肚,原汁原味的感觉让我马上找回了童年的味道。老站长告诉我们,目前市面上的蔬菜大多用了化肥和添加剂,虽然质量也能达到食用标准,但是改变了蔬菜原有的成分,口感也不好。这里的棚菜全是有机蔬菜,不施任何化肥和添加剂,以土杂肥为主,既能保持蔬菜的品质、口味,又能防止土壤板结硬化。新春新气象,菜农们正在学习借鉴新技术,不断总结完善,将传统的种植模式转变成"农户+基地+市场"的"产、供、销"一体化模式,按照市场化的要求管理运作,完成由农民向基地经营者的转变。

来到郯国古城景区,这里张灯结彩,火树银花,五颜六色的花灯千姿百媚,吸引众多游客前来赏灯游玩。元宵节刚过不久,节日的气氛依然浓厚。"郯王迎宾""虎娃闹春""玩龙舞狮"等民俗活动精彩纷呈。

"春风送温暖,就业送真情",县里举办的"春风行动"人才招聘会也在朱雀门广场如火如荼地进行。政府搭台,企业唱戏。60多家企业现场发布招聘信息,提供2800多个技术岗位,应聘者络绎不绝,供需双方真诚交流。1000多人现场达成了就业意向,他们笑逐颜开,都为在开春之际找到一份中意的工作而庆幸,这也是新的一年金虎献瑞的征兆。

"一年之计在于春。"沂蒙的早春孕育着希望,承载着梦想,这花明柳媚的春色和春潮涌动的豪情终将会成就金秋的硕果累累。

辑二

心灵感悟

谁都有过快乐幸福的美好时光，都希望那样的日子地久天长；谁都有过难以释怀的烦恼忧伤，岁月总会把它们熨帖成安然无恙。那些逝去的人，那些过去的事，那些走过的路，那些付出的爱……总让人柔肠百转，魂牵梦萦。流年转瞬即逝，风会记住花香，无惧将来，无悔过往，我们没有理由不把幸福珍藏。

跟我远行

月儿弯弯,挂在明朗而孤寂的海空。多想它能化作一叶小舟,载着你,载着我,载着最初的梦幻和无尽的缠绵,轻轻驶入浩瀚的心海。请跟我远行。

跟我远行。躲开岸边山崖上那棵翘首企盼的青松,带着红枫魂牵梦绕的多情,驶离金色海岸边那座古老的木屋,迎着潮湿中泛着清新的海风。不论航程多么遥远,路遇多少冰山和险滩,请记住:松与枫相伴,云与舟共济,山与海相依!

跟我远行。当桨已疲惫,只能借帆漂泊;当舵已失灵,只能靠心把握。小舟定会驶入松张开的臂弯,松会站在山崖上,高举着它追逐海天相接处晶莹剔透的梦的衣裳,那白色的衣,白色的裙,白色的纱巾……

跟我远行。不论是澎湃汹涌,还是风平浪静,不论是水天一色,还是浊浪滔天,舟在我的心海里安睡,踏着海浪,迎着朝阳,向着梦升起的地方,永不停息……

会有那么一天,远航的心舟会扯紧云帆,载着征服高山的喜悦和对海不渝的情感,驶回木屋旁温暖的海滩,把所有的思恋尽情地向松挥洒。请跟我远行!

橄榄绿，我永远的梦

孩提时我最大的心愿就是长大后成为一名军人，这个愿望一直持续到参加工作后。如今我已人到中年，那个橄榄绿色的梦仍萦绕在心间，那苍翠欲滴的橄榄情时时激荡着我的心，引领着我勤奋工作、奉献不辍。

童年时期的我最喜欢看战斗故事片，一场电影我能看上三遍五遍，经典台词烂背于口，故事情节熟记心间。看完电影《闪闪的红星》后，为了得到一枚红五星，我哭着央求了爸爸三天，疼我的老爸经不住我的软磨硬泡，终于托人从县武警中队求得了一枚红帽徽。当我手捧那枚熠熠生辉的红星时，心里别提有多高兴了。我小心翼翼地把它别在胸前，越是人多的地方我的胸膛挺得越高，就连晚上睡觉我也把它放在枕头下，生怕它离开我半步。这枚红星伴我度过了童年的好时光，它点燃了我从军的梦想。

高中毕业的那年，对越自卫反击战的硝烟尚未散尽。多少次，我幻想着那没有牛仔裤、连衣裙、蝙蝠衫的绿色世界，想念着那些没有见过面而本来可能成为战友的军营男子汉。他们不留恋家的温暖，不迷恋姑娘的花容月貌和含情脉脉的笑，抛开了"白兰地""迪斯科"，毅然选择了"红领章""绿军装""半自动""光荣弹"，住进了新式保险柜——猫耳洞。在刚刚走向成熟的时候，他们就经受了战火的洗礼。

不是有人拜倒在高仓健、周杰伦的脚下吗？同他们比，我更崇拜朱德、贺龙、梁三喜，他们的心胸能容纳下世间的河流山川，他们是沙场的战神,他们才无愧于男子汉的称号!"生命里有了当兵的历史,一辈子都感到快慰。"我没有什么鸿鹄之志,更不敢奢想名垂千古,只是想获得一点点骄傲的资本,我知道,好男儿的一腔热血应该与共和国的土壤融为一体。

小时候淘气,不小心把脚指甲碰翻了,鲜血淋漓,我咬着牙,硬是把它拽下来,伙伴们都吓得闭上了眼,我却强忍着没掉一滴泪。可不知道为什么,看电影《高山下的花环》时,我竟泪如泉涌,几次哭出声来。私下里,我不止一次地骂导演谢晋心太狠,不该让连长三喜"光荣"。后来我明白了,原来战争就是这样残酷无情。

一场激烈的竞争无情地击碎了我少时苦苦追逐的军旅之梦。接到大学录取通知书的时候,人家都说我是幸运儿,我却偷偷地流泪了。的确,小学、中学、大学,我是一路绿灯,而这幸运中却又包含着我20岁以前最大的不幸——那身着橄榄绿、骑着骏马、手握钢枪在祖国边防线上巡逻的梦真的成了梦。对于失去那些淡蓝色的、玫瑰色的、泛着夜来香味的梦,我似乎并不在乎,遗憾的是我从此也失去了成为将军的憧憬。尽管我在报考志愿书第一栏毫不犹豫地填上了"军校",但是我却没能如愿,命运之舟把我载到了蒙山脚下的师范学校。我曾多次为自己失去了在亚热带丛林中浴血奋战的权利而悲叹,没能亲临疆场,只能从影视中目睹战神咆哮时的情景,以慰藉那颗负疚的心。

记得大一的那个寒假,一名从军的同学来家探亲,我借来他的戎装穿在身上,对着镜子左看右看就是不愿脱下,快门闪动的瞬间终于圆了我从军的梦想。这张泛黄的照片一直陪伴在我左右,成了我的珍藏。我的一位发小是南海舰队"中华神盾"舰的舰长,曾经三次执行索马里护航任务,每次听他讲远渡重洋、搏击风浪、勇斗海盗的故事,都由衷地赞叹佩服。我曾多次去过他们的军港,仔仔细细地参观过世界一流的导弹驱逐舰，深深地为祖国能有这支强大的海防军队感到自豪。我喜欢他一身戎装的打扮，从头到脚都散发着中国军人的威武霸气。我时时为有这样一位高大英武的兵弟弟而骄傲，他送给我的舰模和弹头一直摆放在客厅的最显眼处。

前年去新疆出差，在海拔 5300 米、常年积雪、空气稀薄的红其拉甫哨所，我体验到了"千山鸟飞绝，万径人踪灭"的意境。在这茫茫的雪域高原上，只有战士们身上的橄榄绿昭示着生命的活力。在和边防战士攀谈的过程中，我听到这样一个故事：一名刚刚入伍的新战士在巡逻途中因出现高原反应而窒息，路途遥远，还没送到医院就永远地闭上了双眼。他才 18 岁啊，正是充满青春梦想的年龄，可是为了祖国的安宁，他却长眠在戈壁滩上的红柳树下。我走到他的墓前，恭恭敬敬地三鞠躬，献上了一束圣洁的雪莲花，以表达无尽的敬意。在那里，我找到了对无私奉献、坚毅刚强的诠释，我知道了我们的共和国卫士才是最可爱的人。

几度风雨，几度春秋。屈指算来，参加工作已过三十年，工作岗位换了一个又一个，但无论身在何处，从事何业，军人一直作为榜样指引着我前进的方向。我深深地知道，只有理解了军人，才会明白应该怎样在现实中寻找自己的价值，超越了自我，才会实现自己的梦想。不必高呼什么，也不必埋怨什么，要踏实脚下的每一步，耐得住寂寞，守得住清苦，抗得住挫折，在风风雨雨中坚实地走好自己的人生路。

蒙山巍巍，铭刻着革命先辈的丰功伟绩；沂水悠悠，传承着沂蒙人民爱党拥军的优良精神。身为沂蒙儿女，理应担负起建设"大美新"沂蒙的重任，这样才能无愧于人民公仆的称号，无愧于从家乡走到边陲风餐露宿、不怕牺牲的国门卫士，才能让为国捐躯的英灵含笑九泉。

生命里没有当兵的历史，永远是个缺憾。让我们为军营里的勇士们喝彩，让那橄榄绿色的梦永藏心间！

难忘我当校报记者的岁月

往事如烟,岁月如歌,不知不觉大学毕业已三十多年了。接到"临大故事"征稿通知,我不由得心潮澎湃,感慨万千,思绪一下把我带回母校临沂师专——那个背倚钟罗山,温凉河环绕,古朴典雅的青青校园。

丰富多彩的大学生活中,有许多事情难以忘怀,让我记忆最深刻的就是担任校报记者的美好时光。

记得刚入学不久,校报编辑部在全校范围内招聘记者,方式是自荐和测试相结合。从小到大,我一直喜欢文学,作文也经常被当作范文。只可惜因为偏科的原因,最终没能如愿以偿地进入文科院系。这次招聘,我自告奋勇,精心准备,终于用自己的努力和实力,通过层层选拔,成为1987级体育系唯一一名校报记者。拿到记者证的那天,我激动得喜上眉梢,乐不可支,专门请舍友们吃了一顿丰盛的晚餐。

我很珍惜担任校报记者的机缘,平时虚心向编辑老师请教,经常和中文、政治等文科系的优秀记者相互切磋,很快便掌握了新闻写作的要领和采访的技巧。渐渐地,我悟出一个道理:要想成为一名才华横溢的校报记者,必须用火热的激情贴近生活,深入师生,获取第一手资料,用细腻的文笔诠释丰富的人生哲理。

当兵是我儿时的梦想,可是高考成绩单却宣布了我与战神无缘,虽然幸运地来到这蒙山脚下的教师摇篮,但不能征战沙场,心中不免遗憾。

当时，对越自卫反击战收复老山的战役正酣，校报开辟了一个专栏"军营与校园"，在校报编辑老师的指导下，我把自己发自内心的所思所悟化成鲜活的文字，一篇《追寻失落的梦》在校园中引起热议。这篇作品一下缩短了军营与校园之间的距离，特别是"教师和军人一样，无私地奉献就是天职""我真想化作一片白云，飘荡在军营与校园之间，追寻那失落的梦"等话语，感动了许多壮心未酬的七尺儿郎，甚至让那些情窦初开的女生也对军人格外倾慕，这也是我写作生涯中第一篇变成铅字的文章。我还清楚地记得，那篇文章的插图是中文系的才女王美娇绘制，图文并茂，更引人入胜。

至今，我对其中一次采访的过程记忆犹新。当时我采访的对象是来沂蒙山支教的浙江舟山籍的陈毛美教授。体育系的小记者要采访中文系的大文豪，起初我的心里惴惴不安，但是一见到陈教授，我就被她的热情和谦逊深深打动了。那时陈教授已重病在身，腿脚不灵便，坐得久了就要慢慢活动一会儿。作为中文系的资深教授，陈教授没因身体不适而谢绝采访，更没因我是个体育系的记者而慢待。采访过程中，我克服了语言不通、沟通不畅等困难，仔细挖掘陈教授毅然放弃江南水乡优越的生活环境，主动献身沂蒙教育事业，三十多年孜孜不倦地教书育人的感人事迹。陈教授现身说法，像长辈向晚辈讲故事那样娓娓道来，采访过程中她还教会了我许多文学知识。这场采访，我三次登门，几易其稿，终于把教授的感人事迹登于报端。陈教授的传奇经历、人格魅力、治学态度，特别是她宽厚低调的处世之道深深感染了全校师生。

还记得入学初期，学校里有些师生片面地认为体育系的学生"头脑简单，四肢发达"。针对这个偏见，班里几位爱好文学艺术的同学暗下决心，一定要以实际行动予以回击。我撰写的多篇反映校园生活的散文、诗歌在学校组织的征文比赛中荣获一等奖，其他同学也经常因文艺作品崭露头角，许多文科系的校友都啧啧称赞、自愧不如。后来，大家普遍反映，我们那届体育生，个个爱好广泛、文武双全、多才多艺，每位同学都是校园里的一道靓丽风景。两年间，我收获的那一摞摞证书和一排排报纸杂志上的铅字足以证明自己笔耕不辍、砥砺奋进、没负韶华。

毕业那年，我被分配到临沭县周庄乡中心中学任教。那时能写写画画的人才匮乏，时间不长，乡里就得知我大学时做过校报记者，并且多次在市、县征文比赛中获奖，于是便借调我到党委担任通讯报道员。从此，我更加热爱文字工作，如饥似渴地吸收从基层萃取的养分，充分发挥采写特长，写出了许多有新意有影响力的文章。由于业绩突出，试用期未满，就给我办理了正式调动手续。

辛勤的耕耘换来了丰硕的成果。《大众日报》《临沂大众》等许多报刊都聘任我为特约记者、通讯员。我每年都有百余篇稿件在市级以上报刊、电台发表，连年被省、市党报党刊等新闻媒体评为"模范通讯员"，撰写的通讯稿件《三级书记背书包》《一场别开生面的颁奖会》等荣获"山东省好新闻奖"。

我知道，这些成绩的取得，要归功于我做校报记者打下的基础。那时，漫步在生机勃勃的校园里，和一帮志同道合的同学谈创作，谈人生，谈理想，谈爱情；那时，风风火火地穿梭于众多院系之间，顶着无冕之王的桂冠，把采访的乐趣尽享；那时，徜徉文海，汲取知识，挑灯夜战，历练文笔，发奋努力，练就了扎实的文字功底，也铺平了以后的人生道路。

有些辉煌的过往，不一定值得珍藏，但我会永远铭记那段担任校报记者的青葱时光。

如果第一眼便能明白爱

接连打了几个寒战，何阳慢慢睁开了眼睛，这才发现，东方已露出了鱼肚白。恍恍惚惚似还在梦中，已记不清是怎么来到这个半山腰的窝棚里。寒冬腊月，何阳穿着一身破旧的绒裤绒衣，就那样斜倚在草垛旁，一堆麦秸覆盖在身上。摸了摸脸，泪水已干，皮肤紧得有些痒。

"吱吱，吱……咕咕……吱吱"，隐约好像有鸟类在哀鸣，这寒冬的夜里显得更加悲凄。何阳坐起身，定睛一看，原来是一羽信鸽，它浑身颤抖着蜷缩在墙角。捧在手里，鲜血顿时染红了他的掌心，鸽子的脚上戴着信鸽协会的标志，一只翅膀耷拉着，好像被枪打折了。好可怜啊，幸好伤势不太重，何阳双手合十，祈祷它顽强地活着，希望这弱小的生命伴他走出寒夜。

依稀还记得是大二上学期，学校组织排球比赛，作为体育系排球专业的一员，何阳受聘担任了物理系女排的教练。初到训练场，队员们逐一自我介绍。"我叫山莺，来自蒙山深处，基础不好，教练多指导……"这位头扎马尾辫、皮肤黝黑的姑娘，浑身透着健康的美，说话像山枣那样嘣嘣脆。由于家是邻县，风俗习惯相通，所以何阳和山莺的共同话题颇多。一个愿学，一个愿教，业余时间他还经常给她开个"小灶"，一来二去，逐渐熟悉起来。何阳感觉到山莺有事无事总想和他在一起，在一起时有说不完的知心话。日子久了，队员们似乎都看出了些"猫腻"。

岁月流过母亲河

"教练,山莺的情书可是收了一沓了,你再不下手,恐怕来不及了……"有队员半开玩笑地提醒何阳,每当这时,他总是傻傻一笑,不敢往那方面多想,总感觉自己家徒四壁,人长得也一般,不会有福气娶这样的姑娘。可幸福总是来得那么突然,排球比赛结束的那个晚上,山莺红着脸,悄悄塞给何阳一个精美的公文包,然后满脸羞涩地跑掉了。走到路灯下,何阳迫不及待地打开了公文包,里面有一封信和一副毛线编织的手套。"我住沂河头,君住沂河尾,日夜思念君,盼与君牵手……"读着这封尚存体香的情书,看着山莺亲手编织的手套,还有手套上爱神丘比特的图案,幸福的热流涌上了何阳的心头。那晚,他失眠了,满脑子都是山莺,甚至憧憬着和她相伴一生,直到白头……

往后的日子里,他们便经常一起漫步校园,一起郊游登高,一起哭一起笑,一起欢乐一起闹。在那青春飞扬的日子里,尽情挥洒着爱情的甜蜜。她说喜欢他身穿旧运动装,抱着吉他倚在白桦树上边弹边唱的情调,喜欢他叼着烟卷,眉头紧蹙,舞文弄墨的深沉。他说喜欢她外强内秀、刚柔并济的坚韧,喜欢她体贴大方、善解人意的质朴。尽管那时大学生守则规定学生不准谈恋爱,但他们的恋情已成为校园里心照不宣的秘密。

转眼之间,临近毕业了,那时专科学校都是定向招生、定向分配,哪里考来原则上要分配到哪里。毕业是道坎,许多有情人只能劳燕分飞,天各一方。这时何阳的母亲捎信来,说他也老大不小了,他二姨父所在企业的老板的侄女当保管,人长得挺好,让他抽空来家相个亲看看。鬼使神差,那个周末何阳欺骗了山莺,说家里有事要回去一趟。他想:反正神不知鬼不觉,偷偷相个对象,看不上呢,权当没有这回事,要是有意呢,毕业以后再做打算。没承想还没吃完饭,何阳就后悔了。对面的妮子不但学问比山莺差很多,就是长相和气质也是一个天上一个地下。

可纸里包不住火，还没回到学校，何阳回家相亲的事就被同学老乡知道了。一传十，十传百，很快就传到了山莺的耳朵里。

当何阳忐忑不安地见到山莺时，她却显得异常平静。"本打算努努力毕业后分到你那里，既然心不在我这里了，我不强求，拿爱情当儿戏的人太让我失望了……"她把他推出宿舍，嘭的一声关上门，任凭他怎么敲打也无济于事。后悔、懊恼、苦闷、失落、羞愧让何阳几近崩溃。他知道，一切都是他的错。往后几天的早上和黄昏，何阳都斜背着吉他，在山莺宿舍外面的花坛上坐着，边弹边唱着那首《除了你》。"如果第一眼我便明白爱情，我绝不会轻易做出分手的决定。告诉我，是不是已无法挽回，告诉我，是不是已不能改变……"塔松掩映，枫叶飘零，伴着何阳沙哑的歌声，一时校园里多了一道风景。

没有了山莺，何阳整天唉声叹气，大口大口地抽着烟，觉得失去了活着的意义。那天晚上，他在教室里写好了遗书，回宿舍后放在了枕头下。第二天早上，他告诉舍长要去远行，让舍长把他的行李转交给家里。舍长大惊失色，翻箱倒柜找到遗书后，知道了何阳要去学校后面的火车站卧轨自杀的打算。

何阳出走的消息惊动了班主任和系领导，虽然不好声张，私底下还是组织大批同学到火车站去寻找他。舍友们对他更是关心，通过多种渠道做山莺的工作，甚至拿着他写的遗书给她看，请求她的谅解。老师们也在暗中帮助何阳摆脱窘境。其实，走到火车站的那一刻，何阳就犹豫了，面对着一列列飞驰而来的火车，他真的没有一死了之的勇气，他眷恋着这个世界，不想失去亲人、老师、同学，更多的是，他还牵挂着山莺……于是，何阳漫无目地在山坡上踯躅，寒风凛冽，清洗着他满是污渍的灵魂，荆棘遍布，划伤的不是他的身体，而是这份圣洁的爱情。不知过了多久，他跌跌撞撞地摔倒在半山腰的窝棚里……

天亮时，何阳怀揣着那只断了羽翼的鸽子返回学校。他告诉同学，这鸽子是和他同病相怜的朋友，大家都要好好对待它。舍友们也都告诫他要接受教训，要像信鸽那样忠贞不渝，珍惜爱情。

在大家的努力下，山莺已原谅了何阳，也在急切地打听他的消息。何阳闻讯后，抓起吉他又来到山莺宿舍楼下的花坛边。"如果这一生我只能恋爱一次，你将是我毫不犹豫的选择……除了你，我不会再恋爱……"他流着泪，一遍遍地唱着，全然不顾同学们的说笑，直到山莺走出宿舍，两人抱头痛哭，重归于好。

在舍友们的悉心照料下，那羽信鸽不久便痊愈了。重返蓝天的时候，它在操场的上空盘旋了三圈，又回到宿舍的窗台上迟迟不肯离去。很显然，它是用这种方式向大家表示不舍和深深的谢意。

毕业时，山莺由于学业成绩优异，取得了参加市直分配的资格。她选择到何阳老家的一所中专学校工作。就在那年春节，他们走进了婚姻的殿堂，同学们一起送去了真诚的祝福。相濡以沫三十年，尽管条件艰苦，但他们一直生活得浪漫幸福。去年，他们又有了第三代，整天含饴弄孙，其乐融融。

回眸青春

流年似水，生命的场景就像大河一样伴着汹涌的波涛奔流不息。青春公平地给我们每个人只能一次，走过青春后，如果怀恋它，就只能驻足久久地回眸……

我留恋，我的一中，我的老师，我的同学，我的青春岁月。

曾几何时，年少的我总是踌躇满志，遥望前程，却充满了迷惘和惆怅。高中毕业后，在不知不觉中又匆匆走过了二十五年。如今再回母校，坐在老教室里那个熟悉的座位上，心中难免起伏跌宕，感慨万千。岁月已让青春在这里留下了永不磨灭的痕迹，许多梦里依稀出现的画面都能在这个教室里找到现实的载体。

在这里，我细细地搜寻着青春的轨迹，感受着青春的气息。讲台还是那个讲台，黑板还是那块黑板，门牌已被刻意换成了从前的班码。楼板上吊着的日光灯仍然像往常那样发出柔和的光，虽算不上光芒四射，却也引领了我三年的心路。仔细端详，课桌中央那条"三八线"还顽皮地保持着过去的模样。考勤簿犹在，只是上面的姓名换了一茬又一茬；宣传栏的色彩还是那么耀眼，只是科幻图案替代了从前的"桃李园"；抬眼看看大屏幕，毕业照上我们纯真的笑脸依然如夏花般绚烂……

物是人非啊，如今，恩师的华发已似霜染，腰身也不再挺拔。韶华易逝，岁月的沧桑深深地刻在了每个同学的面颊，往日的天真烂漫已被中年的成熟矜持包裹得杳无影踪。谈谈奋斗史,不论功成名就还是平平凡凡,每个人的脸上都洋溢着重逢后的喜悦;翻翻通讯录,工农商学兵,各行各业都有我们弄潮的身影。

北方的冬天虽然寒冷,但校园里却处处笼罩着幸福和热烈的气息,满是和煦的阳光,满是深情的味道。同学们三三两两地漫步,或轻声细语,或笑声朗朗,都在追寻青春的记忆,都在畅谈别后的感想。大家互诉衷肠,敞开心扉诉说着我们曾经绚丽的青春,如花的笑容绽放在每个人的脸上。思念令人柔肠百转,温暖在这一瞬间蔓延。

操场上,几位往日的运动健将似在炫耀未老的宝刀,一招一式虽远没有了少年的从容,不再矫健的身躯却仍能散发出咄咄逼人的豪气。

沿着校园熟悉的小路,我仔细找寻着那棵亲手栽植的白杨。昔日的幼苗长成了参天大树,迎风招展的枝丫似在张开双臂欢迎来自四面八方的学子。曾经的嫩苗在我面前那么渺小,如今我站在它伟岸的身边竟显得如此渺小。

我们已走进了中年,可树儿正青春般茁壮。

打我记事起,学校门前的苍源河就始终那样缓缓地流淌。它从远古流过今天流向未来,带走了我们童年的天真、少年的轻狂和青春里梦的霓裳,它像恩师那样永远苦口婆心地劝我们学习,教我们励志,育我们成长,给我们不竭的力量。奔五的年龄,我仍童心未泯,叠一只红船放在河流中,让它满载着青春的梦幻和期待,让一颗永远年轻的心随着时代的大潮向前、向前……

河对岸的那片桃园曾是我们少年时的乐园,而今早被一幢幢高楼大厦覆盖得无影无踪。桃花盛开的季节,我们追逐打闹的欢声笑语已被渐渐逝去的青春尘封。唯河两畔的金柳依然婀娜,尽管腰肢已变得臃肿,但发梢仍然不失青春少女的自信和飘然。

毕业二十五年相约母校，我们那届六个班的同学汇集了 320 多人，超过了三分之二，老师们更是悉数到齐，据说这在母校校史上绝无仅有。感谢组织者的用心良苦，感谢母校的精心筹备，让我们再一次聆听老师的教诲，再一次重温同窗的旧梦，让来自天涯海角的情感在这里尽情地抒发，让久远的心灵之约在这里激烈地碰撞，让我们再回到如火如荼的青春时光……

相聚是如此短暂，甚至还没来得及说再见，离别又在眼前。回眸青春，那份纯真永远留在了岁月深处，它似春草般生生不息，又似浩渺的烟波永远荡漾在心海，激励和鞭策着我们劈波斩浪、勇立潮头。

珍惜年轻时光

参加县委党校第十二期中青年干部培训班开学典礼，给我最多的是一种鼓舞，一种释怀，一种久违的值得回味的情愫。学员们热情洋溢的面庞、渴求知识的目光、朝气蓬勃的风貌令人欢欣。坐在办公桌前心潮澎湃，感慨万千，有一种不吐不快的感觉，一股积蓄许久的力量催我提笔，思绪又带我回到十年前那个充满生机与活力的岁月。我自豪，曾经也是一名光荣的青干班学员，那幅清新隽秀的画卷永远载入了青春的史册。

每个人都要经历一个成长的历程，年轻时光就是这个历程中不可或缺的链接。年轻时，可以把人生憧憬成一幅美丽的风景图，主题可以根据四季的变化任意变更，可以把梦幻的色彩描绘得绚烂多姿，可以骄傲地面对芸芸众生。年轻时有后悔的权力，也有修正的机遇。年轻时光的价值几何？不同的时代有不同的答案：战争年代，年轻人是为民族解放流血奋斗的先锋；建设时期，年轻人是那浩瀚江河里的中流砥柱；和平年代，年轻人是编织未来的金梭银梭。而今，在这实践科学发展观的崭新时期，年轻就意味着肩负创造未来的神圣天职，就要讲求奉献和付出。

虽然年轻，但已褪去了孩提时的幼稚，没有了少男少女的腼腆，走过了青苹果般酸涩的时光，正加快迈向成熟的步伐。年轻时，才会有女儿的如花似玉，才会有男儿的英俊潇洒，才会让世人投去羡慕的目光，才会感觉到整个世界都属于自己。年轻的心可以用炽热去点燃理想的圣火,可以用丰富的知识去浇灌成长之树,可以用丰满的羽翼去搏击长空,可以让五光十色去点缀花样年华。年轻时光虽是一段短暂的旅程,却是一份永难磨灭的记忆。

"老年人常思既往,少年人常思将来。"年轻时就要树立忧患意识,树立"登昆仑食玉英"的远大理想,树立奋发向上的鸿鹄大志,练就一身报效祖国的本领。在践行科学发展观的征途上,年轻一代就是承前启后的中坚力量。只有让一颗颗年轻的心都能撑起明天的太阳,才能让东方这片古老的天空永葆灿烂辉煌,才能使中华民族永立世界先进民族之林,才能让我们的共和国永远处在成长期,永远年轻。

年轻时光如夏花之绚烂,它走过了春天的一路芳菲,期待着秋天的硕果累累,它浑身洋溢着蓬勃的朝气,俊俏高雅而又热情奔放,它积蕴着不竭的动力,充满了向上的力量。

让我们珍惜年轻时光,用火一般的热情去锻造无悔的青春,用昂扬的斗志去实践振兴家乡的伟业,用热血和汗水去奏响无愧于时代的强音。

珍惜年轻时光,给人生的旅途增添一道靓丽的风景。

这世界属于你,只因为你年轻。

岁月流过母亲河

甘为人梯终不悔

——《人梯》序言

"世上有朵美丽的花,那是青春吐芳华;铮铮硬骨绽花开,沥沥鲜血染红它……花载亲人上高山,顶天立地迎彩霞……"电影《小花》的这首主题曲创作于二十世纪七十年代,一直传唱至今,可以说我是听着这首歌长大的。尽管小时候并不能真正明白歌词的含义,但是优美的旋律和感人的情景却时时打动着我,让我心潮澎湃,热泪盈眶。每当听到这首歌,眼前便呈现出这样的场景:悬崖峭壁上荆棘密布,石砌的天梯蜿蜒上升,一名伤员躺在担架上,走在后面的男民兵把担架扛在肩头,为了保持担架平衡,减少伤员的痛苦,前面那位女民兵则跪在天梯的石阶上,双手紧握担架,双膝跪地前行,膝盖磨出的鲜血染红了身后的石板和石阶上飘落的朵朵绒花……从事组织工作后,再看这段经典片段的时候,我恍然大悟,这位女民兵不顾生命安危跪爬着把伤员送上山巅,脱离险情,她不就是最美的"人梯"吗?这种精神正是我们组工干部最需要的。我喜欢绒花,不仅因为它是英雄的花,还因为它耐寒、耐旱、耐土壤瘠薄、朴实无华,正像我们组工干部的化身。

"绣花还得手绵巧,打铁还需自身硬",我们党历来重视组工干部队伍自身建设。最近,省委组织部专门下发了《关于加强全省组织部门干部队伍建设的若干规定》,对加强组织部门干部队伍建设提出了十个方面的具体要求。为认真学习贯彻相关规定,全面提高组工干部的整体素质,我们结合正在开展的党的群众路线教育实践活动,组织广大组工干部深入基层,虚心听取群众意见,深刻查摆形式主义、官僚主义、享乐主义和奢靡之风"四风"方面存在的问题。同时,对照理论理想、党章党纪、民心民声、先辈先进"四面镜子"找出了组织部门和组工干部自身存在的沉疴顽疾。比如:有些同志自认为组织部门是最讲党性的机关,时时刻刻都在锤炼党性、磨炼意志,自我感觉党性修养已经比较成熟坚定,以致忽视了对世界观的改造;有的同志艰苦奋斗、无私奉献的意识树立得不牢固,逐渐滋生了贪图享受的思想;有的同志日常待人接物时经常显现出"职业病",严肃、郑重、客气有余,热情、谦和、诚恳不够,给群众留下了优越感强的印象;有的同志与他人沟通交流时措辞不委婉,语气生硬,甚至"无理争三分",给人以"难接触""难说话"的感觉;有的同志不考虑基层的实际情况,提要求多,帮助解决问题少,批评多,表扬少,挫伤了基层同志的工作积极性等。回顾近些年,组工干部因放松对自己世界观的改造,趋炎附势,随波逐流,慵懒散奢,甚至滑进违法犯罪深渊的例子不胜枚举。某省委组织部长在任职期间,利用职务之便,为他人谋取利益,大肆收受贿赂和礼金,社会影响极坏,案发后被"双开"并移送司法机关处理;某县换届推荐干部的过程中,考察组有关成员丧失原则,违规违纪更改推荐选票统计结果,造成推荐考察失实,涉案的组织部副部长等4名责任人被全部免职。我认为张健同志的看法很有道理,他看了部分同志查找的问题后,深有感触地写道:"作为新时期的组工干部,更应以史为鉴,时刻反省剖析自己,彻底扫除灵魂深处的污垢,视群众为衣食父母,以跪乳之心感谢党和人民,回报社会。"

"亡羊补牢,为时未晚。"面对梳理出的问题,部里研究决定在全县组工干部中开展"践行党的群众路线,争做优秀组工干部"活动,围绕"用优良的作风取信人,用精湛的业务服务人""一身正气做人,一丝不苟做事"和"本是铮铮铁骨汉,让人三分又何妨"三个方面的内容开展一次主题征文竞赛,以此教育引导广大组工干部从内心深处认识到存在问题的危害性,认真对照检查,深刻剖析自己,深挖思想根源,珍惜组工岗位,找准努力方向。全县广大组工干部踊跃参与,写出了近百篇思想性强、有深度、质量高的稿件。本人作为一名从事组织工作廿余载的老组工,读了同志们写的征文稿,眼前为之一亮,内心为之一动,从文稿中仿佛看到了自己以往的影子,思绪又回到刚刚踏上组工岗位时那段难忘的岁月。一些同志撰写的稿子不仅文风朴实、语言流畅,而且情真意切、触及灵魂,问题找得准、细,剖析一针见血,根源挖得深透,做到了见人见事见思想,字里行间无处不流露着浓浓的组工情结。同时,面对新的形势,结合个人工作经历,对如何成长为一名合格的组织工作者提出了许多好的见解,感人肺腑,发人深省,耐人寻味。许多同志都对怎样做一名优秀的组工干部给出了很好的答案,杨立德同志对自己提出了这样的要求:"作为一名乡镇组工干部,要认真践行为人处世的最高标准——'立德、立功、立言',特别是'立德'二字正如我名,我要努力做到名如其人。"徐鹏同志写道:"作为一名组工干部,要锤炼作风,砥砺品质,始终牢记敦笃励志,始终做到果毅力行。"王晓明同志说得好:"一名组工干部功绩大小,不在于他获得多少鲜花和掌声,而在于他以公道正派之心,为别人铺垫了多少通往成功的阶梯。"应该说,活动达到了预期的效果。

"雄关漫道真如铁,而今迈步从头越。"希望广大组工干部学习贯彻相关规定,认真研读讨论,互相借鉴,学以致用,共同提高。要围绕习近平总书记提出的"三严三实"和"讲政治、重公道、业务精、作风好"的要求,大力弘扬"安、专、迷"精神,安于本职、忠于职守,专注工作、勤于钻研,迷恋事业、乐于干事,创新和推动组织工作发展。要学习王彦生、李林森等新时期优秀组工干部为党和人民的事业尽职尽责、鞠躬尽瘁的高尚品格,学习他们知人善任、甘为人梯的职业操守,学习他们牢记宗旨、执政为民的公仆情怀,学习他们淡泊名利、清正廉洁的优良作风。要牢固树立正确的世界观、人生观、价值观,提高自身的品德修养,带头遵纪守法、敬畏群众、时时自省、清正廉洁、公平公正,争做一名优秀的组工干部。

最后,以自己的一篇拙作《悠悠组工情》作为文章的结尾,也算是一名老组织工作者对"组工"这个概念的诠释吧。

> 这是一座赤诚铸就的丰碑
> 这是一首奉献谱写的恋曲
> 世间有许多让人难以忘怀的情结
> 永远值得珍藏的是这份浓浓的组工情
> 钢铸铁浇的熔炉锻造成不屈的脊梁
> 严肃紧张的环境孕育着事业的成功
> 谨言慎行是无声的命令
> 无私奉献是组工人的传统
>
> 从不迷恋灯红酒绿中闪烁的霓虹
> 从不羡慕名牌洋装包裹的新颖

岁月流过母亲河

敢于担当是人格的品牌
公道正派是组工人的象征

无数个夜晚
当整个世界都已进入了梦乡
组织办的灯光却依然闪亮
组工人孜孜不倦伏案疾书
创造出昨天的佳绩和今朝的辉煌

面对突击性的任务
毅然将临产的妻子抛在医院
老母亲身患重病
却无法在身边尽孝伺奉
自古忠孝难两全啊
尽管组工人失去了很多很多
但共和国高高飘扬的旗帜上有我们绚丽的荣光

一代代组工人辛勤工作奉献不辍
讲党性重品行做表率时刻践行
如今，群众路线教育的号角又已吹响
新的征程对我们寄予新的厚望
党的建设更加生机勃勃
灿烂的阳光正引领我们走向巅峰
时代的旋律在奏响奋进的乐章
这悠悠的组工情将定格在岁月的永恒

当我们满头华发时幸福地怀想

当我们欢聚一堂时尽情地歌唱

我自豪，美好的青春年华奉献给组工

我骄傲，曾经的组工生涯让我受益终生

《廊桥遗梦》观后随感

闲暇的日子,一位多愁善感的朋友向我推荐了这部曾风靡全球的美国经典爱情片——《廊桥遗梦》。许是难以推却的真诚,许是传世之作的诱惑,促使我坐下来细细地欣赏了这部巨片。

麦迪逊——美国一个僻远的乡村小镇。这是一片让梦升起的地方,碧绿的草、清清的溪、蓝蓝的天上飘过几朵白云,还有河中央那座历经风雨的廊桥……这是一片古老、美妙而又神奇的土地,处处都弥漫着乡野的气息;这是一张滋情润爱的温床,就像传说中爱的伊甸园,充满了神秘、浪漫与安详。不难想象,在这里发生这样的经典故事是偶然中的必然。

剧中的男主人公罗伯特是一位旅游摄影师,女主人公弗朗西斯卡是位普通的家庭妇女,均已人到中年。男女主人公邂逅在一个夏日的黄昏,从相识、相恋、心心相印到相互拥有、融为一体,整个过程只有短暂的四天。在这么短的时间里,两颗陌生的心灵能够撞出爱的火花似乎有点不可思议,但随着剧情的深入,一切又都是那么和谐自然,给人一种水到渠成的感觉,没有一点矫揉造作的成分。我想,这应该就是传世之作的编剧和导演的高明之处。这对中年恋人是因相互倾慕而萌发了感情,又因情而产生了真爱。然而,命运就是这般残酷,女主人公是一个已婚且有了两个孩子的母亲,给她留下偷渡爱河的空隙是因为她的丈夫携孩子外出做生意了,她能独自支配的时间只有四天。丈夫和孩子就要回来了,是随着今生的真爱远走高飞呢,还是把这份爱深深埋在心底,继续守着丈夫和孩子过着平淡的生活呢?看得出,女主人公抉择时是痛苦的,但最终她还是无奈地屈服了现实——舍弃真爱,继续留在小镇上相夫教子。

　　说实在的,看这部片子时,从片头到片尾我一直是沉默的,是怀着一种难以名状的心态看完的。心里既矛盾又复杂,既兴奋、激越,又有一种落寞、惋惜和惆怅。我为男女主人公的真爱所感动,从道德的角度上谴责他们婚外情的同时,也欣赏这深爱着的短暂。其实,每个人的心中都蕴含着一种潜在的激情,特别是步入中年的成熟男女,只是这激情是压抑还是敞开,是一触即发还是难以引爆,要取决于各人的价值观、心态和自制能力。细细观察一下则不难发现,现实生活中存在着许许多多无爱的厮守,许多人活得很累,背负着沉重的枷锁,有来自社会舆论的、伦理道德的、家庭生活的……这些使心中那份炽烈的情不能像花儿一样自由地开放。那残存在心底的一点点真爱或许还在萌芽状态就被毫不留情地扼杀了。不能否认,少年青梅竹马,青年相互倾慕,中年相亲相爱,最后相伴终老的爱情是存在的。但传统的父母之命、媒妁之言式的婚姻在中国更是数不胜数,自古以来有情人难成眷属、恋情故事最终以悲剧谢幕的不乏其例,如梁山伯与祝英台、陆游与唐琬、焦仲卿与刘兰芝……人的一生不可能没有爱的经历,但能爱得激情四溢的也为数不多。如果剧中的女主人公没有经历这次意外的邂逅,那她的生命会一如既往地平平淡淡,她的生活就会像她生活的小镇一样平静而单调地延续下去,她的激情或许永远不可能迸发。她是浪漫的,同时又是现实的。因为她的这次感情经历本身就充满了浪漫的色彩,而结局并未使她超凡脱俗,她还是留在小镇的家中认真地履行家庭的义务和责任,这更符合传统的伦理道德。她有过真爱,但没能留住。从她留给家人的日记中可以看出,那四天的美好时光一直作为甜蜜的回忆珍藏在她的记忆中。至死,她才向世人敞开了自己的心扉,证实她曾经有过两情相悦、刻骨铭心的爱情。她去世后,儿子和女儿都面临婚姻危机时,偶然发现了她的日记,她用自己的经历和最终对家庭负责的态度,挽救了一双儿女摇摇欲坠的婚姻。

欲望无止境,知足最快乐。暗红的玫瑰在每一年只能盛开一次,有过这一次,它的生命就会变得绚丽多姿,就实现了自身存在的价值,在即将枯萎凋谢的时候,就可以自豪地宣称:我也灿烂过!

生命如歌

生命如歌。宽阔的蓝天,飘逸的白云,碧水环绕着绿洲,虫鸣鸟啼,莺歌燕舞,洋洋盈耳,尽收眼底。

生命如歌。月圆月缺,冬去春来,花开花谢,潮起潮落,承载着人生之旅,斗转星移,永不停歇。

生命如歌。酸甜苦辣,喜怒哀乐,成功伴着失意,欢笑融入泪水,岁月像一条缓缓流淌的河,汇集百感,缤纷绚丽。

生命如歌。青梅竹马的两小无猜,花前月下的卿卿我我,儿孙绕膝的天伦之乐,演绎着亘古不变的永恒主题,生命之火,经久不熄。

生命如歌。不泯的亲情,质朴的乡情,浪漫的爱情,纯真的友情,编织着通往天堂的五彩梦,细细品味,其乐无穷。

生命如歌。用知识的宝船装载财富,用奋飞的羽翼征服高山,用一生的追求去书写壮丽的诗篇,蓦然回首,笑傲云端。

生命如歌。当暮年逼近,只能留下即将逝去的精彩;当灵魂出窍,飞扬着融入河流山川,你会由衷地感叹:人间最美,生命如歌。

月圆人缺

——张二利博士百日祭

轻轻一个短信问候,却终没等到您来自天堂的回复,纠结百日之后,我终于知道您是真的走了。二利博士,您在天堂还好吗?是不是秋凉萧瑟,已没有了人间的温暖?是不是火树银花,已忘却了人间的烦恼?是不是人才荟萃,再也不用您日夜操劳?二利博士,您用五十年的生命铸就了百年的辉煌,终能安心歇歇啦。

中秋节,我们怀念您。皓月当空,银光普照,本是万家团圆时,却不见了您的音容笑貌。百天前那场突如其来的车祸,把您鲜活的生命永远定格在了那个令人揪心的瞬间。恰逢壮年,胸怀大志,意气风发,美好的前程却被无情的车轮碾碎。阴阳两隔,我们痛失了一位良师益友,沂蒙大地痛失了一位高层次人才和创业的先驱。雨在惋惜,风在怒号,整个世界都在哀悼。残阳如血啊,老母亲欲哭无泪,不到一个月的时间失去了丈夫和儿子两位至亲,这个打击让她几近崩溃;妻子至今无法相信,十几年的天各一方让她依然觉得这又是一次暂时的离别;一双儿女身在异国,永远不会再见到他们亲爱的父亲,唯一留给女儿的是离世前一周在北海公园的合影,照片上的爸爸笑得那么幸福,女儿笑得那么纯真。八旬老母病重,妻子刚刚归国,儿子尚未成家,女儿不谙世事,您走在了家人最需要您的时候；蓝图已绘就，东风劲吹，只待扬帆启航，您走在了公司发展的关键时刻。

您从大洋彼岸走来，毅然抛弃了世界一流生物医药公司丰厚的待遇和美国优越的科研环境，告别了妻儿和温暖的家。学成归来是您一直的愿望，兴业报国是您的人生追求。2009年5月，您倾尽积蓄，领衔创办了北京凯得尔森生物技术有限公司，这是一家致力于创新药及仿制药研究开发、项目引进和注册申报的高新技术企业。研发团队成员来自美国辉瑞、惠氏、安进和国内著名医药公司，公司的成立在中国生物医药研发史上具有划时代的意义。经过多年的研发，目前已有抗肺纤维化药、抗血栓药等多个创新药完成动物实验，即将获批进入临床实验。这更加坚定了您尽快实现产业化的信心。2012年，您审时度势、高瞻远瞩、精心策划，在国家人才政策的引领和市、县两级党委政府的大力支持下，在临沂生物医药园（位于兰陵）建立了产业化生产基地。您的加入给临沂市的人才工作注入了生机和活力，也实现了高层次专家引进工作零的突破，翻开了高层次人才创新创业的崭新一页。创业的艰辛没有把您压垮，重重困难没有把您吓倒，您在一次次失败和挫折中奋起。经过反复探讨、实验，您终于找到了一条使研发和企业生产协调发展的产学研相结合的发展道路。如今，您创办的山东凯森制药公司正蓄势待发，砥砺前行，科技创新再攀高峰，您一手主持筹建的新药创制中心也即将在应用科学城正式启用。

您是一名科学家，却有着社会活动家的天赋。为了国家高层次人才引进工作和公司的发展，您往返于东西海岸、欧美大陆，四处宣传国家的人才与科技创新政策，宣传齐鲁、宣传沂蒙、宣传兰陵。在您的感召下，一大批海内外高层次人才来沂蒙大地创新创业，为老区经济的发展插上了腾飞的翅膀。如今闭上眼睛，脑海里依然都是您大步流星、风风火火、披星戴月的身影；都是您绘声绘色、侃侃而谈、精辟论证的画面。与您接触的每一个人无不被您的才智和人格魅力折服，您才华横溢却为人谦逊，知识渊博却勤奋好学。来到兰陵创业后，您时刻以兰陵人自居，您爱兰陵胜过爱家乡，重感情、讲义气、不卑不亢、爱憎分明、朴实正直，兰陵人的优秀品格在您的身上彰显无遗。作为组织部门，为能和您的团队共事感到自豪；作为组织部部长，为能有您这样的挚友而骄傲。

　　三年的工作交往让我们结下了真挚的友谊，沂河边的漫步，高铁上的小憩，无数次的促膝长谈，我们敞开心扉，畅所欲言。我让您对中国的传统文化有了更加清晰的了解，您也让我对西方世界略知一二。我懂得您的一颦一笑、一举一动，理解您的甜，您的苦，您的欢乐，您的烦恼。忘不了"泰山学者"答辩席上我们的默契配合，您八分钟，我两分钟，最终用完美表现征服了在场的所有评委，您当之无愧地荣获了"泰山学者"的桂冠；忘不了美国、加拿大招才引智推介会上您慷慨激昂的陈词，您用博才和睿智打动了在场的每个人，博得阵阵掌声……而在今天，这一切，都是那么亲近而又遥远。

　　您对事业的认真负责近乎苛求，每一个细节都容不得半点马虎。而对生活，您却从不挑剔，长年累月一件蓝色工作服，平时也顾不上修边幅。路边的地摊上、乡村的羊肉馆里，每每都能看到您身坐马扎、手捧煎饼的身影。您从不顾惜自己的身体，经常废寝忘食，夜以继日，生活不讲究规律。至今，出事那天我们一起共进早餐的情景犹在眼前。当时刚和欧盟签约一大笔订单，马上又有两名科学家加入您的团队，这些好消息令人激动不已。天降大雨，您把自己的新车让给了应邀而来的专家使用，自己却搭乘一辆旧车去省城洽谈一项重要的合作项目，专职司机不在，就急忙找了个临时人员代驾。哪知，所有的偶然造成了必然，所有的不幸没能化作万幸。临别时没能留下只言片语，您就匆匆地离开了我们。您走的时候，脚上还是那双穿了五载仍未舍得丢弃的旧皮鞋，袜子已破损，前露脚趾后露脚跟。看到这些，有谁会想到这是一个有着上千万资产的董事长呢？又有谁会想到，这曾是一位叱咤世界生物医药界的首席科学家？您朴实无华的情操感染着每一个人。

值得欣慰的是，在您的不懈努力下，这里已汇聚了几十名海内外精英。这些"特聘专家""泰山学者"正沿着您指引的方向，描绘着您规划的宏伟蓝图，发展着您未竟的事业，去实现您把凯森做成"中国辉瑞"，让老百姓都能吃上便宜高效药的崇高理想。然，您却没能等到看到这一切的那天。

蒙山肃穆，沂水哽咽。为彰显您对临沂人才和科技创新工作做出的突出贡献，您走后，临沂市委市政府破例为您这位外乡人举行了隆重的悼念活动。人们从四面八方赶来，偌大的告别厅人山人海，这里面有领导、有同事，有仅仅是一面之交却被您深深感染的朋友，还有一些从未谋过面只是为您高贵的灵魂而来。您静卧在鲜花翠柏之中，花圈林立，寄托着中组部、省委组织部和各级领导对您的哀思；挽联垂泪，倾诉着公司员工、亲朋好友对您的最后挽留。您无语，只因遗憾太多了，留给大家的只有那个挂在墙上的熟悉而又冰冷的微笑……

二利博士，您在天宫还好吗？有银河缠绕，有玉兔相伴，有星光闪闪，您还会重执牛耳，再现灿烂。看，那圆圆的明月就寄托着我们对您最深的思念。

二利博士，我仿佛又看到您会心的微笑了。二利博士，安息吧。愿天堂里没有伤痛，只有欢笑。

张二利　1964年出生，祖籍山西平遥，美籍华人。美国南卡罗来纳大学生物化学博士，药物研发专家，中组部特聘高层次专家，山东省"泰山学者"。曾在美国辉瑞公司等知名药物研发机构工作，任资深研究员和首席科学家。主持和参与了包括抗血栓药、降血脂药、降压药、抗艾滋药、抗癌药及抗菌药等在内的几十个项目的开发。2007年回国创建了北京凯得尔森药物科技有限公司，2012年到山东兰陵创业，创立了山东凯森制药公司，将研究项目产业化，2014年在临沂应用科学城筹建新药创制中心。2015年6月24日出差途中因突发车祸不幸罹难。

病中悟幸福

老的健健康康、孩子未来可期、夫妻和睦、事业兴旺、衣食无忧……在绝大多数人眼里，这就是幸福生活吧。或许是因为一直生活在幸福之中，以前我从没有认真地想过什么是幸福。自打经历了精神上和肉体上的双重折磨之后，再认真地审视幸福，这个概念一下变得宽泛了许多。实际上每个人的具体情况不同，幸福的含义和底线也就各有不同。幸福就是一种感觉，如果一个人总是觉得事事不顺心，活得不开心，往往就是由于把幸福的底线画得太高了。

人们常说，眼睛和心灵是相通的，心灵若受了伤，眼睛便不再明亮。以前从未想过把这两者的因果关系放在自己身上验证，但最近一系列的变故引发的身心变化都毋庸置疑地证实了这一点。

在事业的辉煌时期，一场噩梦让我从巅峰坠入低谷。半年过去了，笼罩在内心的阴影还是无法散去，我想过许多排遣的办法：看书写作、郊游远足、品茗聊天……一切都不能替代昔日的运筹帷幄、忙忙碌碌。其间，我曾独处寒舍闭门思过，到肃穆的庙堂反省过，到空寂的山中沉思过，到辽阔的海边遐想过，到幽暗的小巷踯躅过，还细细研读过领导的教诲、朋友的开导、家人的慰藉……找过一千个理由说服自己，也曾为未来设想过无数条路，却始终走不出过往的桎梏，很难释怀，正如一位老者所言：真正看开想开真的好难。

许是祸不单行吧,近来又患上眼疾,术后引起并发症,眼压升高,肿胀如核。虽经多方诊治,眼前的世界仍混混沌沌的,失去了往日的清晰。在那期间,我遵照医嘱,不分昼夜静静地趴过,颔首低眉蹒跚地走过,侧面斜躺倚着沙发睡过……那些日子,能舒舒服服地仰躺在床上好好睡上一觉,也成了最大的奢侈。白天我尽量忍着,装作若无其事的样子,而每到夜深人静的时候,总是辗转反侧,不由自主地黯然泪下。每每病痛难忍快坚持不住的时候,内心深处总会发出一个声音:"世间的苦很多,这点不算什么,又不是什么不治之症,比起关云长的刮骨疗毒、革命志士受尽的严刑拷打还差很多,咬咬牙就能扛过去的……"这一扛,就三个多月。其间,友人说:"如果有什么想不开的事,过不去的坎,就到医院的住院部和急诊室看看,那里有一双双对生命渴求的眼睛,有残肢断臂支撑着的依然顽强的生命,有难以忍受病痛折磨而发出的凄惨的叫声……"我也尝试着去体验过,每次都是心情沉重,既有对自己患小疾的庆幸,更多的则是沉浸在悲怆氛围中的压抑、焦躁和对一个个生命行将消逝的悯惜和无能为力……于是乎,也就不愿再过多地涉足这些地方,至后来,每当听到救护车的疾驰,心里都有一种莫名其妙的惶恐。

躺在病榻上,我想了好多好多,其中有生命的意义,有幸福的含义……终于有一天,我读到了作家史铁生写的一段话:"生病的经验是一步步懂得满足。发烧了,才知道不发烧的日子多么清爽。咳嗽了,才体会不咳嗽的嗓子多么安详。刚坐上轮椅时,我老想,不能直立行走岂不把人的特点搞丢了?便觉天昏地暗,等又生出褥疮,一连数日只能歪七扭八地躺着,才看见端坐的日子其实多么晴朗。后来又患尿毒症,经常昏昏然不能思想,就更加怀恋起往日时光。终于醒悟:其实每时每刻我们都是幸运的,任何灾难前面都可能再加上一个'更'字。"

是啊,作家比喻得太精辟了,浅显的道理诠释了幸福的真谛。幸福是在不断地降低期望值和调整底线中才能得到的。期望值过高,欲望太多,理想与现实产生较大差距,于是痛苦便不断侵袭自己。退一步说,遇到灾难和不幸时,如果适度地降低一下幸福的底线,也有助于调整心情,增加我们战胜困难的信心和决心,最终渡过难关,坦然面对生活。

小的时候,觉得幸福是一种物品,得到了,便幸福了;长大以后,觉得幸福是一个目标,达到了,便幸福了;如今日趋成熟了,感觉幸福就是一种心态,悟透了便是幸福。对于现在的我,乌云不在,迷雾散尽,眼明如初,健健康康,开开心心,心存遗梦,该就是幸福了。

愿疫去春媚

今儿早上,微信圈疯传着一条令人悲痛的消息:湖北省武汉市协和江北医院消化科医生夏思思倒在了抗疫的主战场。29岁,娴雅成熟的年纪,学术有成,事业巅峰,上有老、下有小,她却义无反顾地奔赴抗疫的前沿,不幸感染新冠病毒,经抢救无效,永远地闭上了双眼……噩耗传来,江河呜咽,天地齐悲,人们无不感到痛惜。

这个寒冬显得格外漫长,能够坐在阳台上享受暖阳,就是一种奢侈的享受。

临窗远眺,小区里虽已春色满园,但人们却无法像往常那样近距离地去感受花儿吐露的芬芳。仿佛一夜之间,阴霾笼罩神州,瘟疫从天而降。短短数日,武汉病了,湖北病了,祖国母亲也病了。

危难时刻显身手,万众齐心渡难关。生命重于泰山,在这紧要关头,党中央、国务院千钧重任勇承担,号令声声暖心田。从塞北到江南,从东海之滨至雪域高原,广大干群闻风而动,同仇敌忾。钟南山、李兰娟等众多专家学者临阵上前,昼夜研讨,各抒己见,鼓舞士气,解疑释难。全世界的目光聚焦武汉这座英雄的城市,聚焦东方这片古老的土地。众多国家和组织纷纷驰援,为我们勇于担当的祖国加油点赞。

口罩遮住的脸上只能露出两只坚毅渴求的眼睛,无声的凝望足以代表最真切的记惦。十四亿同胞的心儿紧紧相连,它们随着祖国的脉搏跳动，与疫情肆虐中的河流山川同呼吸、共患难。

春节本是万家团圆的时刻，成千上万名医护人员却要在此时出征逆行。他们来不及告别妻儿父母，甚至来不及留下片语只言，就那样匆匆地奔赴前线。疫情就是无声的命令，刀山火海也挡不住勇敢者前行。党旗、军旗、红十字等交相辉映，一幅幅生动的画面胜过桃红柳绿。面罩、白帽、隔离衣、橄榄绿，在抗疫前线随处可见。

"倘若我被感染，同事们一定会救我！"朴实的语言透着刚毅与豪迈。"儿啊，千万别回村，好好待在武汉，等待政府救援……"字里行间流露出大义、不舍和挂念。

这段日子，带薪休假、网上办公、延迟开工、封闭隔离，项项措施合实情、顺民意，婚礼推迟、丧事简办已成民间新常态。

这个夜晚，我凭栏遥望，只看到跨河大桥上的霓虹，还有孤夜里的寒灯。四周一片寂静，大街上冷冷清清，全没了往昔车水马龙的盛景。

窗外，雪花轻轻地洒落，似在祭奠夏思思医生的英灵，又似天地间飘舞的信使传递着来自天国的信息，它会把人间的一切阴霾荡涤。就让这雪花带着祈祷，带着祝愿，快快飘到抗疫的最前沿，飘到白衣天使身边，去送走瘟神，迎来春天。

雪压青松，虬枝依然挺拔；寒梅傲雪，花香依然四溢。病毒染不了含苞的嫩芽，瘟疫遮不住明媚的春光。

立春了，冰雪消融，艳阳驱瘟，但愿也是疫情的分水岭。盼，驰援疫区的逆行者们早日结束征战凯旋。愿，疫去春媚，岁月静好，国泰民安。

岁月流过母亲河

水 边

"世间所有的相遇,都是久别重逢。"春去秋来,岁月留痕,有些伤痛需要慢慢熨疗。许久了,几位故友终于让我找到一份久违的宁静。昨晚的一幕幕还在我的脑海里萦绕……

那是家乡新城一个不起眼的窄小空间,临窗而坐,静观夜色朦胧、灯影摇曳、车水马龙……无论喧嚣还是寂静,客多还是客少,小店总是这样波澜不惊、淡定从容,你来与不来,它都会在这里用心守候。

喜欢那样几位老友相对而坐,耳际环绕着理查德·克莱德曼如泣如诉的钢琴名曲——《水边的阿狄丽娜》。我们的目光时不时地交错,常常会心一笑。喜欢看着男士们热情地举杯,看着女士们美丽真挚的笑容,更喜欢看着大家细细品尝可口的餐饮,还有人偶尔做个鬼脸,讲个童年趣事,露出曾经的俏皮。

房间虽不大,但显得古朴典雅,喜欢墙上的旧画、陈年的沙发和小屋里那些透着沧桑的摆设,恰似一抹淡淡的乡愁。这里是不需要阳光的,心无阴影,便不觉黑暗。灯光也不需要太明亮,那金黄的柔和笼罩着大家,更能勾画出故友们熟悉的轮廓……这里更不需要强装欢颜,青梅竹马、两小无猜的人儿在一起,可以尽情叙说自己的欣喜与烦恼,释放自己的各种情感,大家快乐着你的快乐,忧伤着你的忧伤。

窗外,晚风习习,吹来寒意,月亮高悬在天边,皎洁而又明亮。一池碧水泛着月光，思绪带我们走进了中秋的荷塘。绿叶簇簇拥拥，一枝枝荷花亭亭玉立，红的像矜持的少女，低眉娇羞；黄的像温婉的少妇，微微含笑。夜色朦胧，睡莲已闭上羞涩的眼睛，直待次日迎着朝阳争奇斗艳。荷叶随着曼妙的音乐左摇右摆，舞姿翩翩，为碧水增添了一份特别的风韵。猛然间，看到碧叶繁花中一枝莲蓬悠然而立，片片花瓣撒落池中，像一只只摇曳的小船。莲蓬虽没有了花样的艳丽，却清雅依旧，高贵依旧，迎风成熟。我喜欢荷，不仅仅是因为它美得素洁高雅，更因为它象征着"出淤泥而不染"的品质；象征着不受世俗羁绊、追求自由理想、独立向上的力量。

许久不见，话题颇多，感觉时间好紧啊，不知不觉天色已晚，甚至还来不及好好说声再见，大家便各自消失在夜幕中，许多美妙的谜底都要留待下次揭晓。

我会记得在这个云卷云舒、月圆花好的中秋，我和故友相聚在这个喧闹城市的那个叫"水边"的地方。那里恍若仙境，超凡脱俗，可以沉思，可以静坐，可以小憩，可以读书看报，可以听风赏荷……恰似梦中的伊甸。那里的人们泰然自若，对酒当歌，节奏舒缓，喁语绵绵……

喜欢这样的故事在一个陌生的小城抑或一个僻远的边陲小镇延续，也在"水边"。总渴望一直停留在那样的时光里，岁月倒流，回味年少，一直到老……

感谢你们，选择了这样一个充满诗情画意的"水边"，在我内心最脆弱的时候倾心陪伴，解压释负；感谢你们，让我忘掉伤痛，重新启航，给我如沐春风的感觉。

愿秋色宜人，风平浪静，岁月安好，一切回归自然，心儿不再受伤。

清明，春雨把思念挥洒

清明是思念的季节，也是孕育春雨的黄金时节。

老辈人常说，清明清不明。打我记事起，几乎每年的清明这天都会下雨，或是淅淅沥沥，或是瓢泼如注，即使晴空万里，也会飘来缕缕雨丝。那一颗颗晶莹剔透的雨滴，恰似天空垂下的泪珠，成了思念的载体和清明的标志，也滋润着世间万物，使其焕发出勃勃生机。

每到思念季，按照老家的习俗，游子们都会雷打不动地返乡祭祖扫墓。而后，三三两两地荡秋千，放纸鸢，折柳踏青，亲近自然。

今年清明，由于疫情所致，大家出门还都戴着口罩，只露出两只眼睛，给这个季节奏出一丝不谐之音，蒙上了一层神秘的面纱，更觉愁绪萦怀。

风虽温柔湿润，但吹在脸上还是有点痒。雨朦朦胧胧的，淋在心里让人隐隐作痛。我知道，这个春光明媚、欣欣向荣的四月，独有这一天充满着淡淡的忧伤。

走在乡间的小路上，看山上山下，田间地头。含羞的草儿早已睁开惺忪的睡眼，越冬的麦苗已是绿油油的一片，油菜花海泛着金黄，桃、李、杏、梨、丁香、迎春等素雅的花儿也在次第绽放，一束束、一朵朵、一簇簇，或大或小，或高或低，或张或闭，每朵花儿都寄托着后辈对先人的怀想。翠色欲滴和姹紫嫣红相映成画，把暮春的原野装扮得楚楚动人。

滨海烈士陵园坐落在离家乡不远的叠翠峰上，这里春色满园、风景秀丽，长眠着1500多名革命烈士。从读小学开始，每年我都会心怀敬仰，一次次地来到这个神圣的地方。老师和前辈经常教导我们，今天的幸福生活来之不易，是无数的革命先烈前赴后继，抛头颅、洒热血换来的。雨幕下的陵园内松柏掩映，碑亭林立，纪念塔、馆庄严肃穆，连翘、迎春、稚菊等环绕而成的黄色花环肃立致敬，最顶层的人民英雄纪念碑高耸入云，铭刻着无数革命先烈的丰功伟绩。往年的清明节，都在这里组织公祭活动，前来祭奠的各界人士络绎不绝，默哀、献花、鞠躬、添土……人们用不同方式向烈士们表达崇敬之情。而今年，受疫情影响不能集聚悼念，只能采取网祭的方式遥寄哀思。园区里静悄悄的，除了低回的哀乐外，只有春雨的沙沙声在耳边环绕，无须刻意，不用张扬，甚至信手采几朵春花、叠几只纸鹤轻轻地供奉在烈士墓前，就足以表达心中那份深切的缅怀和敬意。

此时此刻，我仿佛还看到了李文亮、刘智明、江学庆、梅仲明……春节前后，他们倒在了抗击新冠病毒的战场上。虽然没有硝烟弥漫，没有枪林弹雨，但是这些白衣勇士救死扶伤、舍生取义的英雄壮举永远铭刻在人民心中，如日月般熠熠生辉。

走过杏花峪的时候，看到路边的土岗上刚添了一座新坟，眼前的情景着实凄惨：坟头上散乱的纸人纸马和招魂幡还在风雨中摇曳，身着重孝的少妇和幼儿长跪不起，那一声声撕心裂肺的哭喊却再也唤不回夫君的魂灵，只能将一壶老酒洒在地上表达深切的怀念，不谙世事的小儿还在拍打着妈妈，一遍遍讨问着爸爸的归期。此情此景让人心酸落泪。听村民讲，里面埋葬着刚刚因呼吸衰竭客死他乡的打工小伙，也是家里唯一的顶梁柱。老父亲闻讯后悲痛欲绝，老母亲哭瞎了双眼，剩下孤儿寡母，实在是可怜。幸亏政府及时救助，乡亲们伸出援手，才勉强维持生活。这可恨的瘟疫啊，不知夺去了多少无辜的生命，让无数个家庭生离死别。

岁月流过母亲河

清明时节,生气旺盛,阴气衰退,万物吐故纳新。但愿能集天地之灵气,采日月之精华,使得疫去人安,山河无恙,大地呈现春和景明之象。

冠山东麓那个草木茂盛的高坡上,是我的祖先们安息的地方。远远望去,墓地里那一树树的绚烂沐浴着雨丝的洗礼,水岸边的半枝残柳难掩萧瑟的凄凉,早栽的松柏已长成林,似在守护着祖先的灵魂。长跪在坟前,掬一捧新土,供上美酒佳肴,聊表无尽的眷恋,点燃几炷高香,烟气随之袅袅升起,我在心里默默祈祷,唯愿这来自人间的温暖能传递到遥远的天堂。此刻,逝去的亲人在脑海呈现,旧时光一幕幕像过电影一样,奶奶的纯朴,爷爷的倔强,姥爷的忠厚,姥娘的善良,还有岳母的含辛茹苦、古道热肠……总希望这一刻能把奇迹唤醒,让坟茔内外的人儿隔空相望。

天堂里好吗?应该不会再有纷繁芜杂和烦恼忧伤,天街上的火树银花伴着月宫里的浅吟低唱,环境清雅幽静,没有了伤病的折磨,没有了案牍的劳神,也没有了劳作的繁忙。只是不知你们是否还能常聚在一起把酒言欢、谈天说地?是否还能常忆起凡间的亲人和故里?

简短的墓祭后,我缓缓地站起身,看周围梨花伴着细雨飞扬,缕缕青烟弥漫成肃穆的景象,仿佛看到天国里亲人们孑然孤独的身影,耳畔又响起了亲人们不厌其烦的叮咛。我一时想不出还有什么更好的方式寄托哀思,就让这四月绵绵的清风细雨,伴随着我把深深的怀念镌刻在海蓝色的墓碑上。

置身思念季,看春雨挥洒,恩泽大地,愿风调雨顺,花好月圆,逝者安息,生者康宁。

静听花开花落声

雨后的天空格外晴朗，微风吹过，云朵绽开，一如孩子们灿烂的笑脸，那么纯真无邪，那么朝气蓬勃，给人一种向上的力量，一种蓄势待发的昂扬斗志。

漫步在苍源河畔弯弯曲曲的木栈道上，但见芦苇飘荡，细流涓涓，杨柳依依，繁花簇锦，竹林幽静，荷香喷芳，花儿沾着露珠，叶儿泛着银光，白鹭卿卿我我，鸳鸯成对成双。侧耳细听，蛙声此起彼伏，夏虫喁语呢哝，似在协奏一曲清新欢快的交响乐。那碧绿如翠的荷叶，顶着渐渐膨起的莲蓬，似在炫耀着即将成熟的雍容。这时荷花似乎不太重要了，已过了最美的花期，也不再鲜艳夺目，但半闭半开的羞涩依然透着一种孕育生命之后的喜悦。

坐在百花园的长椅上小憩，恍惚中我仿佛听到花开花谢的声音，那是一股从内心涌动出的真情实感。不论是花朵绽放的声音，还是花瓣簌簌落下的声音，虽悄然响起，若有若无，但都似大海的波涛拍打着礁石，又似潺潺的小溪穿过幽深的竹林，气势磅礴而又小心翼翼。花儿绽开的声音，自然奔放，灿然纯真，就像那夜色里淡淡的月光，拂去了心灵上的尘埃，使人心旷神怡；花瓣撒落的声音，凝重飘逸，仪式感强，好似铺开的一幅画面，惟妙惟肖，活灵活现，让人荡气回肠。面对花开花落，就像人与自然万物含情脉脉地对视，让心灵在更加宽广辽阔的天地里，享受着愉悦、欢快和淡淡的惆怅。聆听花开花落的声音,需要保持一份纯净、圣洁的心境,如同捧着一盏香茗,在静美的岁月里细细品味人生。

喜欢徜徉在清心寡欲的境界里,修身养性,与林为伍,与莲做伴,淡泊名利,信步闲庭,静听花开花落的声音。不去考虑前尘往事,是非功过,不用思量孰轻孰重,让徐徐的清风陶冶情操,让晶莹的露珠洗刷灵魂,顿觉心平气静。若有三两老友齐聚岸边亭中,观花枝摇曳、光影斑驳、树影婆娑,谈天说地,驰骋思绪,辅之琴棋,品茗赏景,又是一番洋洋得意之形……

一池荷花半生梦,前世沉浮成朦胧。脸上写满淡定,步履轻盈从容,人生之美,皆因心情也。

雨夜遐思

夜雨滴答，敲打着我微启的心门，夜风吹拂，给这火热的盛夏带来丝丝凉意。伫立窗前，凝望夜空，往事涌上心头，欲诉无人能懂，功过自古难自评，半世浮沉一场梦。念及昨日的荣光、今朝的奋斗，引来几多欢喜几多愁。静夜沉思，在无数个这样的夜晚，在我成功的喜悦和失意的忧伤里。

夏日的细雨，淅淅沥沥，淋绽了花儿，打湿了心事。那碎花的阳伞，既然遮不住伟岸的身躯，干脆就让它随风而去吧。空山幽谷，拾级而上，那长满苔藓的小径旁，处处散发出野草的清香，只顾躬身嗅去，哪知不慎踩落，纵然浑身泥泞，灵魂依然清净，纵使轰然倒下，人字也是大写。就这样静静地伫立在这个雨季里，就这样透过雨丝去感受夏的气息，淡蓝色的勿忘我和着雨声悄悄地畅想，狗尾巴草摇头晃脑自由地歌唱。河流山川披上一身崭新的绿装，田野里一片葳蕤预示着丰收和希望，拔节的葡萄枝蔓似在攀缘登天的云梯，蛙声蝉鸣将我们带入一个又一个夏季。

喜欢被雨淋湿的感觉，许多记忆会慢慢褪去，更惬意的是，被雨淋过心却不湿，雨祭凡思，花终成泥……我喜欢用行云流水般的语言浅吟轻唱，尽管只可意会无须言传，纵然青春一去不复返，依然喜欢感受这诗一样的情感。

岁月流过母亲河

喜欢在这样的夜里回味白日沐雨赏花的感觉,品尝尘世间的种种味道,任感情的潮水一泻千里,随雨水肆意流淌,冲尽了铅华,洗尽了污渍,陶冶了情操,荡涤了灵魂,心理更加阳光,心地更加善良。就这样有惊有喜得失自然,就这样去迎接下一个雨季。

黎明时分,风停了,雨也住了,世界好像在瞬间凝固了。晨雾像一层薄纱笼罩在天幕之下,油然生出一种雾里看花、水中望月的奇妙感觉。

东方欲晓,万籁俱寂,静得甚至能听到花草舒身的声音,几声清脆的鸟鸣更增添了立体的意境,一股幽兰的味道扑面而来,香得醉人……

我知道,新的一天又开始了,我依然会坚定地走下去。

读书、行路与写作

语言和文字是人们生活中最常用的两个工具。语言是人与人交流沟通最直接的工具，我们每天都在使用，所以引起大家注意的机会多些。但身边的许多朋友经常发出提笔忘字、文思枯竭的感慨，连简单的文稿都撰写不出，甚至相当多的人都很难再用文字交流了。

如何提高自己的文字功底，写出行云流水般的文章呢？明代董其昌的两句话足以阐明："读万卷书，行万里路。"闲暇的时候静下心，博览群书，纵观古今，不仅能增长知识，而且能丰富词汇，为旁征博引积累"经"和"典"，为下笔有神荟萃"金帖"和"玉言"。西汉史学家司马迁历览群书，通读历史，前后经历了十四年，才撰写出中国历史上第一部纪传体通史——《史记》，记载了上至上古传说中的黄帝时代，下至汉武帝太初四年间共三千多年的历史。行万里路，既能放飞身心、陶冶情操，又能身临其境去认知世界，去感受大自然的风光无限。走的地方多了，才会见多识广、睹物生情，继而感慨万千。哪怕是没有时间外出，也最好在自家门口的庭院内转转遛遛，看看脚下的小草、枝头的嫩芽，从藤攀篱笆、蚂蚁上树中有所感悟……久而久之，会启迪智慧、开阔思维，灵感上来，就会文思泉涌，妙语连珠。无论是唐宋八大家，还是中国近现代十大诗人，写出的文章之所以脍炙人口、流传甚广，大概是因为他们大都有一个共同的爱好——喜欢远足。诗词歌赋多成就于山水之间、大漠疆场,无一闭门造书,许多传世佳作均成稿于旅途中、客船上、驿站里,甚至是酒醉后。

"读万卷书,行万里路。"用文字记载我们的心灵之旅,抒发真情实感,缅怀老人旧事,颂扬当下火热的生活,展望美好的明天,给未来留下一摞厚厚的回忆,想想也是一件很美的事呀。

国庆抒怀

金秋十月,天朗气清,丹桂飘香,五谷丰登,我们也迎来了祖国72岁华诞。山欢水笑,流光溢彩,莺歌燕舞,礼炮齐鸣,这盛世的大中国宛若璀璨星河里最亮的那一颗。大江南北,普天同庆,每个中华儿女都唱着同一首赞歌——《我爱你,中国》。

《我爱你,中国》,每当我唱起这首歌,总有一股热流在心中澎湃,总有一种激越回荡在耳边。这殷切的祖国之爱哟,滋润着每个炎黄子孙的心田。总有许多话儿难以诉说,总有几多深情难分难舍,祖国啊,就喜欢这样紧紧依偎在您的胸窝。

七十二年前的今天,一代伟人毛泽东在天安门城楼上庄严宣告中华人民共和国成立了,中国人民从此站起来了。这标志着一个崭新的祖国诞生了。母亲,尽管战争的硝烟苍老了您的容颜,尽管您的身上布满了伤痕,尽管您的土地瘠薄荒芜,尽管您的家境一贫如洗,但是祖国母亲,在亿万华夏儿女的心中,您永远是那位隽秀典雅、坚韧不拔的东方女性。

抚今追昔,不忘前事。纵观中华民族五千年的文明史,我们有秦皇一统六国的伟业,有汉武帝征伐四方的殊功,有唐宗宋祖的盛世,有四大发明的成就,有勤劳勇敢的品格,有指点江山的气概。一代天骄成吉思汗纵马驰骋,一统天下的雄心壮志创造了威震寰宇的灿烂辉煌。侧耳细听,那丝绸之路上的声声驼铃似在奏响中西方文化交流的华章。那时的您，雄姿英发，朝气蓬勃；那时的您，疆域宽阔，四方来贺。祖国啊，您恰似一条腾飞的巨龙，巍然屹立在世界的东方。

翻开近代中国史，您也曾内忧外患、忍辱负重，也曾踌躇满志、彷徨呐喊。那帮崇洋媚外、颔首低眉的不肖子孙啊，奴颜婢膝丧权辱国，一任盗寇肆虐铁蹄践踏。我历尽苦难的祖国啊，您曾惨遭蹂躏，生灵涂炭民不聊生，那一次次的城下之盟，让您威严扫地饱受欺凌，清政府的腐败无能为两千年的封建帝制敲响了丧钟。哪里有压迫，哪里就有反抗，中华民族一向是铁骨铮铮。我可爱的中国啊，李大钊、瞿秋白、夏明翰、方志敏等多少仁人志士为了您的尊严，大义凛然慷慨就义，杨靖宇、赵一曼、左权、江竹筠等多少英雄先烈为了您的诞生，不惜抛头颅、洒热血。国共内战、十四年抗战、抗美援朝……历经一个多世纪的抗争，才换来了民族的独立自由和今天的幸福安宁。新疆、西藏和平解放，港澳回归，祖国的版图日益完整。人民的归属感、认同感和满足感日益增强。您听啊，今天的天安门广场上歌声雷动，鼓乐喧天，这盛大的场面向世人展示着祥和平安；您看啊，天蔚蓝，人如潮，花似海，那清香四溢的簇簇鲜花张着笑脸，似在告慰先烈们早逝的英魂；那雄伟的人民英雄纪念碑上，铭刻着他们的丰功伟绩；鲜艳的五星红旗因他们熠熠生辉，迎风招展。

七十二年的光辉历程，几代人的顽强拼搏，我们超越了许多的不可能，成就了一个个梦想。歼20技术屹立于空战的巅峰，北斗卫星犹如天眼俯看着地球的每个角落，神舟飞船遨游太空，航空母舰龙腾四海，核潜艇潜龙在渊，蛟龙探海出奇制胜……"可上九天揽月，可下五洋捉鳖"已不再是梦中的神话。拨乱反正，改革开放，科学发展，富国强军，从站起来，到富起来，而今，我们强大的祖国已经稳立世界民族之林。重返联合国、上合组织成立、申奥成功、加入WTO、提出"一带一路"……

中国在国际舞台上扮演着越来越重要的角色，彰显着大国的责任和担当。孟晚舟平安归航，一个强大的祖国是坚实的后盾。我们的祖国走向繁荣富强，人民迈向共同富裕，为世界的和平与发展做出了巨大的贡献。万众一心，众志成城，我们凭借抗疫精神在驱除瘟疫这场战争中取得重要成果。反腐倡廉，从严治党，刮骨疗毒，正风肃纪，纯洁了组织，凝聚了民心。践行初心、担当使命，伟大的中国共产党团结带领各族人民，从一个个胜利走向灿烂辉煌，伟大的建党精神正指引着我们在新时代的征程上继续砥砺前行。艰难征程波澜壮阔，赤诚初心历久弥坚。"请党放心，强国有我！"年轻一代气吞山河的誓言响彻寰宇。

　　今天是您的生日，我的中国。您听啊，大江南北，长城内外，都在为您唱着祝福的歌。涓涓流贯的河川，是您飘逸的秀发；横亘连绵的群山，是您硬朗的脊梁。在东海，碧波荡漾浪花飞扬，那是为您协奏婉转动听的音符；在西域，戈壁沙漠芳草绿洲，旖旎的风光点缀太平盛境；在北国，漫山红遍层林尽染，那是把金秋的诗意尽情渲染；在南疆，翠色欲滴，瓜果飘香，那是为您奉上成熟了的希望。

　　"火树银花不夜天，弟兄姐妹舞翩跹，歌声唱彻月儿圆。"来吧，五十六个民族的兄弟姐妹们，让我们欢呼，让我们齐唱，让我们为祖国祝福：祝愿伟大的祖国繁荣昌盛，梦圆复兴！

岁月流过母亲河

一部穿越时空的立体电影

——《吾家小史》读后感

当我一口气读完余秋雨先生所著的《吾家小史》后，禁不住掩卷长思，书中的字字句句都化为真实的场景浮现在眼前，就像是一部穿越时空的立体电影。这本书通过对一家三代人兴衰变迁、聚散飘忽、喜怒哀乐、生离死别的描述，展现出中国千千万万个普通家庭在那个时期的类似经历，其中幸福的成分大多是相同的，不幸的成分则有鲜明的时代特征，更有秋雨先生家族的独特性。《吾家小史》浓缩了当时中国社会的一个真实状况。

政治斗争大都要通过意识形态领域策划、排演、试探，进而发动、实施，历朝历代的大批文人就成了舆论前沿舞文弄墨的斗士，何况"文革"期间的上海，也是"四人帮"抢占意识形态领域的主阵地。于是乎，各种嘴脸的跳梁小丑都粉墨登场，特别是一些别有用心的文痞，借"文革"混乱之机，行投机钻营之事，报历史上的陈仇旧恨，各种攻击诽谤、诬陷言论铺天盖地地袭来。即便是父亲、叔叔等至亲至爱遭受了那么大的冤屈，秋雨先生也没有歇斯底里地指责和谩骂某些人，总相信清者自清，浊者自浊，乌云遮不住太阳。在先生笔下，祖母勤劳勇敢、宽厚大度，父亲的坚定执拗还透着文人的清高，母亲贤淑纯朴、富有爱心，妻子与他相濡以沫、情投意合，许多志士蒙难落魄、小人得意忘形……文中爱恨情仇交织，酸甜苦辣咸五味杂陈。对待善良，先生用细致的描写，把人物的内心世界刻画得入木三分；对待邪恶和阴暗，先生把文字当成一把锋利的刺刀直插要害。正如先生在《自序》中所言："如果哪一天你们眼前的坏事已经坏到匪夷所思，那么，千万不要沮丧，里边一定埋藏着一个重大契机。"先生总是在遮天蔽日中寻找透过缝隙洒落的零星光明。

不管是朋友，还是敌人，秋雨先生都用宽厚善良的态度对待他们。高尚与低俗，幸福与不幸，美好与丑恶，在这本书里都能找到载体。对文贼政客，这是一篇战斗的檄文；对真善美纯，这是一篇颂扬讴歌的礼赞之文；对亲情乡情，这是一篇永不磨灭的记忆。没有什么煽情的语言，没有什么华丽的辞藻，先生用娓娓道来的方式诉说着整个家族的兴衰荣辱、恩恩怨怨，将自然灾难和人文灾难放在一起，折射出"谣言与生存本性有关，与文学本性有关"的真谛。

"博爱使我容光焕发，仇恨使我双目炯炯。"我想，有这种思想境界的人，内心不可能存在恐惧和荒芜，更不会想不开、看不透。人性的善恶在不同的时代表现出的形式是不同的，在那个打砸抢充斥，黑白颠倒，极度狂热的动乱年代，扭曲的人性使人们精神层面的东西无所适从，只能随波逐流，否则，轻者游街批斗，重者有牢狱之灾，甚至后"文革"时代的很长一段时间遗风犹在，影响甚远。这种情况下，先生尚能头脑清醒，时刻保持镇静，不与俗套为伍，透过现象去看本质，能够忍受小灾难，弘扬大善良。最好的抗争就是拿起笔这个犀利而又悄无声息的武器，通过对历史的追思、对事件过程的还原和对人物形象的刻画，呈现给读者最有力的证据和辩白。

先生的作品屡受质疑抨击，还因所谓的政治问题接受过审查。他婉拒了高位任命，毅然辞去一切行政职务，孤身一人寻访中华文明，考察古埃及、古巴比伦、波斯文明等世界文化遗迹，用人文的视角审视文化的本质，开创了"文化散文"的先河，作品在海内外引起广泛关注，产生巨大反响。透过《吾家小史》就能使大家明白家国情怀，明辨是非，正视事实，扬善惩恶。就对中华优秀传统文化的褒扬传承和对世界文明的寻访思考这两点，秋雨先生功不可没。

通篇来看，先生和母亲的感情笃深，这位出身名门的大家闺秀，典雅贤淑，年轻时贵为千金，接受过良好的教育，嫁到余家后，历经家族的没落和失去至亲的切肤之痛，明白了世事无常。老人一生都在起伏跌宕中度过，经多了，见惯了，但心态特别平稳，对待别人只是微笑、倾听和沉默，从没发过火，这足以体现老人平凡之中蕴含的伟大一面。在母亲的追悼会上，先生最后说："妈妈，我真舍不得把您送走。但是，更舍不得继续把您留在世间。这世间，对您实在有点说不过去。整整九十年，越想越叫人心疼。那就到那里去休息吧，妈妈。"这是怎样一种情感啊，言辞中透着无奈、不舍和痛惜。

诚然，金无足赤，人无完人。历经雪雨风霜，秋雨先生也不可能疤麻没有，清高、自我、执拗在他身上也或多或少地有所表现，但这些丝毫不影响他文坛巨匠的地位。单纯学术上的争论可以保留，但历史上那些陈谷子、烂秕子的事情就没有必要再扯不清、理还乱了，总不至于让人家避之海外，流离失所吧？希望不同阵营的先生们，宽宏大量地用容人之心摒弃前嫌，一起融入当下和谐稳定的社会，共为中华文化之繁荣尽自己的微薄之力。如此甚好。

名家之所以能称为名家，传世之作之所以能够流传后世，总有厚重的积淀，有震撼力和穿透力，《吾家小史》恰似一部立体的经典大片。有感于斯，劝君一读，追忆过往，珍惜当下。

古城夜思

月朗星稀,馨香馥郁,郯国古城的夏夜宫灯闪亮,富丽堂皇。结束了一天的忙碌,我踯躅在宽阔的师郯广场,感受着古城暮色的苍茫。

银色的月光流水般倾泻在大地上,给古城笼罩上一层高雅和神圣之色。与景区的繁华热闹形成反差的是,城东的沭河似乎早睡着了,我隐约听到轻柔的浪花拍在河滩上发出的呢喃,那么温柔,那么轻盈,坦然淡定,平静而舒缓,像微微拂动的丝绸,更像极了我此刻的心境。对郯国的历史,我虽谈不上深谙,但也略知一二。我庆幸,能有机会与这片古老神奇、文化底蕴丰厚、圣贤辈出的仁孝之地相依相伴。

今夜,漫步在郯国御街上,一段段熟悉的旋律勾起了我对旧时光的怀想,灯火摇曳的琳琅记忆着曾经走过的辉煌。在御街南坊,有个音乐酒馆名叫"不倒翁",炊烟袅袅,飘来古郯王的醇香。坐在店前的青石台阶上,我听到耳边传来《可可托海的牧羊人》凄美的曲调,那跳动的音符散落在暗夜里,显得格外忧伤。古城的包容性很强,任何时候都张开欢迎的怀抱。这个点来酒馆的顾客多是喝二场的,一般是宴请的继续,或是酒逢知己来这里一醉方休。小酒馆不大,但店面古朴典雅,非常整洁,菜品以凉菜、熟食和小炒居多,有雅间也有大堂,酒也是以当地特酿为主,不贵,但是纯粮酿造。音响很好,播放的曲子多是民乐和流行歌曲,让人听着赏心悦耳。看着他们三五成群地围坐在地八仙旁边,推杯换盏勾肩搭背,在夜色中饮得酣畅,一杯杯地品着情深意长,我不由得感叹,人生虽有起伏,但世态并不炎凉,缘聚缘散寻常事,天涯处处芳草香。

路过祈福阁的时候,我又遇见了那个头戴斗笠演奏陶笛的中年汉子,周围聚集着许多人在听。凤鸣鹤唳,余音绕梁,这场景让人不舍得挪步,大家都被一首首悠扬中透着凄美的乐曲打动。这些天我细细观察过,他的摊位不大,但陶笛、埙、箫、葫芦丝等乐器种类不少,有大有小,做工非常精致,每每开始演奏,这位汉子便会沉醉其中,忘记了整个世界,就那样一首接着一首,仿佛忽略了时空的存在。因为大家平时很少接触这些乐器,不了解演奏技巧,所以看热闹的居多,购买的甚少。我忍不住和他攀谈:"你这样只演不卖,还要缴摊位费,不是赔大了吗?"可他笑着告诉我,他演奏这些乐器只为传承文化,让大家了解这些古老的乐器,得到大家的赞赏认可,这便达到了目的。他是退休职工,挣钱不挣钱并不重要,吹拉弹唱本身就是个人的爱好和副业,图个心情愉悦。多么朴实无华的语言啊,可折射出的恰恰就是他人性的光芒。这位汉子和他精湛的演奏技艺已成为古城一道靓丽的风景。

站在高大雄伟的城门楼上,遥望西边的马头古镇方向,白马河与沂河交汇处的水啊,一半清澈,一半浑黄,尽管最终都融入江湖中,但是大浪淘沙,日久澄清,清浊分明。"天若有情天亦老,人间正道是沧桑。"古往今来,历史的发展总在曲折中前进,生活的道路崎岖不平,任何事情想开就心宽,放下就释然。

古城免费开放,尽管夜色渐浓,可城里依然熙熙攘攘,游人如织。景区组织的清凉啤酒艺术节、夏日泼水节等活动老少皆宜,精彩纷呈,吸引了众多游客。子女带父母,父母陪孩子,亲友结伴行,恋人成双对……人们纷至沓来,啧啧称赞,"孔子师郯""鹿乳奉亲"等历史名剧的演出现场异常火爆,古城内外仁孝毕显,亲情涌动,这是夜幕下最和谐的画面和最美好的篇章。古城处处洋溢着典雅馨美的气息,俨然化身为弘扬中华民族优秀传统文化的友好使者。

皇亭路东首火车站外的灯光,忽明忽暗泛着银光,偶尔传来的汽笛声打破夜的宁静。进出站的列车,满载着旅客放飞心情的欢欣和离家远行的惆怅;从四面八方带来神往古城的游客,带走古城对大家的祝福。这里每天都在上演着相聚的欢乐、离别的忧伤、衣锦还乡的喜悦和穷困潦倒的凄凉,演绎着人间万象。其实,有失就有得,好男儿志在四方,人生啊,永远都是这样。

晚风轻轻吹拂,雾气开始升腾,古城披上了轻纱素裳。这环绕宫殿的浓雾,已把马陵之战的肃杀尘封,也把窦娥的冤屈漂净。四周的银杏林生机盎然,像一排排昂首挺胸的忠勇卫兵,老神树佑护下的古城,更显底蕴厚重金碧辉煌。

夜半,王宫内最后一个剧目——《郯王夜宴》也已散场,舞台上的郯王和文武大臣都脱下剧装换上平民的衣裳。其实人生就是一个大舞台,无论饰演皇亲国戚,还是跳梁小丑,我们都是这个舞台上的演员,都要在平凡的岗位上努力工作、默默奉献,这样才能饰演好自己的角色。无论你是这官那官,还是平民百姓;无论你是腰缠万贯,还是一贫如洗,总有一天会除去道具卸下装,大家都又回到当初赤条条的模样。

夜已经很深了,静得能听到风吹树叶发出的沙沙响声。站在郯王殿前放眼望去,城楼上的宫灯已关闭,广场的灯火不再闪亮,店家也陆续打烊,已听不到街头小唱。伴随萨克斯曲《回家》的悠扬,一路感受着古城的宽厚包容,回到下榻的二号院,静静地进入梦乡……

梨花带雨

——追忆我的同学刘常霞

天空落雨,我的眼中浸着泪。苍马山上的万树梨花竞相盛开,一望无际的玉树银花,仿佛把人们带到了亦真亦幻的人间仙境。可是,我亲爱的同学,你却再也看不到了。

你没有留下只言片语就匆匆地走了,倒在了抗疫的第一线,走在了清明节这一天,化成了那只在冰清玉洁的世界里翩翩起舞的蝴蝶。噩耗传来,我的第一反应就是震惊,半天没回过神来,怎么也不愿相信这个事实。满脑子里都是你的音容笑貌,都是我们一起度过的美好时光。春节后同学们刚刚聚了一次,这么好的人怎么说没就没了呢。

你1968年11月出生于沭河岸畔的"杞柳之乡"青云镇。我和你是高中三年、大学两年的同学,和你的爱人是多年的同事,两家关系甚密。我们的女儿又是发小加同学,并且大学毕业后都留在了北京就业。透过婆娑的泪眼,往日同窗共读的一幕幕清晰可见,永远鲜活地定格在我的脑海里。

你善良纯朴、文静稳重、人品高尚。上高中的时候,你勤奋刻苦、成绩优秀,总是乐于助人。你的家在柳乡,生活条件相对好些,每次回家总是多带些干粮、咸菜,还有衣物,接济生活困难的同学,还经常利用课余时间给成绩不佳的同学补课。你热心班级事务，经常提一些合理化建议，对我这个班长支持帮助很多。高中毕业三十五年了，我们班的七十多名同学能够一直团结一心、互帮互助，你功不可没。你就像知心姐姐一样，同学们生活中的点点滴滴都乐于与你分享。每当工作压力、家庭琐事等困扰着个别同学的时候，你总是热心地去帮助分析解决，你真挚的笑容本身就是慰藉心灵的一剂良药。每次老师同学组织活动，你都是一马当先，虽然年龄不是最大的，但你是全班公认的可亲可敬、当之无愧的好大姐。用老校长张克忠的评价就是："你们班能够成为一中建校以来凝聚力、向心力最强的一个班，就是因为有许多常霞同学这样的热心人。"大学两年，我们生活在一个校园，经常结伴回家，互相捎些生活用品，我们男生饭量大，你就把自己省下的饭票、菜票给我们几位男生用。

"百善孝为先。"你的公公过世早，婆婆又体弱多病，生活困难。过门后，你就主动履行起了闺女的责任，隔三岔五地骑车跑二十多里地，去给乡下的婆婆洗澡梳头、洗衣做饭，照顾得无微不至，是远近闻名的好儿媳。娘家姊妹六个，上面两个哥哥三个姐姐，你是最小的那个女儿。按理说，不需要你去操心照顾老人，可无论是春夏，还是秋冬，你坚持每周都给老人送去生活必需品，去料理家务、打扫卫生，直到自己病了，依然未曾改变。你每次出差或是到外地治疗，总把各种东西买好寄到小辈手中，嘱咐他们按时送给老人。你的母亲还有两个姐妹，父亲还有一个兄弟，逢年过节都是你代表全家送去祝福和礼物。老人年高体弱，你千方百计，竭尽所能，给他们找到最好的药品。去年老父亲生病住院，你拖着病体全程陪护两周，自己却累得饭都不能做了。你从来都不会向任何人诉说自己的苦衷，总觉得，有父母在，自己就还有一个大家。然，年迈的父母从此以后再也听不到你一进家门就娇嗔地喊爸叫妈的温柔之音了。

爱人长期从事组织工作,经常加班加点,你几乎承担了所有的家务活,对丈夫工作上支持,生活上关心,体贴入微,你里里外外都是一把好手。对女儿更是教育有方,关爱有加,母女感情笃深,品学兼优的女儿一直是你的骄傲,每每谈起,爱女之心溢于言表。在你的教育引导下,侄子、外甥等家里的晚辈都考上了大学,成为国家的栋梁之材。

记得2001年夏天,我们同学三家一起去泰安、北京旅游,一路上都是你跑前忙后地照顾孩子,考虑问题总是那么细致周到。每逢过马路,你都是左手抱着一个,右手牵着一个,浑身散发着母性的光辉。你对待任何人都是真诚友善的,把奉献和付出作为座右铭,从没跟人红过脸。在慈善救助、驻村帮扶、联系贫困户等工作中,你总是尽可能多地出钱出力、奉献爱心,多次被评为"市级优秀党员""先进工作者"等。

你爱岗敬业、事业心强,干一行爱一行。不论是从事妇联工作,还是文旅工作,都兢兢业业、任劳任怨。在乡镇担任妇联主席期间,经你调解处理的邻里纠纷、家庭矛盾等几百件,双方大都能息事宁人,还经常给大龄青年牵线搭桥,成人之美,你成了远近闻名的和事佬、编外红娘。"美在农家""巾帼建功"等妇联的主题活动也开展得有声有色,成效显著,所联系的工作区、村里的各项工作都名列前茅。在旅游局任职期间,你踏遍了全县的山山水水,掌握了全域旅游资源,提出了许多发展旅游事业的建议,有很多都纳入了党委政府的决策部署。在护林防火、土地流转等急难险重的工作中,你都是冲锋在前。记得那次山林发生火灾,火势蔓延,你不顾个人安危冲在扑救山火的最前沿,衣服烧着了,头发烧焦了,但你毫不畏惧,更没退缩。山火扑灭了,你也住进了医院,被大火炙烤过的面部脱掉了一层皮。30多岁正是女性爱美的年纪,可你很快又投入了工作。

每年的干部考核,你都是"优秀"等次。你对党忠诚、恪尽职守的态度,单位的干部有口皆碑。同事们这样评价你:工作认真,原则性很强,正直,不去迎合别人而去改变原则,是工作尺度的一个标杆,感觉有你在,千头万绪的工作就会运转平稳,你就是一股清流,一股正气,一个善良而又值得托付的人。

今年3月中下旬,家乡所在的小城抗疫形势严峻复杂,你按照县疫情防控指挥部的安排,连续三天在单位负责的社区排查疫情,晚上都是11点左右才回到家中,有时半夜三更还打电话调度小区的管控情况。在此期间,领导和同事们都劝本来就有基础病的你注意休息,爱人心疼你,多次规劝,甚至因此和你闹别扭。可是你考虑到单位人手少、任务重,仍然坚持战斗在抗疫一线。按医院要求你早就应该去北京复查身体的,爱人多次催促你,你总说疫情很紧,还得值班,等这段过去,四月份一定去北京查体,还准备好了带给女儿的东西。遗憾的是你错失了在清醒的时候再见女儿最后一面的机会。

连日的过度劳累,最终引发了脑血管疾病。3月20日的早上,一上车,同事就发现你的反应有些不正常,送到医院的时候,出现了脑梗症状,时而意识清醒,时而神志不清。但是只要醒来,你总是关心单位的工作,关心孩子、家人,想念同学、同事,挂牵资助的贫困生……就在深度昏迷前夕,你还坚持在学习强国平台上答题,自始至终保持着一个共产党员的优秀本色。

你热爱生活、朴实低调,非常珍惜在文旅部门工作的机会,常说"只要把工作当成生活过,就时时处处都能找到欢乐"。各类文化活动的现场、旅游景点,都有你忙碌的身影。去年查出肺部疾病后,你更加珍惜生命中的每一天,珍惜和亲人、同事、同学相处的每时每刻,在单位抢着干工作,经常陪家人看电影、逛商场,闻香品茗,和朋友一起郊游踏青。你更加珍惜和女儿在一起的机会,平时女儿工作很忙,即使你去北京治病,母女也是很难相聚。前段时间,你好像有预感,忽然把女儿的房间收拾得干净整洁;按照春夏秋冬的时序,把女儿的衣物叠放得整整齐齐,还为女儿织了最后一件毛衣;把一家三口的影集重新按照时间顺序进行了整理,并在和女儿的合影照上留下一句话"今生我们有缘做母女,希望来世我还是你的母亲"。这是怎样一种母女情深啊,怕女儿知道了病情会担心,直到你离世的前一天,实在瞒不下去了,你的爱人才把实情告诉了女儿。当女儿连夜从北京匆匆赶回时,你已经到了弥留之际。女儿紧攥着你那往日给予了她无限温暖,而今却已冰冷僵硬的双手,长跪不起,哭得肝肠寸断。"你不是说今年退休之后到北京陪我的吗?不是说退休后到处转转看看的吗?"遗像上的你只是微笑,不言不语。你临走没能把叮咛和牵挂对女儿交代清楚,没能看着女儿走进婚姻的殿堂,这给女儿留下了无尽的遗憾。

女儿艺文在追思你的文章里这样写道:"妈妈是一个一直都在为别人着想的人,让人看到她、接触到她就能感受得到她满身迸发出的强烈的热情,我从来没有见过像她这么不顾自己的人。她的一生好像一直都在为了别人燃烧自己。""我见过妈妈小时候的照片,她扎着两根细细的、小小的羊角辫,小脸红扑扑的,我闭上眼睛,想象那个时候的她,那个被两个哥哥三个姐姐宠爱的小妹妹,快乐地在阳光下奔跑着,希望她能永远那么开心。"

今天,苍马山上你亲手栽植的梨园满树繁华、万枝染雪,那含烟带雨、簌簌撒落的梨花似在祭奠你早逝的英灵,沭河古道川流不息的河水,似在向人们娓娓诉说着你短暂而又非凡的一生;你的家乡碧波翻滚的栗韵柳涛，一望无际的绿水金沙，将会永远铭记着你。

常霞，今天是清明节，哀乐低回，挽幛轻垂，整个世界都在向你致敬。你累了，到天堂里好好歇歇吧，那里没有病痛折磨，只有幸福快乐。

我在四月这个细雨蒙蒙的日子里一次次回眸——常霞，你没有走远，你永远是大家记忆中那个落落大方、优雅质朴、面带微笑、善良又知性的小女生。

致敬！无悔的青春

汪国真在《青年》一文中这样说："我叹世事多变幻，世事望我却依然。"不知不觉已过了知天命的年纪，青春应该已散场了吧，但我依然喜欢默默地回首，在泪眼婆娑中向青春致敬。

曾经像初升的太阳，浑身散发着朝气蓬勃的气息，无论是顺境还是逆境，我们不断攀登跨越，用知识武装头脑，带着坚定的信念去憧憬美好的未来，曾幻想整个世界都是我们的，为实现理想挥洒着不竭的力量。难忘校园里的青葱岁月，我们怀揣梦想，每周都要背上一包果腹的干粮，在灯下苦读，在课堂聆听，在运动场上绽放青春，在图书馆里遨游学海。如今，我们亲手栽下的幼苗已长成栋梁，门前潺潺东流的小河送走了一届届莘莘学子，仍坚定不移地把母校守望。一路走来，无论是小学、中学，还是大学，那一摞摞奖状证书似绚丽的光芒，组成了缤纷的青春。师生聚会坚持了一年又一年，每每谈起学生时代那激情燃烧的岁月，大家都回忆满满，眷恋流年。缘值得惜，情依然浓。

青春为事业绽放，努力就能成就梦想。工作后走过的五个县区都留下了青春不可磨灭的印痕，特别是在兰陵的六年，记忆犹新，收获满满，情义深长。

忘不了组织部里的灯光，观摩会的现场，攻坚克难的艰辛，招才路上的希望……那些欢笑和泪水谱写的青春交响曲，终将是生命历程中最华丽的乐章。那时大家精诚团结，奋勇争先，干部选任、基层组织工作爬坡过坎，跃入先进行列。科技工作认真落实"突破兰陵"战略，由全市考核倒数转变为领头羊。人才工作更是大放异彩，使这个传统的农业大县焕发出勃勃生机。火车上偶遇中科院院士、北京科技大学教授葛昌纯，我们6次进京，终于用真诚、热情和执着促使葛院士在兰陵县设立了"院士工作站"。我们渡重洋，赴上广，引来了张二利、朱锦、张中标、王玉强等高层次专家，构建了"企业搭台，人才唱戏"的"兰陵模式"，实现了全市人才工作的重大突破，兰陵也因此荣获"全省人才工作先进县"的殊荣。

先后在上海、苏州、杭州、北京成立了4个驻外党委和招才引智工作站，开创了全国的先河。如今，40多个流动党支部在党员管理、维护稳定、双向沟通、为民服务等方面发挥着不可替代的作用，让在外务工的40多万名群众和2000多名党员感受到了家的温暖。2011年"七一"前夕，驻沪流动党委还被中共中央授予"全国先进基层党组织"称号，掀开了兰陵党建工作的新篇章。每每谈起这些，心里总会油然生出一丝欣慰和自豪。

党的十九大代表、"时代楷模"王传喜，全国劳动模范诸葛茂玉……群星荟萃，典型引领，他们的事迹在神州大地广为传颂，无论是在春晚的现场、人民大会堂，还是国庆阅兵的彩车上，都有他们骄傲的身影，通过工作和他们建立的友情没齿难忘。国家4A级景区压油沟、代村国家农业公园、装备智造小镇的成功打造，无不凝聚着我们青春的智慧和力量。

卞庄、尚岩、神山……那里有我耳熟能详的17个乡镇，1000多个村庄，朝夕相处的老领导、老同事，150万勤劳勇敢、重情重义的人民，还有长眠在文峰山上的英烈，大棚温室里的瓜菜、兰陵古镇的酒香、会宝岭水库的帆影、抱犊崮的秀色、郎公寺的钟声……这份山山水水、乡土民俗酿就的款款深情,已成为青春季最美的回忆,将永远珍藏在我的心灵深处。

挥别兰陵,奋战罗庄。"五路一河"改造提升工程是2017年全区优化环境、提速发展、惠民利民的民生工程。忘不了彼时的三百多个日日夜夜,我和领导、同事们一起调查摸底、分析困难、研究土地征收等政策,奋战一线,靠前指挥,现场解决建设施工中存在的问题。虽然人晒黑了,累瘦了,双鬓泛起了霜花,但是工作推进蹄疾步稳,势如破竹,积极稳妥地搬迁民房7000多户,140万平方米,新建安置区6处,创造出"稳准快"的罗庄经验。

离开罗庄后,我曾多次驾车重走"五路一河"项目新区,映入眼帘的是整洁宽敞的马路,苍劲挺拔的行道树,五颜六色的花海点缀着大街小巷。陷泥河畔柳青波碧,鱼翔浅底,八街九陌星罗棋布,一座座高楼大厦拔地而起。尤其是夜间,小城仿佛披上了宝石镶嵌的霓裳,一条条街道也都变成了皓光闪耀的银河。虹影闪烁,流光溢彩,双子楼发出的光芒冲破云霄。置身于斯,顿感神清气爽,赏心悦目。昔日的艰辛与汗水,这一刻都化为幸福与欢欣。

前些天参加了一对新人的婚礼,现场鲜花簇拥,珠帘闪烁,高朋满座,歌声、掌声、欢呼声此起彼伏,场面隆重热烈。新郎新娘才貌双全,珠联璧合,听着主持人热情洋溢的贺词、一对新人掷地有声的誓言和那些戳中泪点的表白,禁不住热血沸腾,好像自己又回到了走进婚姻殿堂的那一刻。我自豪,曾经也是一位英俊潇洒的新郎,身边也牵着一位美丽善良的新娘。没有豪车,没有乐队,没有炫舞霓虹,我们的婚礼虽简朴,却终生难忘。当年长辈和朋友们的祝福依然清晰,许下的诺言犹在耳旁。

爱情是青春岁月不可或缺的花絮,无论你成熟得早晚,对异性总会有那种朦朦胧胧和怦然心动的感觉。我想起了大学里第一次和妻约会的局促，想起了山坡上的喁语，小溪边的缠绵，树林里的相拥，还有妻节省给我的菜票；想起了小师弟上课时从窗口递进的纸条，帮我在情书上绘制的丘比特插图；想起了带着妻逃票乘火车、看电影的时光，那种紧张刺激的场景永难忘却。风风雨雨三十多年，和妻一直不离不弃，虽然已有了孙辈，但我们依然延续着热情和浪漫，常常是左手携老、右手牵小，漫步在花前月下，自在逍遥。

我还想起了席慕蓉在《无悔的青春》里说过的一段话："不管你们相爱的时间有多长或多短，若你们能始终温柔地相待，那么，所有的时刻都将是一种无瑕的美丽。若不得不分离，也要好好地说声再见，也要在心里存着感谢，感谢他给了你一份记忆。"祝福所有人的爱情都能地老天荒。

依稀昨天还坐在父亲的肩头撒欢，训斥加嘱咐的声音犹在耳畔。那个手拽风筝放飞梦想的少年不知不觉中已留在了山的那一边。半个世纪转瞬即逝，我们发已如雪，纷飞了眼泪，唯愿岁月如初，一直温暖到老。

写到这里，我已是情不自禁，感叹时光匆匆，岁月无情。又逢"五四"青年节，嘹亮的团歌响彻寰宇，似在提醒我们不忘初心，似在致敬我们无怨无悔的青春。

有凤来仪

"凤鸟来仪"在中国传统文化中是四大祥兆之一。大年初二下午,我陪新华社特约摄影记者房德华老师在郯国古城采风,有幸和万千游客一起亲眼看见了这千载难逢的祥瑞美景。

古郯文化源远流长,这里是白帝少昊后代的繁衍地,传说公元前两千多年前少昊诞生的时候,天空中飞来五只凤凰,颜色各异,身披霞光。在少昊即大联盟首领位时,凤鸟再一次光顾送祥,少昊帝顿觉与凤有缘,便尊凤鸟为族神,崇拜凤鸟图腾。

这个春节,郯国古城上演了许多民俗文化大戏,玩龙舞狮、高跷锣鼓、汉服旗袍、武术杂技、郯王招亲等让人大饱眼福。其中最具年味的就是以传承国学文化为宗旨,联合"南国灯城"自贡名匠精心打造的散发着浓厚乡土气息、绚丽多彩的元宵灯会,吸引了日逾十万人的客流量。

古城的灯会以鸟为主基调,以当地历史故事为素材,接地气,聚人气。王宫门前的朱雀门广场上,宫灯摇曳,异彩纷呈,一凤一凰分列两旁,翔翔其羽,栩栩如生,吸引了众多游客驻足观赏、拍照留念。临近黄昏,古城上空彩霞满天,祥云遍布,继而,云彩翻腾起舞,排列有序。不多时,一只惟妙惟肖的凤凰腾空而起,几乎照亮了整座古城,与广场上的一对凤凰灯饰遥相呼应,天地传情。夜色降临,天上的凤凰慢慢褪去光芒,露出了一个硕大的身影,翱翔于半空之中。那炫丽的火红色尾羽,完美的体态，无不彰显着它鸟中之王的威仪。最为奇特的是，这只雍容华贵的凤凰竟能振翅盘旋，不断变换姿势，和谐舞动，顾盼生姿，似在俯视人间，送来吉祥，祈福国泰民安。这千载奇观被房老师用摄影师的敏锐视角第一时间捕捉到了，他快门频闪，记录下凤鸟来仪的整个过程。许多游客也都注意到了这帧美景。我难抑喜悦，连声喊道："大家快看，快看，西南方向有凤来仪。"人们的目光霎时朝向西南的天空，无不被这天瑞下凡的奇观所惊叹，人群中一阵欢呼雀跃。

"一灯照古今，一夜观古城。"掌灯时分，大大小小的红灯笼照亮了御街，每个商铺门口都张灯结彩，热闹非凡，御街入口处的"郯国年，最中国"灯组光彩夺目。郯王宫内更是灯火辉煌，人声鼎沸。"百鸟朝凤"灯组搭起了百米长廊，人们脚踏红地毯，漫步在这灯的世界里，细细观赏，慢慢品味，尊尊鸟灯神态各异，配有拟音，似在向游人讲述着古郯三千多年的历史。顺门而进，映入眼帘的是"孔子师郯"灯，它还原了公元前525年孔子拜郯子为师，学习"以鸟命官"的史实，人物形象逼真，布局完美。近观，一位老者正在灯组前方行三拜九叩礼，问及缘由，才知老人孔姓，长年旅居海外，这个春节来家省亲，未曾想到在古城遇到孔圣人，叩拜先祖，聊表游子的敬意。二十四孝之一的"鹿乳奉亲"灯组，再现了郯子扮鹿讨乳，医治母疾，极尽仁孝的事迹，人们观赏之余，啧啧称颂。进入大殿，各种古朴典雅的宫灯设计新颖，装饰考究，做工精细，让人眼花缭乱。王宫内外，各类迎春节目丰富多彩，演员们盛装罗绮、载歌载舞，古城的每个角落都充满了欢乐祥和的气氛。

王宫的御花园里，玄武尊立，琴瑟和鸣。"孙膑献计""田忌赛马""孙膑减灶""马陵之战""孙膑兵法"五组饰灯，造型独特，形象生动，向游客展示出公元前341年孙膑和庞涓同室操戈、决战马陵的历史场景。这里的每组灯都是有灵性的，可以根据不同故事背景，采用声、光等的变换形式渲染氛围,增强动感,不由得让人思绪飞扬,仿佛置身古战场,耳旁频频传来战马的嘶鸣和将士们的呐喊声,并且每组灯的旁边都配有一段文字介绍,让观赏者能够尽快融入情景。这里山水相依,一串串彩灯把假山的轮廓点缀得云雾缭绕、若隐若现。亭台有花灯图案,楼阁有花灯图案,镶嵌在地面上的鹅卵石曲径也有花灯图案,那被绿树掩映的路灯也是一盏盏花灯。花灯各有特色,如荷,如菊,若兰,有的秀丽淡雅,有的鲜艳夺目,有的妩媚妖娆。那朦朦胧胧、若明若暗的灯光,如羞涩的少女般明眸善睐而又多愁善感,最易使人浮想联翩,灯光与月色交相辉映,再现了"月色灯光满帝都,香车宝辇隘通衢"的盛景。

古城高雅脱俗,寓教于乐。在这里既能欣赏到绚丽多姿的年俗艺术表演,又能学习到丰富的历史文化知识。古城不大,却浓缩了年味的欢庆热烈;古城不小,让人穿越了古今,阅尽了铅华。这柔美的月光犹如笼罩古城的神秘面纱,恰似一帘幽梦,把郯国古城的元宵节装扮得更加精美绝伦。

"古城灯会涌春潮,有凤来仪降九霄。瑞兆郯兴云作美,稳行致远志存高。"能在古城邂逅凤凰,必会收获一份希望和吉祥。

流年匆匆

时光荏苒,日月如梭,感今怀昔,有许多事情让我怀想,有许多经历永远难忘。感谢组织培养,让我担任过万里挑一的考官,参加了几百场面试。感谢岁月留痕,能够为国选贤识才,也算是毕生的荣光。

从事组织工作那段时间,我通过努力获得了面试考官资格证书,曾连续多年担任公务员和事业编招考的面试考官,并且多次出任主考官,也算阅人无数了。这期间,领略过许多成功者"春风得意马蹄疾,一日看尽长安花"的喜不自胜,也目睹过落第者"花繁柳暗九门深,对饮悲歌泪满襟"的黯然失色。个中滋味,了然于心。

如果说高考是人生的第一个转折点,那么就业就是人生的第二个十字路口。能够进入面试的考生,都经历过笔试的检验和煎熬,就文化素养和学识来说,都是象牙塔顶的那部分佼佼者。面试主要测试应试者的组织协调、应变、表达能力等,考生的临场发挥至关重要,特别是被称为国考的公务员考试,每个职位的竞争者少则几十人,多则几百人,一般进入面试环节,录取的比例就会达到50%或30%,可谓胜利在望,能走到这一步的也算凤毛麟角了。考官与考生的关系虽不能等同于封建科举制度中"座主"与"门生"的关系,但从某种意义上讲,考官也从一定程度上掌握着考生们的命运,岗位特殊,责任重大。

记得二十世纪九十年代中期,我刚作为面试考官参与公务员面试工作，随市里抽调的一位主考官到县区担任考官。那时县里条件差，接待水平有限，按照上级要求，某县就找了一个便于封闭的职业中专作为面试考点。考官睡的是学生宿舍的架子床，就餐就在教工食堂，除报到当天的接风宴外，中间按照规定伙食都是四菜一汤，宿舍里的卫生条件很一般。现在想来，主考官是个很世故的领导，表面上对县里的安排表示满意，但背后和我们议论起来一直愤愤不平，嫌条件差，吃住都跟市里有差距。于是乎，情绪带到工作中，倒霉的就是考生了。

记得有场考试，一位考生由于紧张没听清考场规则，瞅瞅主考官严厉的神情，又没敢再问。看到工作人员递上一张打草纸，他满以为把面试的问题答好交卷就行。时间就那样一分一秒地过去了，考生还是在唰唰地写个不停，主考官面无表情，丝毫没有提示的打算，坐在考官席上的我们都替他干着急。考生甚至在纸上写完后，问主考官："老师，可以交卷吗？"主考官还是默不作声，弄得考生不知所措。直到面试时间还剩下两分钟的时候，工作人员才按照规定程序提醒让他作答，结果，那位考生还没有念完答案，时间就到了。据我观察，小伙子长相、气质俱佳，是很有培养前途的"一块料"。望着他遗憾失望的眼神，我的心里有些愧疚。等他走后我刻意翻看了一下打草纸，见要点都答得很到位，更感到可惜。若干年后一个偶然的机会，我知道他最后成了一家国企的普通员工，不由得又是一阵惋惜。那时我便明白了，主考官的素质和心态能够决定考生的命运，个人的情绪和好恶千万不能和工作挂钩，这在我的心里打下了深深的烙印。

因为我也经历过寒窗苦读，所以理解每个考生的不易，身临其境，更能深切地感受到竞争的残酷、激烈。在认真履行职责的同时，我也在不断总结担任考官的经验，尽量做到公平公正、问心无愧，让每一名考生在同一个起跑线上公平竞争。

在多年的考官生涯中，我经历过许多事情，有的至今记忆犹新。大约在2005年，我担任公务员面试的主考官。当时结构化面试已成为面试的主要方式，有些题目重点测试考生的逻辑思维、应变和表达能力，记得其中有一道题，大概是给出第一句"一个烈日炎炎的夏日……"和最后一句"原来是一场误会"，让考生编一个驾驶员与交警之间发生的故事。这样的问题一般没有固定的答案，只要编得合情合理，立意高深，就能得高分。当时考生的回答五花八门。有位考生这样讲述道："一个烈日炎炎的夏日，一位农村老汉开着拖拉机到县城卖西瓜，走到十字路口遇到红灯，老汉左瞅右瞅没看到有交警执勤，为了赶时间，于是油门一踩开到了路中央。这时从对面岗亭后面跑出一位交警，紧赶两步来到拖拉机前，一个敬礼后，就向老汉讲明违反了交通规则需要处罚。老汉上下打量了一下交警，感觉好像是自己村的，于是套起了近乎，但交警从小一直在外读书，工作后偶尔回去探家，没接触过这位老汉，没什么印象，还是坚持公事公办。争执过程中，另一位躺在车后斗睡觉的老汉被惊醒了，他坐起来扒着车厢一看，这位交警是他近门的侄子，于是叫着乳名搭讪起来。交警不好意思了，连声说'二大爷，走吧走吧，原来是一场误会'。"回答的过程中，有几个考官捂着嘴，差点笑出声来，我也是强忍着故作镇静。不能不说他编的故事合情合理，揭示了一种"熟人好办事"的社会现象。但如果能在讲述前或讲述后加上几句对这种现象的认识和评价，就是一个比较完美的回答了。可惜的是，我期待的场景没出现，考生一句"回答完毕"便草草收场了。不出所料，这个回答得的分数不高。公布完分数后，我和这名考生进行了进一步沟通交流，帮助他分析了存在的问题，并讲授了许多面试需要注意的事项，他非常感激，后来还多次找我请教。功夫不负有心人，在第二年的国考中，他以优异的成绩考取了外地市一个重要职位，而今，已成长为单位的骨干力量。

类似这样的故事还有许多,也给严肃枯燥的面试工作增添了不少谈资和花絮,我也用试后交流提醒这种方式帮助过不少考生。

虽然考官必须严格遵守职业操守,但还应有一颗善良的恻隐之心。有次面试,一位女考生进考场后出现了晕场现象,面色苍白,浑浑噩噩,说话断断续续,答非所问,最后竟哭着哀求我们:"连续三年了,我都是笔试第一名,可一到面试就紧张得说不出话了,考官,求求你们了……"虽然大家都很同情她,但面试有严格的评分标准,这位姑娘还是遗憾地没能通过。走出考场,我像父亲对待女儿那样不断地安慰她,鼓励她要树立信心,机会总会留给有准备的人,并为她推荐了一家面试培训机构。通过努力,她虽没能考上公务员,但终于考上了一个事业岗位。我由衷地为她高兴。

当考官的日子有苦有乐,有失有得。起初考官在全市范围内轮换,后来随着制度的完善、招考规模的扩大,都在全省范围内调剂。有时接到通知后,手机一收,上车就走人,然后由单位再通知家属,名曰执行特殊任务。一到考点后,就按照规范程序紧张有序地工作,为了确保公平公正,有时一天要变换若干个考场和考官组。白天一坐十几个小时,不断提问相同的问题,还要和颜悦色、全神贯注,晚上深居简出,不准与外界联系接触,如同被关了禁闭,一天下来腰酸背痛,口干舌燥,满是疲惫。但令我欣喜的是,担任考官的日子不仅锻炼了自己的组织协调能力,磨炼了品格和意志,增长了知识才干,还结识了众多青年才俊,有的甚至成了忘年交。

如果你是考生,或是家里有考生,我也可以分享一些经验之谈。面试的时候考生的衣着打扮、言谈举止会给考官种下第一印象,一定要朴素自然、彬彬有礼,充满朝气和活力,切忌举止轻浮、口若悬河或故作老成。其实，在面试考场上，与考生沟通最直接最多的就是主考官。尽管考官规范中明确规定不能有明显的暗示性表情和动作。比如，不能随意点头或摇头，不能重复或打断考生回答问题，以免有暗示的嫌疑。但对眼神流露出的东西，是无法限制的。对考生眼神观察得最清楚的，应该就是主考官，从眼神中能够看出考生是自信满满还是缩手缩脚，是从容淡定还是惊慌失措。考生也一定要注意多从主考官的眼神中读出端倪。

多数主考官在念题的时候，对关键词会自然而然地从语气上有所加重或从语速上有所减缓。精力集中、善于察言观色的考生能够觉察出来，在组织答案的时候也会重点考虑。在答题的过程中，考官一般会面带微笑，用眼神鼓励考生答下去，不管是答得对还是答非所问，总比沉默寡言好，这是考生面试时需要把握的基本规律。只要考生神态自若地看着主考官，侃侃而谈，考官们一般会正襟危坐，微微点头示意，这也能让考生放松心情，正常发挥。大多数考官不喜欢的类型，一是低眉顺眼、小声小气的考生，二是眉飞色舞，趾高气扬的考生。一般来说，不抬头且眼睛不敢正视考官的多是缺乏自信、腹中无物的考生，另一类则是狂妄自大、骄傲自满的考生。这两者能得高分的可能性都极小。

好多年不再接触考场了，如今的考试设置更加科学完善，对考官的要求更为细致严格。但每当回忆起考场内外的那些点点滴滴，脑海里便呈现出考生们那一双双充满渴求和期盼的眼睛。想起那些对答如流的释然和才疏口拙的落寞场景，心里至今还会百感交集，这其中有对成功者的祝福，有对失误者的惋惜，有对失败者的同情……

"朝如青丝暮成雪"，匆匆过往，犹在昨天。记得雍正帝曾在上谕中说道："凡属考官，皆择人品端方、素行谨恪者为之。"有感纶音，我更为自己从事过如此光荣神圣的工作而自豪和骄傲，那些岁月积淀的宝贵财富必将使我受益终生。

辑三

且行且吟

生活本身就是一段长途跋涉的历程，曾经那么努力地翻山越岭，回过头却很难找到四季轮回的踪影。没有人知道，太阳为什么总下到山的那一边……花开的日子，我们起舞；飘雪的日子，我们沉醉。想得太多太深，便会失去纯真。珍惜当下，且行且吟，笑对人生。

梦里水乡

这个春节，萌发了携妻将女外出度假的念头，首选的地方便是一直令我魂牵梦绕的江南水乡。

到达乌镇的时候是年初五的午后，车子驶下高速公路，穿越了浙北一片现代化的经济开发区，映入眼帘的便是一幅清纯秀美的风景画：老街、古树、篱笆、小桥、流水、人家等相映成画，耐人寻味，引人入胜。我想：这应该便是影视中所见，小说中所述，梦里似曾谋面的江南水乡了。

进入古镇，我们选择了一家紧邻运河的客栈，店面不大，倒是洁净雅致，倚窗便能看见运河中的点点帆影。选这家客栈的时候，我特别留意了一下店名——"忆江南"。现在想来，许是店家难以推却的真诚感染了我，许是店名的韵味打动了我。店前是一条比较繁华、古色古香的商业街，琳琅满目的旅游产品、当地的特产遍布街面，颇具江南韵味的叫卖声此起彼伏⋯⋯

来不及放下重重的行囊，顾不上洗去一路的风尘，女儿便嚷着要去瞻仰茅盾先生的故居。来前就知道乌镇是文学大师茅盾的故乡，茅盾先生的许多名著都是以这里为生活背景写的，以前对乌镇的了解也多是从先生的书中获悉。茅盾故居离我们住的地方不远，坐落在东栅老街的北端，青瓦白墙、淡洁素雅，院内古树参天、装饰考究，是座典型的江南民居。

故居里面珍藏着茅盾先生及家人的遗物、照片和手迹等,在这里,我们对这位文学巨匠有了更加深刻的认识,仰慕之情溢于心底。故居对面的林家铺子就是茅盾著作中"林家铺子"的原型,它见证了古镇的昨天和今天,是古镇的标志性建筑,也是当年镇上门面最大的店铺,而今已成为专门经营当地特产和旅游产品的商店。站在门外细细端详这家饱经沧桑的百年老店,它虽历经风雨却依然坚固如磐。进店后精心挑选了几件精美的工艺品,想把这水乡的风景浓缩其中,待回去之后慢慢回味。

乘舟而下,港汊纵横,河上桥型各异,韵味十足。两岸的垂柳已是嫩芽初生,报春的红梅正含苞待放,虽是深冬,江南却已焕发出春的生机。"摇起了乌篷船,顺水又顺风……"头戴旧毡帽的船家边摇橹边唱起了江南情歌,那神情充满了喜悦和自豪。据船家介绍,古镇的民居多临河而建,木制为主,古色古香。蜿蜒千米的古河岸、水阁和廊栅透出水乡的悠悠情怀。抬眼望去,桥对面的市场上节日的气氛仍然浓厚,花鼓戏、皮影戏、香市等民俗风情散发出独特的水乡气息。左瞅右瞅,不觉中船到了码头。步行在千年老街上,大雨冲刷过的青石板路愈发显得厚重、沉稳,踏在上面,油然生出一种怀旧感,仿佛回到了远古时候。街两旁店铺林立,古朴典雅,人们服装各异,都彬彬有礼,有打糕的、织布的、雕刻的、捏面人的、开酒馆饭铺的……鳞次栉比,应有尽有。老街中央,江南百床馆、木雕陈列馆和余榴梁钱币馆富丽堂皇,各有特色,令人大开眼界。整条街上都充溢着浓浓的江南民俗氛围,令人流连忘返。

掌灯时分,以特有的运河白鱼、白虾为肴,与友对饮,喝上一碗店家自酿的乌镇米酒,忘情水乡,其乐融融,真有点"酒不醉人人自醉"的感觉了。

乌镇的夜色很美。当夜幕给古镇披上晚装的时候,劳累了一天的人们也渐渐进入了梦乡,一切都变得那样恬静优雅,与白日的喧嚣嘈杂如隔洞天。听当地的朋友介绍说，镇上还有一条正在开发的老街——北大街，比白天游过的南大街更原始古朴，更具水乡的情调。于是，我奢侈地租了一辆人力车，凭借车上微弱的灯光夜游老街。车子摇摇晃晃地在巷陌中迂回，夜静得只能听到车轮和青石板的摩擦声，以及小桥下面潺潺的流水声。拉车的小伙子告诉我，这条老街正在搞旅游开发，也列入了近期对游人开放的范围，街上的居民不久就要搬迁，恐怕下次来就很难再看到这原汁原味的景象了。天色渐晚，街两旁的人家大都闭门熄灯，间或有一两家卖烟酒糖茶的小店还闪着零星的灯光。下车独行，站在一座小桥上远眺，整个古镇淹没在黛色中，愈发庄严肃穆，淡定从容。

回到客栈已是半夜，梦里依稀一直徜徉在水乡。

时间的原因，第二天一早我们不得不依依惜别这秀美的小镇。临走的时候，车窗外冬雨又飘然而至，乌镇宛若一张未加修饰的黑白照片，又似一尊历经沧桑的雕塑静静地伫立在朦胧的雨雾中。车渐前行，我忍不住一次次回望这座千年古镇：运河的水依然缓缓东流，桨声悠悠，小桥依旧，老屋依旧……

我会时时忆起江南，但不知何时能再回这梦里水乡。

杏山桃花红

阳春三月,烟雨纷霏,又是一年桃李争妍的季节。与友相约踏青探春,遨游花海,回归自然,接纳春天的祝福。

八百里沂蒙深处,孟良崮主峰北侧,一座风光旖旎的小山——杏山,近年来因一年一度的桃花节吸引了世人的目光。

群山环抱着秀丽的幽谷,三三两两的村庄散落其中,漫山遍野的桃树似在张开宽阔的臂膀迎接来自四面八方的游人。空气中透着花香和春泥的气息,曲曲弯弯的山道上,人们奔走着,欢呼着,三五成群,扶老携幼,或驻足观赏,或拍照留念,或吟诗作画……人在花中游,花衬人更秀,恰似一幅人与自然的和谐美图。

桃花的美以前只是从诗词歌赋中感受到。"竹外桃花三两枝,春江水暖鸭先知""人间四月芳菲尽,山寺桃花始盛开",那意境总让我心驰神往,沉醉其中,但像今天这样近距离地接触桃花,尚属首次。红碧桃、白碧桃、千瓣桃红……色彩各异,形态万千,椭圆形的花瓣像张开翅膀的彩蝶,精灵一样飘飘洒洒,弯曲敦厚的虬枝造型迥异,有的似鹏翔凤舞,有的似龙盘虎拏……这个时候绿叶是不事张扬的,尖尖的,嫩嫩的,探头探脑地望着春天,仿佛待字闺中的少女,羞涩地陪伴在花儿身边。

"桃花开,春天来,大山深处春常在……"一阵欢快的歌声响彻了整个山谷,震得桃花簌簌作响,循声望去,一群花枝招展的少女在树丛中追逐嬉闹,时而在树下,时而在坡上,人面桃花相映成趣,给朵朵桃花注入了灵性和生机,让沂蒙的早春充满着动感和活力。

山涧中,股股清泉奔涌而下,滋润着土地,灌溉着花朵,最终汇聚到山脚下的桃花潭里。潭水幽深,散落着花瓣,潭中的游鱼鳞光闪闪、时隐时现、逍遥自得,那悠然的神情引来许多羡慕的目光。围观的人们虽装束不同,但脸上都是幸福和微笑,远离了尘世的喧嚣,忘却了忧愁烦恼,彻底融入了自然之中。

山是有灵性的,山上的岩石便是灵性的化身。远处近处的岩石千姿百态,有虎,有狮,有苍鹰,有灵芝……它们或站或卧,或傲视群雄或仰视苍穹,似乎在守护着山林的安宁。

山道上,一位面色黝黑的中年汉子推着一辆独轮车,一位老人安坐其中,他饱经风霜的面颊上洋溢着喜悦。交谈中得知,老人是山下桃花峪村的老支书,孟良崮战役中的支前模范,身上至今还残留着三块弹片。老人告诉我们,当年陈毅元帅和粟裕将军的指挥所就在离杏山不远的老君洞里,战役打响后,整个杏山被炮火削去大半,几乎成了一座秃山。

"没想到啊,真是没想到,当年的不毛之地,如今变成了花果园。"老人自言自语地赞叹着。置身桃花丛中,老人胸前的军功章显得更加光彩照人。

雨过天晴,阳光普照大地。远处传来中山寺悠扬的钟声,这声音给漫山遍野的桃花罩上一层缥缈的面纱。钟声在祈求着春华秋实、国泰民安、幸福吉祥。微风吹过,桃花沙沙作响,似在向人们讲述着春天的故事。

杏山的桃花红遍了村落,红遍了山坡,也红遍了游人的心窝窝。

曾经的地方

感恩这份被光阴铭记的师生缘，感谢这难忘的丁酉岁末，终于让我们如愿以偿，又一次欢聚在曾经朝夕相处的故乡。

春日才看杨柳绿，冬雪遍洒寒梅傲。虽芳华渐逝，青春不在，但对母校的情思却沉淀在我们的灵魂深处，永远不变。

岁月轮回，光阴似箭，纵然历尽沧桑，依旧不负初心。故土难忘，叶落归根，纵然路途遥远，依旧快马加鞭。

苍源河畔，水路弯弯，流淌不尽的是渐远的童真。再回梦乡，心潮激荡，那晚的篝火永远在心间闪亮。

卅年聚首，抚今追昔，几多故事烟雨中。夹谷灵秀，漫山菲芳，齐鲁会盟鉴真情。

沭水做证，冠山为盟，我们穿越了做梦的年纪，借时光之手，再次叩响了思念的琴弦。一路谈笑一路歌，流年的印痕再现了年少的轻狂。

敬爱的老师，有幸再次聆听您的教诲，在这熟悉而又久违的教室。道不尽的恩情，言不尽的谢，我会铭记您的嘱托，把殷殷期望装进随身的行囊。

亲爱的同学，清风明月为伴，把酒叙别情，我会守望你的远行，在这个我们初识的地方。我的心伴你追梦，不论你走向何方。

曾经的地方，酒依然香，短暂的重逢后，我们却又走在了分别的路上。挥手之间,思绪万千,脸上的笑容遮不住忧伤。

每次的出发都是一个崭新的起点,努力吧,你终会到达成功的彼岸。

你可以不牵挂,甚至不要常想起。你累了,你倦了,我们的母校是你永远的港湾。

今后的日子,又要天各一方,凝望就是无尽的力量。相见难啊,只求用心相守,处处都是曾经的课堂。

勿相忘啊,校园里的白玉兰始终为你吐露芬芳,枝头欢快的鸟儿也在为友谊歌唱,那排挺拔的白杨永远矗立在我们的操场。

有一种缘分不需要预约,每年那月,油菜花海都会泛着金黄,似在迎接你的归航。榴花火红,那是你的事业在为母校增光。

青春永驻,你的笑容在花丛中绽放,腰肢永远是记忆中那个模样。

岁月不老,誓言回荡在我们耳旁,结局会像美酒一样醇香。

你在巅峰回首,别忘记有你有我的这段旧时光。我在河畔凝望,曾经同窗共读的地方。

生生世世,让我们好好珍藏,这曾经的地方,就是永远的天堂。

夹谷毓秀百合妍

沂蒙山区东部，苏鲁两省三县交界处有一个古镇，名曰"玉山"，素有"夹谷春秋，齐鲁会盟圣地；玉山仙都，生态果茶名镇"的美称，这里是我可爱的家乡。近年来，七彩百合田园综合体、夹谷关风景区的精心打造，更给这片神奇毓秀之地增添了浓墨重彩的一笔。

盛夏之际，应发小之邀，陪友携眷前去游览观光，所到之处和谐秀美，风景如画，山泉叠瀑，果茶飘香，村落、树林相映成趣，河汊、阡陌浑然一体，令人思绪飞扬，怡然自得，欣喜之情溢于言表。

县城通往景区的旅游路刚刚修通不久，漆黑油亮的马路像一条舞动的绸带，在旷野里轻轻飘向远方……红叶石楠、玉兰、女贞等行道树错落有致，婀娜多姿，枝叶迎风招展，似在欢迎远方的客人。以前山道崎岖，高低不平，走这段路程需要两个小时，现在只需半个小时就能到达。沿途冠山、黄山、圣泉山、民子山、葫芦山等座座青山依旧矗立。寻着记忆望去，大大小小的山头都曾留下我奋进的足迹和攀登的身影，如今绿化得体，修整一新，愈显层峦叠嶂，翠如碧玉。东盘、穆瞳、崖下……那些熟悉的村名不时从路边掠过，只是旧貌换了新颜，全没了昔日贫困落后的模样。大街上整洁宽敞，并有花草点缀；低矮的草房早已被高楼大厦代替；社区洁净秀雅，各具特色；村民无论长幼妍媸，个个彬彬有礼，笑意写在脸上。

顺坡前行，田野里人勤马欢，锄草、施肥、耕地、播种，一派繁忙的景象，玉米、地瓜、豌豆、萝卜等各类作物娇嫩青翠，间或飘来瓜果的清香。田间地头繁花似锦，千枝竞秀，处处显示出美丽乡村的蓬勃景象。

一路欣赏一路谈笑，不知不觉就来到了七彩百合田园综合体。凝眸处彩霞掩映，人头攒动。"问道葫芦山，情牵百合缘"的牌匾高悬在景区的正前方。放眼望去，漫山遍野的各色百合花开得正艳，特色花果园里蓝莓、桑葚、桂花、樱桃等品种繁多。这片田园近万亩，以百合种植为主，面积有2000多亩，已建成百合基因库、育种基地、低温储藏库及深加工车间。葫芦娃亲子乐园、婚纱摄影基地等近30个游乐配套设施也在日臻完善，初步实现了农、文、旅、娱多业合一，并且齐头并进的发展目标。

漫步花海，近观百合园，恍若步入花仙子的童话世界，山坡上的梯田被整修得错落有致、层层叠叠，一株株、一簇簇的百合花含笑起舞，与路边不知名的山花野草联袂互动，粉淡相适，雅素相宜。百合素有"云裳仙子"之称，细细观察，只见叶片娟秀碧绿，茎干亭亭玉立，花姿雅致，形态端庄，微风吹过，香飘四溢，沁人心脾。百合的种头由鳞片抱合而成，取"百年好合""百事顺合"之意。细看那株白色的百合，片片精巧的花瓣似在莹雪中浸过，又似用玉石雕刻，美得清纯无瑕。由于其外表高雅素洁，天主教还以白百合花为圣母玛利亚的象征呢，所以这里也是新人们首选的婚纱照拍摄之地。只见对对新人徜徉花海，或拥或依，或坐或立，都在百合丛中柔声细语，都在用镜头留下人生最值得定格的精彩瞬间。长期生活在都市里的我们，以前见到的百合多是花店里修剪好的切花，或是生长在花盆中的单株，从没有见过这么大规模的大田栽植，更没有见过色彩缤纷的花朵，一时感到应接不暇，啧啧赞叹之余，左拍右摄，总想把所有的美景尽收镜头。

同行的朋友告诉我们，百合的生命力很强，喜凉耐寒，抗干旱，善用盘根汲取养分。在山坡、河畔、路边，甚至石缝中都能生存。除了花朵清丽香醇，可供观赏装饰外，百合还是一种药食兼用的花卉，在我国具有悠久的栽培历史。而且中医认为百合性微寒平，具有润肺止咳、清火、利尿、宁心安神的功效，花和鳞茎均可入药，还可以做成多种调理滋补食品呢。

走出百合园，循山而上，约一公里，便到了夹谷关山门。因为我的几位好友家乡就在山前山后，所以我对此山情有独钟，从小至今，曾无数次过来寻幽探胜，放飞梦想。随着年龄的增长，每次来都有不同的感触。这里有我不谙世事、捉鸟捕蝉的童趣，有不屈不挠、勇攀高峰的实践，有登上山巅、听涛观海的豪迈，有沐浴晚霞、笑看落花的淡然。近年来，发小投资综合开发景区，规划大气，设计精美，既保留了原始的圣山圣水、古迹景观，又融入了现代文旅研学理念，使这座历史文化名山以崭新的面貌呈现在了世人面前。

进入山门，伫立仰望，天高云淡。山脉呈西南东北走向，在阳光的照耀下，群峰舒展绵延，像苍绿色的云彩起伏高悬，植被茂密，层林尽染。苏鲁交界的两峰之间夹一谷，远远望去，似巨龙腾飞，上通云霄，下连碧波。顺着谷底圣人湖的坝堤曲径上行，但见谷中逶迤蜿蜒，古树参天，烟雾缭绕，别有洞天。行约百米，涓涓细流沿夹谷崖欢快而下，汇在谷底形成清泉，炎炎夏日，顿感清凉。侧耳细听，松涛阵阵，泉水叮咚。这时山风吹过石洞和岩隙发出阵阵鸣响，千回百转，山鸣谷应，袅袅余音宛如夜莺悠悠轻啼，循声寻去，却不见莺之影踪。据相关史料记载，这种无莺自啼、若即若离的神奇现象，是夹谷山特殊的地理环境造成的，也就是传说中的"夹谷莺啼"之神韵。

岁月流过母亲河

出夹谷左行向主峰攀登，沟壑纵横，树木葱郁，繁茂成荫，奇石怪出，更有碑林端坐其间。碑上刻着历代文人雅士游览夹谷盛景的感悟，记载翔实，佳句连篇，如"夹谷莺啼三月天，野花芳草整相鲜""翠微西近祝其城，齐鲁当年此会盟"等，抚今追昔，更感此处人杰地灵，文化底蕴深厚。半山腰处，地势平坦，有一土台约一丈见方，一碑恭立前旁，"孔子相鲁会齐侯处"八个大字跃然碑上，这便是著名的齐鲁会盟台遗址了。置身台前，脑海里浮现出公元前500年齐鲁两国国君夹谷会盟的盛况，鼓瑟笙箫铺垫，刀光剑影相随，耳畔仿佛又响起了孔子不卑不亢、斗智斗勇、舌战群儒、以礼服君的铿锵之声。好事多磨，最终两国化干戈为玉帛，签订盟约，成就一段历史佳话。

沿途圣人泉、碧霞元君洞、孟良石、响石、夹谷至踪等古迹、景点遍布，让人忍不住驻足观望，赞叹不已。

登上海拔300多米的主峰，一块形如踞虎的磐石映入眼帘，"尼山分秀"四个遒劲的大字镌刻石上，虽历经风雨，字迹仍清晰可见。相传，这块石头是为了纪念孔子"相鲁会齐"时施展的政治、外交才华及立下的功绩而立，夹谷山也因孔圣人的到来而名扬天下。踏上巨石，举目四眺，"东海咆哮泛波涛，群峰傲立自逍遥。夕阳普照花枝俏，夹谷毓秀圣人晓"，壮观景致一览无余。

下山的时候，途径迟浩田老将军亲题名的红色国防教育基地——军事战备洞。这个战备洞是二十世纪五十年代遵照毛主席"深挖洞、广积粮、不称霸"的指示，动用数千名工程兵开挖十年修建而成。洞长5000多米，山东、江苏方向都有出口。内部设计精美、设施齐全，可以容纳一个师的兵力生活、备战。战争的阴云散去后，战备洞在新的时代又被赋予了新的使命，目前已改造成为国防教育陈列馆，这里展出了大量的军事文物和抗美援朝时期的军需用品，每年接待二十多万名中小学生前来接受教育，是向青少年普及国防知识的不可或缺的场所。

日落时分，我们回到了山坡上的宿营地。晚餐安排在兵营食堂，这个食堂是特意为进行拓展训练、举办研学活动的团队而设，虽然设施简陋，但功能十分齐全。老友相见，分外亲热，发小特意安排了山珍湖鲜，还有洞藏的美酒，大家把酒临风，边饮边聊，一起回忆童年轶事、同学旧友、青葱岁月和当下创业的酸甜苦辣，不知不觉已是微醺，有种"酒逢知己千杯少"的感觉。

夜好静啊，静得能听到风吹树叶的沙沙声，能听到窗外花儿绽放的吱吱声。躺在床上，恍惚中，耳边响起了三十多年前徐北荷的一首老歌："窗前飘过一阵晚风，吹得树摇动，望望窗外云朵星辰，想起一个梦……"梦境扰得我难以入睡，只好悄然起身，在朦胧的夜色中漫步、探索、聆听。

月儿如镰，倒映在荷塘里，恰似一只闪着银光的宝船。微风吹过，泛起丝丝涟漪，惹得一池红荷露出羞涩的笑脸。月光柔柔地洒向大地，星星忽闪忽闪，曲曲弯弯的竹林幽径在夜色的掩映下愈显静谧，远处的风灯若明若暗，脚下的石板路泛着白白的光，群峰在夜幕的笼罩下更显庄重威严。柳枝轻轻地摇摆着，像是一位妩媚的姑娘在月下翩翩起舞，那些不知名的花儿草儿贪婪地汲取着露水，不时地翘翘脚跟，伸伸懒腰，全身沾满了银色的珍珠。满山的石头似乎也有了灵性，或坐或卧，或张开羽翼，或腾空跃起。溪水潺潺地流着，在虫鸣和蛙声的伴奏中唱着小夜曲，一路奔向圣人湖……偶尔也能见到三两只萤火虫闪着银色的微光飞行，给这宁静的氛围增加了些许动感。那清新醉人的雾气从峡谷中一阵阵袭来，仿佛整个身体都在随着仙气升腾，浊气慢慢消失，馨香涤荡肺腑，置身于这样的山夜里，隔空与圣人对话，对面与众生交流，一种超凡脱俗的感觉倏然而至，我彻底陶醉在夹谷盛境童话般的世界里……

岁月流过母亲河

　　我久久地凝望着山下不远处的故乡，尽管云雾茫茫、天宇苍苍，但依稀还能看到曾经走过的山重水复的流年，与山共眠的祖先，还有那条见证着世事变迁的乡径……恐怕这辈子我也走不出故乡用粉墨山水装饰的精神家园了。

　　"晚风又轻轻地吹送……花谢花又开……"临近三更，我才带着淡淡的倦意回到房间，作别柔情，收拢思绪，沉沉地进入梦乡。

漫山红叶醉南园

香山的红枫驰名中外，曾醉倒过许多怀春的男女，也曾令众多文人墨客心驰神往、赞叹不已。济南南部山区的"枫叶画廊"——红叶谷也因其独有的地貌、烂漫的情怀而美丽了远古，芬芳了今朝，亮丽了一道风景。又是霜打红叶醉的季节了，此时不赏红叶，更待何年何月？在一个云淡风轻的周末，好友相约，迎着五彩缤纷的朝霞，向梦中的"悠悠南园"进发。

风光无限美，车内人声沸。整天在喧嚣中忙碌的朋友们一扑进大自然的怀抱，便忘却了一切烦恼，车内的欢歌笑语和车外的自然风光构成了一幅动静结合的美妙图画。进入济南南部山区，犹如走进鸟语花香装扮的壁画长廊：骄阳明媚，风和气爽，白云飘絮，绿树静悠，菊黄果红，溪水清流，湖光闪烁，山岭葱郁……一切都令人心旷神怡，使我联想起陶渊明的千古名句"采菊东篱下，悠然见南山"和"桃花源里可耕田"。

车子在曲折的山路上奔驰，目光在蜿蜒的峰岭中飘忽，山坳深处，云遮雾绕，水中倒影朦胧，松枫相依，遍野诗情画意。此时此刻，犹如置身世外仙境。正在沉醉中，汽车戛然停在了红叶谷口。步入谷中，青山之上松柏成林，一碧千里，苍翠欲流；谷中枫叶赤红一片，如火欲燃。碧绿与火红，如此强烈的反差在大自然中相融相生，实乃罕见，美不可喻。驻足笑看，山风清新拂面，天空辽阔湛蓝，湖面平静如镜，溪水潺潺蜿蜒，好一派"看万山红遍，层林尽染"的美丽景色啊！如此灵秀天成的谷中秀色，感染了每一个游客，特别是我们这些初游者更是心荡神摇，兴奋不已。大家赞不绝口，欢呼雀跃，酣嬉淋漓，像稚气的孩子一样指点着这青山、碧水、红叶……

山绕水转，水随山行，登山的路一曲三折，盘旋上升。我们一边走，一边从不同的视角欣赏这谷中的景色。你瞧，横看成枫岭，侧看成枫峰，俯瞰成枫田，仰看成枫山。身处枫林，枫叶触手可及，摘一片，放在手里，细细赏玩，其形状呈规则对称的六边形，犹如一件人工制作的艺术品，玲珑剔透，令人爱不释手。一向矜持的我再也按捺不住兴奋的心情，忘却了身在凡世，一阵风似的跑进枫林，兀自叫喊："待到漫山红叶时，我在丛中笑！"竟惹得同行的朋友们大笑不止。游人们唯恐这奇妙的景观稍纵即逝，忙不迭地举着相机咔嚓咔嚓，尽情地拍摄着这人间美景。

云蒸霞蔚秀色美，尘世渐远仙境临。在半山腰处，又是另一幅湖山相接、瀑布飞溅的美丽画卷。想象中的这里该是干巴巴的荒山野岭，直到身临其境，才知是"高峡出平湖""瀑布挂前川"的壮丽景观。真是山有水则灵，水有山更美。恰逢太阳初升，霞光万丈，颇有一番烟蒙蒙、雨茫茫、水波浩渺的景象。再上一峰，俯瞰水中倒影，依稀可见两岸青山与枫叶红绿相间、绵延起伏、错落有致；溪中鱼儿腾起，碧水泛起涟漪；空中鸟儿飞翔，歌声婉转悠扬。没想到多少年来人间传说的海市蜃楼竟让我们在谷中尽情饱览。

拾级而上，在接近顶峰的地方，一泓清泉吸引着游人驻足欣赏。泉水是从大山深处渗出的，水在渗出时冒着泡儿，打着旋儿，似乎还在永不停息地唱着歌跳着舞。这里的水至纯至清，找不到一丝杂质。掬一捧送入嘴中，甘甜可口，让人神清气爽，我不由得感叹大自然的神奇伟大：这泉水被酿造得如此清冽，世间还有什么样的"纯净水"能与之媲美呢？

岸边的红叶倒映水中，装点着成群结队的游鱼，那是红金鱼还是镜中花？鱼儿红润透亮，你挤我拥，竞翔浅底。我不由得贴近水面，偷偷地端详着自己的倒影，那个笑容可掬的我竟和鱼儿重叠在了一起。在这样的图画里，我感觉到自己比做新郎时还要帅气。我回头看了一下远去的朋友，羞涩地伸出双手想牵住鱼儿的手，谁知鱼儿却不解风情，倏地一下散开了，我后悔匆匆地把这一幅优美的画面揉碎了。透过这鳞光闪闪的波纹，我体会到了与鱼类相处的和谐与温馨，体会到了大自然赐予人类的美丽与欢乐。泉水溢满而出，绕着树根随山石的缝隙顺流而下，潺潺流淌的溪水与远处散落在山中的农居构成江南水乡美丽的小桥流水人家……我想，多愁善感的三毛如果能到这里，肯定会流下串串难舍难分的泪珠。

　　站在峰顶极目远望，沟壑纵横，千嶂叠翠，气势恢宏，特别是那座最高的山峰，犹如一个巨大的玉女头像雕塑。在头像的下面，一丛茂密的枫林像一条彩色的围巾搭绕在玉女的脖颈儿上，浅灰的头像在这条围巾的衬托下显得更加端庄秀丽，更增添了几分妩媚。在发自内心的赞美中，我的心头突然涌起对描绘这瑰丽画卷的大自然的浓浓敬意。人世间最神奇的常润画笔，不就是大自然挥笔洒墨的那双布满老茧而又宽大的手吗？即使梵高再世，也不会创作出如此真实的画卷，在大自然的面前他也只能是自叹不如。

　　下山的路上，我们仍在兴致勃勃地欣赏着、赞美着，意犹未尽。每一个人都惊叹于眼前的奇妙图画，仿佛真的远离尘世，进入了世外桃源，心灵因此纯洁，精神因此升华，一副仙风道骨的模样。香山的枫叶，听过我的诉说，你是不是也被"悠悠南园"这美丽的多情所折服？

岁月流过母亲河

野　泳

　　夏日的一个周末，雨后初晴。久居闹市的几位老友相约进山寻找回归自然的感觉。

　　连日的阴雨冲垮了进山的小道，车子只好停在山下的一户农家小院。顺着一条崎岖的山道徒步前行，感受到雨后的山中处处透着清新。空气中散发着淡淡的花香，还弥漫着新鲜泥土的气息。微风吹来，松涛阵阵，花枝摇曳，树影婆娑，寂静的山林中更显深邃幽谧。走了不到一个时辰，平日里缺乏锻炼的我们多是大汗淋漓、体力透支了，几个偏胖的朋友干脆席地而坐，大口大口地喘着粗气，任树上的鸟儿冷嘲热讽。

　　正在踌躇的时候，眼前豁然开朗：一条大河在山谷中欢快地流淌，两岸绿树掩映、芳草茵茵，河水清澈见底，能看见游鱼闪耀着粼光。大家的情绪一下被这水的灵气提升上来。循河前行，一座人工垒砌的石坝将河水汇成一潭。这里地势平坦，风平浪静，周围细沙绵软，我们不由得惊呼："多么标准的天然浴场啊！"

　　看到眼前的情景，我的心里早就痒痒了，思绪一下回到了年少时光。读小学和中学的时候，学校周围沟汊交织、塘坝密布。放学后，几个顽童经常在老师和家长目光的缝隙里偷渡畅游，每次都是大人们焦急的呼唤声越来越近了，我们才会恋恋不舍地爬上岸，然后抱起衣服躲在密密的高粱地里，等喊声越走越远了，才急忙穿上衣服装作若无其事的样子回家。当然，在池塘里被抓个正着的时候也不少。童年的那段时光，因逃学游泳被父母打骂、老师批评是习以为常的事情，但我却始终嗜此不疲，也练就了一身好水性。

"快进去清凉清凉吧，找找回归自然的感觉。"我积极地建议着。同行的朋友也早已按捺不住了，连几位"旱鸭子"也在摩拳擦掌。

起初还有几位文绉绉的朋友觉得有些拘谨，忸怩着、犹豫着，不愿脱得精光。"又不是在海滨浴场，再说我们都是'顺子'，还有什么可顾虑的呢？快脱吧！"不知是谁这样喊了一嗓子。

当下决心剥落身上最后一片遮羞布的时候，才觉得自己真正融入了大地，融入了山川，融入了自然。大家纷纷跳入水中，尽情地享受着阳光和清泉的沐浴。

置身这童话般的世界里，用纯净的泉水漂洗着身上的污垢，冲刷着自己的头脑，灵魂也得到进一步洗礼。看成群的鱼儿从身边游过，偶尔还俏皮地啄上你两口，让人感受到那痛痛的痒，不一会儿，身上的疲劳感便荡然无存了。

我们在水里尽情地放松嬉戏，时而扎猛翔底，时而漂游水面，几位童心未泯的朋友还打起了水仗。连远处啃青的羊群都被眼前的情景吸引住了，时不时地向这边张望。

我静静地躺在水中央一块裸露的巨石上，眼睛一眨不眨地凝视着天空，任飞舞的浪花撞击着岩石和身体，任思绪随波逐流，抛弃了尘世的灯红酒绿，暂别丝竹案牍，忘情山水，乐在其中。

岸上阵阵手机的声响打破了这里的自然和谐，电波把喧嚣的城市和空旷的幽谷相连，我将眼前的美景描述给电话那端的朋友，话筒里就只剩下啧啧的羡慕声了。我想，这便是原始与现代的笙磬同音。

上岸后,大家仍然意犹未尽,一群光着身子的现代人在这里玩起了古老的游戏——"打水漂"。那薄薄的石片在水中跳跃着,荡起涟漪朵朵,仿佛是心花在怒放。

在松林深处小憩片刻后,大家才依依不舍地离开这片林幽水秀的世外桃源,向着更高的山峰进发。

栗林深处

柳絮飘香、栗树泛花的时节,有隙伴友徜徉在向往已久的栗林、柳乡。

车子缓缓驶入板栗、杞柳之乡青云镇,远远望去,碧波起伏,柳涛澎湃,空气中弥漫着淡淡的柳韵栗香,芬芳馥郁,涤人肺腑。循着沭河大堤前行,曲径通幽,柳随车行,栗林深深,渐入佳境。登高眺望,栗柳交织,高低起伏,枝叶扶疏,相映生辉。田间村姑劳作之余的嬉笑,林中悠扬婉转的虫鸣鸟啼,远处牧童嘹亮的歌声,堤下欢快流畅的河水,还有林间小路上那股浓重的乡野气息,汇成一派楚楚动人的田园风光。

同行的朋友告诉我,这片栗林两万余亩,有栗树八十多万棵,始植于隋朝,盛植于明朝隆庆年间,许多古树的背后都有一段美丽的传说。下车步行,站在一棵被当地百姓称为"栗祖"的树下,抚摸着历尽沧桑的树干,不禁百感交集。据守树的老人讲,这是方圆几百里最古老的一棵树,隋朝末年,战乱四起,名将罗成、程咬金都曾在这棵树的树洞里躲避过追兵,还是棵救命树呢。如今,这棵古树已满身疮痍、疤痕累累、老态龙钟,整个树干几乎成了一个空洞,唯有树顶那虽苍老却依然挺拔的虬枝,向人们流露出宁折不弯的坚贞,昭示着它顽强的生命力;那始终向人们敞开的大肚,展示着它宽广的胸怀和能容天下之事的高风亮节。

据说,虽历经五朝,但这棵古树结出的果实依然香甜可口,还有延年益寿的功效呢。

栗园深处有人家。在一条曲曲弯弯的幽径终端,一座青石垒砌的农家院落赫然出现在眼前。男耕女编、儿女绕膝、鸡鸭成群、羊兔满圈、畦田菜地……唯一与桃源仙境不相称的就是主人家陈列在客厅的冰箱和彩电。看见来客,男主人放下手中的活计,热情地和我们寒暄,主动领我们观赏院前一棵神奇的栗树。细细端详,这棵栗树真的与众不同,从根部开始并发两枝,一枝似巨龙腾飞,一枝似凤凰起舞,双枝迎风招展,相依相伴。主人介绍,自从有了这棵树,周围的村庄乡俗民风大为好转,夫妻相敬、妯娌和睦、儿女尽孝、百业兴旺,于是当地群众都称这棵树为"龙凤呈祥"。多美的名字啊,象征着栗乡人民美好的生活、坚贞的爱情、不泯的亲情和淳朴的乡情。

距"龙凤呈祥"不远,有棵古栗形态奇特,巍然矗立。近观,枝条自然向下弯曲,枝繁叶茂,形似华盖。相传,清乾隆年间,栗乡久旱无雨,百姓苦于耕种,乾隆帝下江南路经此地时,突降甘霖,遂避之树下,大雨倾盆,可圣身不沾,乾隆帝龙颜大悦,连称"神树,神树也"。后来,当地的百姓念及皇帝带来的喜雨,尊称此树为"圣树"。

柳乡的传说很多,但文字记载最早最清晰的就是《柳毅传书》了。在柳庄村西,古栗白柳丛中,有座千年古庙,名曰柳毅庙,又称龙神老爷庙、九龙寺,建于唐初,距今已有两千多年的历史。唐二世重修柳毅庙时,碑上刻有"庄亦柳名,人亦柳姓"的字样。清乾隆二年碑记述"乾隆庚年岁次丁巳重修柳毅庙",清宣统己酉年亦重修。大殿门槛联为相公庄举人李熙春撰写,上联是"胜迹溯泾阳尺书远寄片井长留直与洞庭山并峙今古",下联是"崇祠开沭左翠峰遥拱蓝波近映恍疑灵虚殿尚在人间"。后历经多次重修,"龙神殿"更显庄重神圣,殿堂正中供奉柳老爷,左边供奉雹子老爷,右边供奉柳奶奶。东面是霹雳将军、风婆婆、雨师傅,西面是薛礼、赵匡明、杨戬。

这里的《柳毅传书》和中国古代四大传说中的说法还有不同之处。对柳毅其人,当地有两种传说。一说他字功长,道号通玄子。生于舜帝时代,曾继承大禹治水事业,立了大功,但治水之后却修道而去。二说唐朝初年,柳毅去长安赶考,路过柳庄,因为百姓治病,误了考期;后去泾阳访友,月夜途中遇到洞庭龙王所生、遭丈夫泾川龙王次子欺凌的龙女,为龙女传书,而成了洞庭龙王佳婿。婚后,洞庭龙王把观音菩萨所赠的玉净瓶送给柳毅和女儿,让他们回到沭河东岸柳庄一带,把瓶里的柳枝插到地上,造福黎民。柳毅夫妇来到柳庄之后,用柳枝蘸着净瓶里的水,朝地上点一滴就长出一棵柳枝,不久这一带就遍布了柳条。柳毅夫妇又教当地人用柳条编成篮、笊、筐、箱等日用品。其中一种扁圆形的筐子,人称笸箩筐子,可为妇女盛放针头线脑,又寓意生的孩子活泼、健壮,所以这一带女子出嫁时,娘家都要为女儿置办一件,至今这种风俗依然盛行。每年的农历三月初三,是龙神柳老爷的生日,又是建庙的纪念日。这天,在沭河两岸是一个仅次于春节的节日。柳毅和柳毅庙赋予柳乡传奇的柳文化色彩,而传统的柳编工艺也在工匠们的传承下日益创新、发展,成为当地出口创汇、振兴经济的支柱产业。

河从园中过,水绕栗林行。循着潺潺的水声,同行的朋友头戴自编的柳条帽,手提鞋子,脚踏细沙,一路奔向沭河岸边。蓝天、碧水、绿叶、青草,我们好像来到了青青的牧场。鸟儿欢叫,鱼儿雀跃,牛啃嫩草……一切是那么妙不可言。摘一片柳叶放进涓涓流淌的细流中,我的心在默默地祈祷,让它载着青春的梦幻,载着对大自然的无限眷恋,载着对栗乡人民浓浓的爱意和深深的祝愿,到达理想的彼岸。置身于此,心中油然升腾起一种超凡脱俗的怡悦,一种远离尘世喧嚣的安宁自在。

暮色苍茫,远处的村庄笼罩上一层轻纱素裳,更显质朴幽雅。驻足沭河大堤,回望栗园深处,那泓荡着碧波的心河随风起伏,恰似一个个跳跃着的音符,催我奋进,教我自新,让我依依不舍……我仿佛置身于一个个美丽的传说中,陶醉在这天地间浑然而成的自由世界里,陶醉在这温婉中透着清新和谐的意境里。

悠悠南疆情

每次去彩云之南，都会给我留下许多美丽的遐想。此次滇西南考察之行，虽然没走丽江—西双版纳—大理等传统路线，去看美景、游山水，但收获了更多精神层面的瑰宝，必将受益终生。

夜栖老山

今夜就睡在老山脚下，和祖国的南疆贴得这么紧，和曾经的战场靠得这么近。夏雨潇潇，长夜漫漫，烈士们早已长眠，而我却很难入睡。耳畔仿佛又传来战神的咆哮，眼前还是那幅奋勇杀敌的画卷。十八九岁哟，如诗如梦的年华，那时的我们正坐在青青的校园，沐浴在和平的阳光里，憧憬着美好的未来。而你们，却早已告别了慈祥的父母、温暖的家，告别了街上流行的喇叭裤、蝙蝠衫、太阳镜，用国防绿、迫击炮、光荣弹诠释着火热的青春，甚至还没来得及品味爱情的滋味，就义无反顾地投入战场，将血肉之躯融入了南疆殷红的泥土，化作了巍峨峻峭的山脉。

我喜欢这淡雅素洁的老山兰，没有花香，没有树高，从石缝中生根发芽，在困境中顽强成长，无怨无悔地接受战火的洗礼，让勇士们在孤苦寂寞的岁月里时时感到生命的盎然。我更喜欢这里四季常青的亚热带植被，它们历经战火的洗礼，仍时时守护着不朽的英灵。

时光飞逝,这里的一切似乎都被历史的长河所淹没,唯有英雄的故事仍时常在脑海里翻腾。四年前,我曾登上过老山的主峰,真的很难想象在寥寥数平方公里的土地上竟发生过如此惨烈的战争。而今,碉堡群、猫耳洞、交通壕等战争的遗迹还在,但一切都回归到宁静与和平状态。打开尘封的记忆,仿佛又看到老山顶峰张大权烈士手握战旗巍然屹立的身影,仿佛又听到战斗英雄李海欣英勇杀敌的喊声……上万名勇士在这里流尽了最后一滴血,他们头枕着青山,脚踏着大地,永远长眠在了这风光秀丽的南疆。

在群山环抱、松柏簇拥的麻栗坡烈士陵园,我怀着无比崇敬的心情,终于圆了埋藏在心中三十年的拜谒烈士的梦。仪式简单而庄严,一只花圈、三杯酒、三支烟,虽不足以表达对烈士们崇高的敬意,但也算了却了那份深深的挂牵。在这里,看到太多,感动太多,白发人送黑发人的悲恸场面一次次地在脑海里呈现,使我的灵魂也在那些烈士妈妈伤心欲绝的痛哭之中,受到一次次脱胎换骨般的洗礼。

"高山下的花环永远鲜艳,老山上的红旗世代飘扬。"这或许是对革命先烈最好的告慰。

西畴印象

对越自卫反击战让边疆人民付出了巨大的代价,延缓了十年的发展。

在文山州西畴县,同行的黄明勇书记告诉我们,西畴县的喀斯特地貌占县国土面积的 75.4%,是全国石漠化最严重的地区之一,曾被外国地质专家判定为"基本失去人类生存条件的地方"。面对恶劣的生存环境和沉重如山的贫困,二十世纪九十年代初的那场战争结束后,西畴人民不悲观、不埋怨、不畏缩、不放弃、不抛弃,勇于向大山宣战、向石漠宣战,在不等不靠的苦干实干和创新探索中铸造了"搬家不如搬石头,苦熬不如苦干;等不是办法,干才有希望"的西畴精神。经过三十年的不懈努力,探索走出了"山顶戴帽子、山腰系带子、山脚搭台子、平地铺毯子、入户建池子、村庄移位子"的"六子登科"石漠化治理新路,硬是在石漠上开山辟地,种植8万亩中草药和4万亩花果园,把昔日的乱石旮旯变成了今天的生态绿洲,森林覆盖率从九十年代初的25.5%提高到53.3%。

短短两天的时间,处处都能看到西畴人民战天斗地、改造自然的生动案例。无论是在园区工厂,还是在社区在农村,无论是在中草药种植基地,还是在刺绣、抛绣加工基地,都能看到勤劳朴实的各族人民在不同的岗位上努力创造幸福美好的生活,他们在用具体行动实践着"西畴精神",用美丽的壮锦编织着伟大的中国梦。

西洒镇岩头村,因地处大山深处100米的悬崖峭壁之上而得名,共15户78人。多少年来,村民都守着那一亩三分地,过着养猪为过年,养牛为种田的传统生活。在"修路愚公"村支书李华明的带领下,历经十二年的各种挫折和艰辛,硬生生地在悬崖上凿出一条1公里进村道路,并从4公里以外的地方引来了自来水,几代人的通路梦终于变成现实。这就是弘扬西畴精神的生动案例,也是实干精神的具体体现。在观看《打通最后一公里》的时候,我几次流下了感动的泪水。

离开岩头的时候,遇到一位在山道上蹒跚前行的小姑娘。她身背背篓,那一大筐药材压弯了她的细腰。她吃力地抬着头,脚下的碎石不时绊得她踉踉跄跄,随时都有摔倒的可能,特别是她那满含憧憬和疑惑的目光,深深地刺痛着我的心。此刻,我想起了我的女儿,她从小到大还从没有吃过这样的苦,受过这样的累,恬静安逸,一直享受着岁月静好。才七八岁呀,本该是躺在爸爸妈妈怀里撒娇的年龄,而她稚嫩的双肩却过早地扛起生活的艰辛。坐在车上,我禁不住一次次回望,驶出很远了,还一直后悔没停下来捎她一程,了解一下她的情况,甚至资助一些学费,让她也能坐在宽敞明亮的教室里尽情地汲取知识的养分。在随后的座谈会上,一位同行的朋友当即表示要资助部分西畴籍贫困学生。我知道,大家是用实际行动来证明和祖国这个边陲小城已结下了不解之缘。

即将离开西畴,天空中飘起细雨,云雾轻绕,林海茫茫,空气更加清新,边城更加妖娆。摇下车窗与众友告别,不舍之情难以言表,衷心祝愿壮乡苗寨的明天更加美好!

浩气长存

从保山云端机场至永德县城,途经大亮山,我们决定绕道参观位于施甸县的善洲林场。这里是艰苦朴素、无私奉献的原保山地委书记杨善洲同志的创业基地,也是我们学习先模人物的教育基地。

在随后短暂的两个小时里,大雨和泪水交织,震撼与感动时时让我驻足凝望,肃然起敬。在杨善洲老书记纪念馆、物品陈列室,在老窝棚、老场部等工作生活的现场都留下他彪炳后世的光辉业绩。面对那一排排挺拔矗立的华山松,一棵棵挂满果实的荔枝树和芒果树,一丛丛芳香四溢的栀子花、杜鹃花,我很难想象出一位耄耋之人是怎样二十多年如一日,带领家人乡亲风餐露宿、不畏艰难、历尽苦辛,把昔日5.6万亩的荒山秃岭变成苍莽林海的,他在这没有硝烟的战场上创造出了骄人的业绩。他甘于清贫、淡泊名利,临终前,还将价值3亿元的林场全部无偿捐献给了国家。这里的一山一水、一草一木都记载着他的殊荣茂绩。历史不会忘记,祖国和人民都不会忘记,感动中国十大人物、全国优秀共产党员、全国道德模范、全国绿化工作先进个人……荣誉纷至沓来,可惜杨老已永远长眠在山脚下鲜花簇拥的坟茔里,和绿波翻涌的林场融为一体。

站在墓碑前,我们手捧黄菊向这位"改革先锋"鞠躬致敬。在我心中,任何褒扬都比不上铭刻在他墓碑上的最后两句话:"清廉恒操守兮,彰大义于当世;情怀以时尚兮,垂典范至永远!"

永德情深

如果说西畴是靠一种精神战胜恶劣环境脱贫致富而名扬全国,那么永德就是镶嵌在中缅边境线上的一颗璀璨明珠。这里地大物博,自然资源丰富,全境3220平方公里,可利用面积近98%,森林覆盖率达60%以上。永德是古哀牢国的重镇,著名的"芒果之乡""边旅栖地",也是野生中药材诃子在全国的最大产地。22个民族的39万群众世世代代在这片美丽富饶的土地上繁衍生息,创造了悠久的历史和灿烂的文化。

此行来永德,不仅是为了考察工作,还有一个重要任务,就是来拜望一下履新不久的领导加朋友——县委书记宋正垠。宋书记是一位高大结实、忠厚纯朴的傣族汉子,2010年,他曾在我的家乡山东临沭县挂职任县委常委、副县长。他对工作的认真负责,对事业的执着追求,对同志的体贴入微,在当地干部群众中有口皆碑。短短一年的时间,他就和当地干群结下了深厚的友谊。十年了,我们克服重重困难,相聚过九次。每次见面都不需要更多的语言表达,一个紧紧的拥抱足以代表一切。谈起挂职的情景,他至今记忆犹新、如数家珍,不时地问这问那,关心着临沭的发展和昔日的同事朋友。

两天多的时间里,宋书记带领我们深入基层,进村入企。在茶山之巅、彝佤山寨,在野生诃子林场、芒果种植基地,他和茶农、药农、果农促膝交谈；在永康医药园区，他帮助企业负责人分析困难，牵线搭桥。当地群众都习惯地称他"亲民书记"。他不辞劳苦，不厌其烦地向我们推介着永德，介绍着永德的过去、现在和未来，喜悦和热爱之情洋溢在脸上。在这里，茶马古道、大雪山、怒江、土佛，还有边陲线上的三角梅、凤尾竹下的吊脚楼、22个花样民族等都给我们留下了难忘的印象。在这里，我们不仅看到了边疆人民不甘落后、奋发作为的生动场景，而且更深切地感受到了各民族群众团结共处、共同发展、安居乐业的和谐氛围。

离开永德的那天，恰逢火把节，宋书记特意把送别的晚宴安排在鸣凤山下一个彝族的山寨里，让我们体验当地民俗，与这里的多族群众同乐。听这里的老乡介绍，火把节是滇西南彝族、白族、纳西族、基诺族、拉祜族等民族的古老传统节日，有着深厚的民俗文化内涵，被称为"东方的狂欢节"，主要活动有斗牛、斗羊、斗鸡、赛马、摔跤、歌舞表演、选美等。该节日在农历六月二十四举行，节期二三天。彝族祖先认为过火把节是要期许长出的谷穗像火把一样粗壮，后人也以此祭火驱家中田中鬼邪，以保人畜平安。如今当地群众还利用节日欢聚之机，进行社交或商贸活动。

因为我们急着赶路，彝家长桌宴开始得比较早，未能等到太阳落山，家家户户的火把也尚未点燃。我们和几十名当地群众围坐在村大院的长桌边，他们身着民族盛装，喝着自酿的诃子药酒，品着上好的忙肺古树茶。这里没有身份之别，没有高低贵贱之分，大家举杯畅饮，尽情地说笑，尽情地欢歌。人们唱起自己民族的民歌，吹起芦笙，跳起欢快的舞蹈。这时雨过天晴，高原上的彩虹在国旗的辉映下分外壮观。在宋书记的提议下，大家围绕在寨子中间高高飘扬的国旗下唱起了《歌唱祖国》《爱我中华》等爱国歌曲，大家载歌载舞，以这种特有的方式表达边疆人民对伟大祖国的无比崇敬之情，气氛团结和谐，场面隆重热烈。

时间渐晚，我们还要赶去机场，只好依依惜别，我和宋书记再次深

情相拥,泪眼相对,大家唱起了拉祜族民歌《实在舍不得》:

> 我会唱的调子像沙粒一样多
> 就是没有离别的歌
> 我想说的话像茶叶满山坡
> 就是不把离别说
> 最怕么就是要分开
> 要多难过有多难过
> 舍不得哟舍不得我实在舍不得
> 你没看那风景像山花一样多
> 还有多少思念的河
> 你留下那情像火塘燃烧着
> 还有好多酒没喝
> 最怕么就是要分开
> 要多难过有多难过
> 舍不得哟舍不得
> 我实在舍不得
> 最想么就是你再来
> 要多快乐有多快乐
> 舍不得哟舍不得
> 我实在舍不得
> ……

歌声响彻了整个山坡,歌声中,我们和这里的兄弟姐妹挥泪相别。美丽的滇西南,我一定还会再去的,等着我!

寻梦母校

三十年已去，弹指一挥间。虽韶华渐逝，青春不在，但对母校的情思却如陈年老酒愈久愈醇。那种思念、那种渴望的情愫，堆积在心头，随时都会像火山一样迸发。

母校临沂师专是临沂市最高学府。1987年高考，我因两分之差没能进入本科学院，却幸运地成为母校的一员。两年的大学生涯，母校伴我度过了人生最美好的花季年华。历经三十年的沿革和扩建，如今母校已成为国内知名的综合性大学，校址也几易其地，由我们求学时的费县迁至了临沂北园、西郊。无论是占地面积、校园环境，还是办学规模和教科研成绩，均已走在了全省的前列。

建校七十多年来，母校为社会输送了大量的人才，迟浩田、刘导生、薛其坤……群星闪耀，他们的足迹遍布大江南北，成为中国革命和现代化建设的中流砥柱。每每谈及母校，他们给校友们带来的都是自豪和骄傲。可无论世事如何变迁，留在我记忆中的母校，依然是在小城费县的那个背倚钟罗山、玉溪缠绕、绿荫笼罩、建筑古朴的青青校园。在那里，留下了我奋进的足迹和青春的印痕，收获了学业、友谊和爱情……

立夏这天正值周末，雨过天晴，与妻相伴去母校寻梦，去感受流金岁月的点点滴滴……

当年从市里去母校的路坎坷不平，晴天尘土飞扬，雨天泥泞满地，坐公交车颠颠簸簸要两个半小时，因交通不便，每学期仅能回家一两次。这次从南坊新区出发，沿滨河大道西行，一路观河赏景，四十多分钟便到了费县县城。

循着迎宾大道前行，首先映入眼帘的是宽阔整洁的马路，两旁高耸挺拔的行道树，整齐划一的社区，赏心悦目的园林绿化……温凉河畔花团簇锦、高楼林立、小桥流水、黛瓦白墙，远处青山隐现，空中白云悠然，宛若天上人间，一座南北融合、古今交织的现代化新城拔地而起，全然没有了记忆中破旧落后的容貌。来不及细细观摩县城全貌，我急切地驶向坐落在文化路上的母校。

"到啦，到啦，终于又见到母校啦！"我激动地喊了起来。车未停稳，便急匆匆地打开车门，跳到车下。

三十年的情感如润墨般慢慢渗开来，思绪渐渐模糊了我的双眼……

校门还是记忆中的模样，传统的中式建筑，简单流畅，算不上高大上，但体现了"学高为师，身正为范"的庄重。两边的院墙依旧，坚硬的青石上镌刻着母校的沧桑。只是郭沫若先生手书的"临沂师范专科学校"的牌匾已被"临沂大学基础教育部"几个镏金大字代替。门前的小溪清可见底，几十年来，一直这样缓缓地流淌，将一届又一届毕业生送向远方。

"绿树阴浓夏日长，楼台倒影入池塘。"如今，河岸边的幼苗已长成参天大树，它们见证了母校的沧桑巨变、无限荣光。上学期间，我们曾在林间出操跑步，习武乘凉。

迎门而进，我们细细搜寻着母校那熟悉的一阡一陌、一草一木。这里没有假山、鱼池、雕塑、长廊，有的只是低调、矜持、朴实、淡定。路东旁的百花园还保持着三十年前的风格，冬青环绕，翠色入帘。一株冠约五米的木香修葺整齐，淡黄色的花蕊竞相绽放，散发出阵阵清香。

特别是园中那棵巍然矗立的雪松，虽历经风霜雪雨的浸染，但仍苍翠欲滴，流露出宁折不弯的峥嵘。园中有月季、鸢尾、牡鹃、绣球，还有一些不知名的花草点缀，勾画出一幅"百般红紫斗芳菲"的画面。

这时妻告诉我，这个地方好眼熟，似曾见过，我们一起努力回忆着。良久，她从手机里调出一张照片，啊，这不是三十年前我们在这园中的一张合影吗？照片上的我们在花丛中相依相偎，浑身洋溢着青春的朝气，脸上幸福的微笑还是难掩初恋的羞涩。那时候谈恋爱还是"半地下"状态，能牵手合影，也是需要很大勇气的。夫人系同级校友，两年时光，卿卿我我，毕业后终成眷属。站在原址，我们又留下了三十年后相拥相扶的纪念。

循着记忆，我们找到了曾经的教室，老屋还在，已闲置多年，不用于教学了。我趴在窗口贪婪地注视着已尘封许久的黑板，想从中再读出我们的过往，恍惚间又听到同学们朗朗的读书声。两年时光，这里曾留下我们苦读的身影，睹物思人，许多恩师、同学的笑容一一呈现，记忆中的他们还是那么熟悉亲切。这里记载着我们的酸甜苦辣，见证了师生真挚的友情。

拾级而上，我们来到当年的学校礼堂，这是一座典型的苏式建筑，青砖碧瓦，古朴典雅，带有鲜明的时代特点。入校的开学典礼便是在这里举行的，老校长蒋稆椿铿锵有力的话语至今还环绕在耳边。

"欢迎你啊，新同学，欢迎你啊，新校友，你从金秋走来，带着成熟了的希望……"开学第一天，学校播音员从这里发出的肺腑之音还在耳畔回荡，我的心仿佛又回到了三十年前。礼堂后面的校报编辑部里，我们曾挑灯夜战，挥洒激情，第一次走进文学的神圣殿堂。作为一名校报记者，两年的采编生活历练了我的文字功底，为以后的工作生涯奠定了坚实的文字基础。

杏园坐落在学校的操场后面,虽成园时间不长,但已舒枝展叶、果实累累,师弟师妹三五成群徜徉其中,谈学习、谈生活、谈理想、谈爱情……自信溢于言表,笑意写在脸上,不时传来银铃般的笑声。

恰逢青年节刚过,这时,学校的喇叭中传来阵阵歌声:"我们是五月的花海,用青春拥抱未来,我们是初升的太阳……"团歌嘹亮,响彻校园,昭示着我们的事业薪火相传、生生不息。置身这青春和青涩之中,有种返老还童的感觉,我不由得和妻相视一笑,投去了羡慕的目光。

"去看看我的宿舍吧,那是我们初识的地方……"妻边走边征求我的意见。

"嗯,我也想再看看我们的'小狗窝'呢。"当年的宿舍还没实行公寓化管理,日常用品摆放得杂乱无章,同学们都戏侃为"狗窝"。

与妻相识缘于我的一位舍友,他和妻是高中同学。我和他是最好的朋友,性格相投,爱好一致,课上课下几乎形影不离。一次陪他到妻宿舍串门,闲谈中觉得与妻共同话题很多,从此便揭开了相约的序幕。可惜啊,那位亲密的同学已于2005年秋遭遇车祸与我们阴阳两隔了。这么多年过去了,但闭上眼睛,他的音容笑貌还是那么清晰,同窗共读的往事历历在目,那鲜活的生命永远定格在了年轻的37岁。想起这些,禁不住泪如泉涌。

走过杏园不远,就到了学校西北角的宿舍区,可是当年的男生宿舍楼现在成了女生楼,而女生楼则改成了男生楼,所以我们只能在楼道口驻足眺望、怀想当初了。

当年的宿舍区是校园里最热闹的地方,这里发生过许多好玩而又难忘的事情。印象最深的就是,当时男生楼前的小道是女生打水买饭的必经之路,一些调皮的男生就用镜子反射太阳光,照向女生的眼睛,并喊着"一二一"的口号,腼腆的女生捂着眼睛急匆匆走过,吃个哑巴亏算了,但有些刚烈泼辣的女生经常径直找到男生宿舍理论一番。我们还偷偷观察过，许多饭量大的女生故作淑女状，去食堂一次只买一个馒头，吃完了再去买第二次、第三次……这些花絮也为枯燥的学习生活增添了几分乐趣。

回返的途中，经过艺术系当年的琴房，琴房虽已弃用多年，但外观依然如故，成了学校的"老古董"。侧耳细听，仿佛仍有天籁般悠扬的琴声传来，又给活力四射的校园增添了几分优雅。

学校的操场还在西南角，布局沿袭了当年，只是煤渣跑道早被塑胶代替，图案设计精美，给人以清新向上的感觉。这里曾是我们崭露才华的地方，也是毕业考试十项全能的考场，400米跑道上洒满了我们的心血和汗水。还记得初学背越式跳高，由于技术掌握得不好，我不小心从海绵垫子上摔下，以头抢地，鲜血直流，在家休养了半个多月才痊愈，至今我还记得当时头缠绷带宛如伤兵的滑稽样。

不知不觉中，又回到了学校门口。回望篮球场边那排雪松掩映下的冬青，经过岁月的洗礼，比以前更加苍劲密实了，那是当年同学们谈恋爱的好去处。每当夜幕降临，恋人们便身藏其中诉说情话。几十年来，它掩护着一对对恋人躲过了学校保安的搜查，也用大肚包容了恋人的悄悄话。

即将离开母校，蒙蒙细雨飘然而至。远处的山、近处的水、挺拔的白杨、朝气蓬勃的师范生，还有庄严肃穆的校园，构成了一幅和谐美丽的画卷。

车子启动的时候，我竟无语凝噎。摇开车窗，频频向母校挥手致意，祈福母校芳华永驻、激流勇进、春华秋实、再创辉煌！

龙川湖记

石岚水库地处沂蒙山区腹地,距费县县城二十公里,位于沂河水系薛庄河上游,是一座具有防洪、灌溉、发电、养殖、休闲观光等多功能的中型水库。空中俯瞰,逶迤蜿蜒,恰似一条巨龙横卧,故又名龙川湖。自戊戌仲夏始,费县政要高瞻远瞩,罗欣高层顺势而为,沿湖筹建智慧健康谷,此举功在当今,惠及千秋也。余在此筹划项目期间,踏遍群山,泛舟湖面,古刹问道,林中畅饮,耳濡目染,心生感念,故作此文以记之。

巍巍天蒙之阳,莽莽林海之间,官帽峰隐居半空,望海楼高耸云端。层峦叠嶂,连绵不断,玉溪环绕,古树参天,垛南路南北纵贯,大青山忠魂卫安。世界长寿之乡,养生度假天堂,恰逢国富民强,龙腾势不可挡。

采蒙阳之精华,撷山川之灵气,物华天宝添祥瑞,人杰地灵厚福田。古往今来,方圆百里,乡贤齐聚,才俊辈出,寿星云集,智者无数,贡品盛产,瓜香果甜,山珍河鲜,益寿延年。真卿文化源于斯,沂蒙小调诞于此。

曲径通幽远,茂山展奇观。峻峰突兀,怪石遍布,古柏抱槐,青藤缠树,鸟啼虫鸣,鸟语花香,老神树矗立,不老泉汩汩,玉皇宫端坐,悬索桥横渡,毓秀钟灵,壮观天铸。

群山怀抱,万涓汇成,碧水千顷,风平浪静,灌溉良田万亩,惠泽八方百姓。泛舟湖上,清风送爽,银光闪闪,波澜不惊,邀来春燕嬉戏,引得凤凰来仪。鱼翔浅底,潜龙蓄力,思潮起伏,浪击岸堤,浮云撩拨光影,心舟轻泛涟漪。

谷秀洞深,繁花似锦,蒹葭苍苍,白露为霜,虫草遍地,满坡牛羊,流光溢彩悬空,七彩霓裳倒映。飞花煮酒,乐舞娱情,暗香盈袖,月下诵经,信步闲庭,轻和夜莺,鸥鹭栖息地,万物皆风景。桃花峪烟雨蒙蒙,长寿岛芳草青青,苍松翠柏映碧浪,云雾缭绕雅仙藏。

予观夫深山空寂处,乡野落幽谷。沟壑纵横,古道落英,耕者乐其耕,渔者乐其渔,浣女沐浴水边,牧童牛背奏笛,耆翁扬鞭耕田,寿星对饮闲谈,妇人采桑南隅,老妪家中纺线,凡夫怡然自乐,农人相处和谐,今昔不知何年,恰似福地洞天。

春来草长莺飞,秋色令人垂涎,冬至宛若粉妆,夏令五彩斑斓。晴空万里时,极目四望,水天茫茫,百舸争流,千帆竞张,春潮涌动,犹如画中。雨过初霁日,彩虹高悬,云消雾散,紫气东升,霞光绚烂,月明风清,胜似仙境。四季变换均图画,阴晴圆缺皆佳景,湖光山色相得益彰,文化底蕴源远流长。

予尝阅尽岁月变迁,历经沧海桑田,孰知世间如此佳境,寻来竟在身边。忙里偷闲,邀友携眷,或小住,或久居,或吟诗作画,或品茗观景。忘情山水之间,一笑恩仇泯;坐看云卷云舒,境界赛神仙;抛弃私心杂念,方得玉体康健;舍下功名利禄,始才磊落心安。前尘过往皆云烟,不必常忆;万事从来都随缘,顺其自然。岁月浓淡总相宜,人间至味是清欢。

嗟乎!茂山之巅神灵显赫兮,佑护众生,龙川之水源源不绝兮,滋润大地。有感于斯,赋诗一首:

玉英久藏云深处，千年万载无人顾。
辛遇伯乐识骏马，忽如一夜成宝珠。
罗致英才绘蓝图，欣然之间出平湖。
腾空蛟龙向天舞，飞上九霄持玉笏。

岁月流过母亲河

这个冬季，还有那抹新绿

大雪过后，野外赏景。整个世界粉妆玉砌，浑然一体，那蓝的天，白的雪，远山、树林、村落，恰似一幅清新淡雅的水墨画。

连绵的群山披着银装，天地间一片苍茫，阳光普照着山川大地，树梢上偶有积雪簌簌落下，与光影辉映成道道彩虹。山涧里的小溪已被冰封雪覆，偶尔有一串山泉顺着石缝边挂着的冰凌滴答。那松针的清香，白雪的冰爽，给人一种别有风味的抚慰。阵阵朔风凛冽地拂过五脏六腑，以荡涤沟壑的冷酷，冰封各种贪婪堕落的私欲和邪念……这里正以广袤无边的圣洁褪尽斑驳陆离的庸俗和喧嚣，一切都在宁静致远中得到过滤，一切都在天高云淡中得到升华。

在这个冰清玉洁的世界里，你定会淡泊心志，感受到人与自然和谐相依的无限美好。身临其境的我们，像呱呱坠地的娃娃，感觉到心地也在变得如初生般纯洁而又美好。此时此刻，瑞雪所兆的丰年，即是你人生的安康和幸福，你奋斗的支点和攀登的动力，你心灵的港湾和梦想的归期。

雪野里好静，静得只能听到嗖嗖的风声和吱嘎吱嘎的脚步声。环顾四周，我急切地寻找着生命的踪迹。喜鹊在悠闲地含着树枝搭窝，偶尔有雄鹰掠过，远处的村庄不时有鸡鸣犬吠，麦苗在冬被下安详地睡着……倏地，石缝中的一棵小草映入我的视野，虽然只有几厘米高，而且嫩芽上面还覆盖着一层白雪，可它依然顽强地挺立着。比起温室里的生机盎然、群芳斗妍，我更钦佩这棵不知名的小草。也许它的前世是树上不经意间落下的种子，天边飘来的尘埃，或是鸟儿嘴中没含住的食物，只要有阳光，有雨雪，也就有了它生存的环境。数九寒天，它慢慢地生根发芽，大地是它的襁褓，冰雪是它的乳汁。无畏风霜，无畏严寒，它在一天天长大，不事张扬，静静地伫立在沟崖下、石缝中……叶子泛着生命的绿，几分安然，几分从容。这一刻，冬日所有的苍凉悲伤，也都被这一抹绿治愈了，有的只是柔情似水。也许过些天冬去春来，花香遍地的时候，这棵小草已失去了生机，甚至再难觅到。但是，我们不会忘记，在冰封大地的时候，是它用一抹新绿昭示着生命的色彩。

山脚下的那片蔬菜大棚已融进了皑皑白雪之中，走近一看，"精准扶贫示范园"的牌匾映入眼帘。经不住主人的热情相邀，我们一起走进大棚。呵，棚里宽敞明亮，温暖如春，黄瓜、西红柿、茄子、辣椒等反季蔬菜应有尽有，棚主人随手摘下几根鲜嫩的黄瓜让我们品尝，这味道是如此纯正，嚼在嘴里满口生津。大家说笑着，赞叹着，棚里的郁郁葱葱、热热闹闹和棚外的天寒地冻形成强烈的反差。交谈中得知，这片蔬菜大棚有一百多亩，是市、县两级精准扶贫项目，这户人家种了一亩大棚，刨去成本，今年纯收入有 3 万多元呢。目前该村 80 多个贫困户已经全部脱贫。从这位农人脸上洋溢的笑容和发自内心的喜悦可以看出，这收获是一个劳动者最大的幸福和满足，也是这个冬天里最暖的风景。事实证明，一片同样的土地，精耕细作与粗放耕种产生的效益是截然不同的。

登上沂蒙七十二崮之一的云天崮，顿觉天高地阔、云雾蒸腾，无限风光尽收眼底。崮顶平坦土地有三四百亩，穷人寨、富人寨遗迹尚存，近处琼楼矗立，奇峰嶙峋，青松苍劲，白桦林立，田螺洞幽深，泉水喷涌。远观那覆盖着千树万树的白雪，恰似梨花朵朵，洁白无瑕。古村落若隐若现,阡陌纵横如条条哈达,炊烟袅袅有人家。龙王口水库蜿蜒崮底,似银河奔腾,亮若明镜。真没想到这高山秘境,竟藏有万千景象,全然没有冬的萧索。

能在冬日的暖阳下品茗赏菊,这该算是工作之余的奢侈了。崮下的天蒙药谷是金丝皇菊栽植加工基地,也是当地乡村振兴的支柱产业。皇菊从原产地江西引进到山东费县,经过农科院专家多年的实验指导,如今已实现了大田规模化种植。这里生态自然,出产的皇菊绿色有机,每单枝仅保留一个花蕾,花形圆润饱满,为皇菊之上品。据同行的专家介绍,皇菊富含黄酮素和多种氨基酸、维生素、微量元素,具有香、甜、润三大特点。金丝皇菊的饮用价值极高,用皇菊泡茶,气味芳香,可消暑生津,有祛风、润喉、明目、解酒等功效。我们边品边赏,菊瓣绽放,赏心悦目;菊花飘香,溢人心脾。不知不觉,便已深谙"一泡,二赏,三闻,四品"的茶道。端杯轻轻啜之,即感香醇可口,回味悠久。这次忙里偷闲,才知道能静下心来浅斟细饮竟是如此惬意,不由得心旷神怡,暖气上升。

"菊花残满地伤,你的笑容已泛黄,花落人断肠,我心事静静淌……",不必像歌词里写的那般幽怨,在寒冬里看菊花在杯中绽放,茶水氤氲着温香,本来就是一番景致。我知道,一旦春意萌动,冬便会悄悄融化为甘泉,无声无息地滋润着大地,让小苗儿尽情吮吸。可当春回大地时,就再也找不到冬的踪迹了。冬天以自己的生命为代价换来了春色满园,也完成了养精蓄锐、厚积薄发的使命。

冬天净化了心灵,宁静了心境,就像那抹新绿一样,给旷野注入了生命的活力,给冬日增添了丝丝暖意,让人感受到一份岁月的深情。当温暖与爱同在,冬天便不再寒冷。人生亦如此,经过了冬的洗礼,便没有任何岁月不可逾越。

湖　畔

经历了一个寒冬,再次来到大明湖畔的时候,已是春意盎然、百花齐放了。公务之余,兑现与老同学们相约的诺言,一起游湖赏景,感受济南的春天。

举目四望,景区已修葺一新,花红柳绿处,春色洋溢,引无数游人驻足观望。因路上拥堵,已过了约定的时间,所以无暇过多欣赏,直奔超然楼赴约。

临近傍晚,景区内依然人头攒动,比肩接踵,我登高望远,细细察看,蓦然发现,几位老同学正悠然自得地坐在垂柳下的长椅上小憩呢。紧赶两步上前,一边道歉,一边仔细端详。同学相见,分外亲热,虽平时联系不多,有的数年不见,但大家乡音未改,谈吐如故。唯一的女同学格外惹眼,定睛一看,原来是小学的老同桌国红。年过半百的她依然风姿绰约,温文尔雅,打扮得体,不失大家闺秀的风采。国红快言快语、活泼开朗的性格一如多年以前,话语间透着真诚和善意,没有半点矫揉造作。大家边走边聊,时光也仿佛倒流了四十多年,记得那时的国红刚随父母转学来到我们班,苹果脸白里透红,大大的眼睛透着清澈,头梳两根羊角辫,稚气而又天真,穿着打扮干净整洁,很讨人喜欢。虽然父亲是县委书记,但她从没表现出公主小姐的优越感,待人接物真诚坦率,和同学们情同手足。同桌两年,我们互帮互学,两小无猜,结下了纯真的友谊。

转眼之间小学毕业，以后虽在一个县城生活多年，但受"男女授受不亲"等封建思想的影响，沟通联系甚少。再后来听说国红随父亲调到省城工作，便音信杳无了。没想到命运还是青睐这份童真，这次在他乡遇故友，在感叹岁月无情、人生苦短之余，又勾起了我们对童年生活的美好回忆。

我们步行从东门进入老景区，迎面看到的景色是"曾堤萦水"。曾堤是位于景区东面的一条连接南北的长堤，也是大明湖南岸通往北渚亭的必经之路。堤上鲜花簇拥、杨柳垂金，堤两侧湖光潋滟、涟漪朵朵。超然楼紧邻曾堤，登上楼顶，可以鸟瞰整个大明湖的风光，这也是大明湖十六景之一的"超然致远"。沿着曾堤向南，步行进入新景区，这里有七座风格迥异的石桥，不论从什么角度观察，这七座桥都独成美景，并且七座桥又组合成一道靓丽的奇观，"七桥风月"的雅称名副其实。其中的鹊华桥历史悠久，更是湖中最古老、最著名的一座桥。老舍纪念馆便坐落在该景区中。

过了南门西行，不一会儿就到了"稼轩悠韵"。稼轩园原名稼轩祠，是为纪念爱国英雄辛弃疾而建。这里，处处都能感受到辛弃疾的爱国情怀。一尊尊栩栩如生的雕塑，一幅幅惟妙惟肖的画卷，无不彰显出他戎马倥偬的非凡经历，不禁令人浮想联翩。

湖中有座小岛，因时间已晚，游船收工，只能隔岸遥望了。远远望去，岛上矗立着一座名亭，亭子上方红底金字匾额上是由乾隆皇帝手书的"历下亭"，这里便是"历下秋风"的出处了。我们边欣赏边畅谈，时而指点对岸，时而窃窃私语，仿佛周边的风景都成了我们的缀饰。我们谈别后，谈生活，谈工作，谈父母妻儿，谈老师同学……许多往事都铭记于心，生活中的点点滴滴滴都让我们感到欣慰。不知不觉中，夕阳已西下了，湖面上遍洒金黄，莺歌鲤跃，渔舟唱晚，芦絮飞扬，与岸边的鲜花垂柳遥相呼应，我想这应该便是十六景中的"汇波晚照"了。

华灯初上，我们穿过明湖南路，来到曲水亭街，这是一条闻名中外的历史文化特色老街。这里小溪弯弯，流水潺潺，柳丝拂面，三间旧茅屋曰"亭"，亭门悬挂着郑板桥撰写的对联："三椽茅屋，两道小桥；几株垂柳，一湾流水。"街以亭而得名，亭以水而命名，水以曲而著称。从珍珠泉和王府池子涌来的泉水汇流成河，与曲水亭街相依，一边是青砖碎瓦的老屋，一边是绿藻飘摇的清泉，临泉人家在这里淘米浣衣。现在的曲水亭街依然完整地保留着"家家泉水，户户垂杨"的泉城风貌，极富文化底蕴。

顺着曲曲弯弯的小巷前行，不多时就到了久负盛名的芙蓉街。芙蓉街兴起于公元前1100年，盛于清同治年间，以街中芙蓉泉得名。旧时，它是通往两大府衙和贡院、文庙及古城的必经之路，凝聚了泉城厚重的历史。现在的芙蓉街，以小吃闻名，有着"齐鲁第一小吃街"的美誉。每至傍晚，芙蓉街大大小小的灯笼一齐点亮，青石路板，斗栱飞檐，古风遗韵，伴着锅碗瓢勺碰撞出的叮叮当当，好一道精美绝伦的市井风光。街道两旁是各个流派的美食馆子，或古老或现代，历史与时尚在这里重叠交错。我们选了一家临街的小店，以明湖酥鲤鱼、九转大肠等特色菜为肴，不时瞅瞅店外的熙熙攘攘，揣测行人的各种心理，频频举杯对饮，畅谈古今中外。友情和童真让我们远离了缠绵悱恻，剩下的便只有沉醉了……

不知不觉已是夜色阑珊，握别众同学，独自踯躅，再回首，大明湖畔，灯光闪烁，绚丽夺目，两岸的亭台楼阁愈显金碧辉煌。

这次如诗如画的心灵之约情真意切，如沐春风。我会记得这夜色掩映下的美丽湖畔，记得这个古老与现代完美融合的心之远方。也衷心祝愿各位同学青春永驻、笑口常开，祝愿同学友谊如明湖之水清清绵绵，祝愿每次的相逢都如春风般煦暖、荷花般静美！

岁月流过母亲河

金陵会记

岁在庚子桂月，恰逢国庆中秋双节并至，与众友相约南京。其间，傣藏回汉欢聚一堂，新朋故交畅叙友情。有感于斯，撰文记之。

是日午后，云淡风轻，秋色正浓。众友自彩云之南、青藏高原、东海之滨，齐聚江宁。赴黄龙岘品茶，水云间观景，丹桂飘香，翠竹青青，曲径通幽，山川隽永，巾帼业绩，尽显其中。夜色渐晚，把酒七星谷，临风叙别情，心中升暖意，秋寒不觉冷。

翌日早，临牛首山佛顶宫礼拜，但见佛祖舍利供奉塔中，四方信众络绎不绝，梵音袅袅，如临仙境。下山奔总统府览胜，院内亭台楼阁肃静，绿树繁花，芬芳馥郁，故人远矣，犹存遗风。有道是：山野皇宫景俱秀，天上人间皆上品。

午后游夫子庙，瞻江南贡院。沿途店铺林立，商贾云集，特色小吃，一应俱全。明远楼高矗，魁光阁飞悬，历经千年，为国求贤，八百状元辈出，十万进士入卷，文为天下思，武为天下平，功名利禄身外事，唯留清白在人间。

沐蒙蒙秋雨夜览秦淮，河上灯影摇曳，水波粼粼，星光闪闪，小曲婉转，桨声悠悠，水流潺潺，聚星亭倒映水中，文德桥点缀两岸。白鹭栖息地，秦淮人家施黛妆，雕栏玉砌，金碧辉煌，美味佳肴任客尝。乌衣巷依然，富贵不逊先，前朝堂前燕，已落百姓檐，王谢踪迹无觅处，万种风情飘云端。

越明日，晨光熹微，驱车直奔钟山景区，登紫金山巅俯瞰金陵城。环顾四周，古木参天，楼宇高耸，中山陵庄重，玄武湖似镜，长江如玉带，城墙围深宫。梅花山戏鹿，美龄宫赏景，漫步梧桐下，平和又淡定。拾级而上，入皇家园林，忆明祖，谒孝陵，古今几多事，任由后人评。途经蓝旗街，石门坎寻根，柳树湾缅滇，"浪里白"品江鲜，共饮"今世缘"。卓玛献辞，阿訇诵经，孔雀翩翩舞，醇香情更浓。酒微醺，歌声起，唱祖国颂友谊，民族团结现缩影。

车过新街口商圈，周围繁华尽显，霓虹闪烁，鳞次栉比，林荫大道，宽阔整齐，伟人矗立，充满希冀。傍晚，阅江楼登高望远，放眼极尽处，云卷云舒，天际茫茫，百舸争流，千帆竞发，江上彩虹贯穿，两岸风景如画。

恰逢烈士纪念日刚过，中山码头凭吊，挥泪祭英灵。遥想当年，国破家亡，倭寇屠城，卅万同胞殁江中。前事不忘，后事之师，振兴中华，励精求治，大国崛起，复兴指日。

三日短暂，心未觉满，三生有幸，梦圆金陵。才聚首，又别离，泪眼相拥，踏歌相送。

唯愿来日，常聚同庆，祖国盛世享太平。清风圆月做证，雨花文石为盟，金陵之约传佳话，万古流芳一世情。

岁月流过母亲河

工作的第一站

这次应邀回乡,又到了参加工作的第一站——周庄。三十年过去了,岁月流逝,冲淡的是青春的痕迹,留下的却是不可磨灭的回忆。

刚毕业那年分配到临沭县周庄乡中心中学任教,因为大学时做过校报记者,所以与文字就结下了不解之缘。那时从事文字工作的人才很少,再加上几次省、市、县征文我都获了奖,时间不长,乡里的领导就知道我有写作特长。起初是通过乡中学借调我到党委办公室帮忙的,那时师资比较匮乏,教师一般不准改行,因为这,1991年正式调动的时候,乡党委书记还和教育局有关领导理论了一番,用"如不同意改行,就不缴教育附加费"调侃,才逼得他们勉强同意给我办了调动手续。

我很珍惜调到乡里担任通讯报道员的机会,虚心向乡领导和从事宣传工作的老同志学习,特别是分管党群的谢书记。他基层经验丰富,文字水平高,为人谦逊,总在百忙之中抽出时间,毫无保留地向我传授写作方法,不厌其烦地帮我修改稿件,亲自拟标题、定提纲,经常给我创造机会深入基层采访,在火热的生活中捕捉第一手信息,用鲜活的事实充盈稿件内容。三年的时光,我走遍了乡里的所有村庄,什么五官庄、四桃园、孙家岭、七女墩,还有靠河涯的一溜山子……寒来暑往,一辆崭新的"大金鹿"渐渐破旧不堪了。那时没有打字机,更谈不上电脑了，稿件修改一次就要重新誊写一遍，定稿后的稿件还要用复写纸复写多遍，然后分投多家报刊。起初，投出的稿件多是泥牛沉海，渐渐地，有些稿件能被县级媒体采用了。我还清楚地记得在市级党报《临沂大众》发表的第一篇通讯稿件，标题是《六旬老汉义务修桥补路》，后来知道是陈久钦老师编辑的，虽然是篇"豆腐块"，但当看到自己的心血变成一行行铅字时，我流下了激动而又欣喜的泪水。

前杨楼村是省级文明村，时任党支部书记的杨化春带领广大村民兴办企业，走出了一条"以工补农，以农促工，齐头并进"的乡村振兴之路。当时乡党委安排我负责推介这个典型，从村干部到退休干部、一般村民，历时半个多月，我采访了百多人次，深入挖掘村庄由穷变富、由乱到治的经历。最终，前杨楼村的先进事迹被《法制日报》《大众日报》《支部生活》，以及山东人民广播电台等二十多家新闻媒体以通讯的方式推出，成为当时依法治村、建设小康的社会主义新农村典型。支部书记杨化春被破格转为国家干部，经村两委研究，我也光荣地被授予"荣誉村民"称号。在杨楼村采访的过程中，我和化春书记等人结下了深厚的友谊，几十年关系如初，经常联系走动，互帮互学。这次化春约众老友在杨楼村相聚，我又即席背诵了一遍他当时的二十四字治村方针："小康定向、法制护航、五职到位、九制成章、四册入户、百业兴旺。"年过花甲的他热泪盈眶，在场的老领导们也都啧啧称赞。

前高湖村是省里确定的贫困村，在市扶贫工作组的指导扶持下，该村大力发展养兔业，以此带动群众脱贫致富。年终总结的时候，工作组长老于和村支书老刘邀请我去参加颁奖会，并为发什么奖品征求我的意见。那时表彰奖励通常都是发被面、床单、脸盆之类，但我觉得，如果给养殖带头户发这些普通的东西，不会有什么惊喜之处，也没有什么新闻价值，顶多发则普通的消息。我考虑再三，向他们建议，既然发奖品是为鼓励养殖户，那就把优质种兔作为奖品，这样更能激发他们扩大养殖规模的动力。工作组和村两委采纳了我的建议，专程去外地购买了"哈白兔"等优质兔种，在表彰大会的现场给了养兔大户们一个惊喜。这样一来，进一步推进了该村养殖事业的发展，该村短时间内就成了远近闻名的"养兔专业村"。我也以此为由头，写了一篇现场新闻稿《一场别开生面的颁奖会——奖品：哈白兔》，《大众日报》农村版头条迅即刊出，随后多家主流媒体纷纷刊发，并在省级年度好新闻评选中获一等奖。

那时我才二十出头，工作中，结识了许多基层干部，从他们身上学做人、做事，结下了深厚的友谊，和许多同志都成了一生的朋友。

还记得当时通信设施落后，乡党委召集农村干部开会都要提前一天派人挨村去通知。通常情况下，都是我和机要员两人分片到村里去传达，三十一个村转下来，两个人就要一天的时间，中午还得找个经济条件较好的村吃顿便饭。后来乡和村之间架通了"摇把子"电话，乡里的电话通过总机可以转到各村支书家，下通知的时候坐在党委办公室就能借助电话完成任务。有一天早上，总机把电话接通后，一个村的支部书记半天才拿起电话，从懒洋洋的声音中我听出他好像还没有醒酒。我问："书记，昨晚喝多了吗？一股酒气。"他说："你怎么知道的？"我说："隔着电话线闻到一股酒味。"然后他反复问我："隔着电话线真能闻到酒味吗？"我笑而不答。时间一长，故事传开了，大家见到这位老兄就亲切地称他"老愚"。我没有觉得好笑，而是觉得那时的村干部是多么憨厚质朴啊。后来，我们经常一起交流思想，共商兴村良计。虽然好久不联系了，但这么多年来，我一直还惦记着他。

我永远也不会忘记十七年前非典肆虐期间发生的那段感人故事。那年我已调到县城工作十多年了，有一天突然接到一个电话，声音亲切而又熟悉，那神神秘秘的感觉至今我仍记得。原来是琅西村的老支书马明亮打来的，他是远近知名的老中医，电话里邀我赶快去他家，说是找到了一种防治非典的药方，只给几个要好的朋友试用。我骑上摩托车一路狂奔到了他家——那个鸽楼矗立、瓜菜成畦的农家小院，那里也是我工作之余经常落脚的地方，老支书一家人的热情纯朴给我留下了很深的印象。当时已有两位老同事到了，老支书细数了当年工作上大家对他的种种支持帮助，然后郑重地把祖传医书的有关章节向大家展示解读，又拿出已经配好的药粉往大家鼻孔里涂抹，并告诉了我们用法和用量。望着老支书虔诚的神态，我顿时铭感五内。虽然药效不可预测，但这种忘年交和血浓于水的感情，比任何一剂良药都珍贵。老四样花生米、辣椒炒鸡蛋、热豆腐、鱼罐头，外加白菜炖肉，尤其是炒鹁鸪，这是只有贵客才能享受的美味。席间回忆起曾经一起工作的美好时光，感触深刻，浓情满满。去年回老家的时候，我还约着当年的几位老领导和这位年逾85岁的老支书小酌了一下。老人依然健谈，饱经沧桑的脸上还是那么自信坚毅。头戴鸭舌帽，身穿旧西装，我喜欢他这身土洋结合的装扮，这个形象经常在我的脑海里浮现。

那时在乡里工作，生活十分枯燥，尤其是晚上，"走读"回城的多，整个大院冷冷清清。当时没有野生动物保护要求，麻雀等常见鸟类被老百姓视为"飞贼"，轮到我值班的时候，经常陪挂职的李书记打鸟捕蝉，寻找乐趣。大院里有片白杨林，夏日里，每当夜幕降临，我们就在树下点上一堆篝火，然后不停地晃动树干，于是，树上的蝉儿便飞蛾扑火般扎进火堆中。下半夜，我提着一把强光警用手电筒照着蹲在树上熟睡的麻雀，书记肩扛气枪瞄准射击。书记的枪法很准，所以每次都是收获满满，第二天让伙房的师傅一加工，便成了餐桌上的佳肴。这样既增添了乐趣，又改善了生活，现在回忆起来，感觉还是十分美妙。

长江后浪推前浪。这次回乡还听到了徐兴社区快速发展的好消息。记得我担任乡团委书记的时候，敏迎刚刚退伍，担任徐宅子村的团支部书记。工作接触过程中，我发现他思路清晰，事业心强，有责任感，有一股子猛劲闯劲。那次支部换届，他成为全乡最年轻的村党支部书记，上任后，充分发挥聪明才智，迅速扭转了被动局面。特别是成立社区以来，又确立了"招商促农，项目养农，加快产业结构调整，规划建设大社区，走农工商贸小城镇集约化发展"的新路子，村庄治理得井井有条，处处呈现出美丽乡村的繁荣景象，还先后荣获"全国平安家庭创建活动先进示范社区""省级文明村"等荣誉称号。这次虽然没见到敏迎，但听过老同事的介绍后，心中甚为高兴。

通过工作加深感情，通过感情促进工作，当年大家团结战斗，干事创业，苦中有乐，各项工作都走在全县乃至全省、市的前列，我所经历的前后两届乡党政班子出了 9 位处级干部。每每想起这段难忘的时光，总是念念不忘，思绪万千。

辛勤的耕耘换来了丰硕的成果。在乡工作期间，我写出了许多透着浓浓乡野气息的文章，每年都有百余篇稿件被市级以上报刊电台采用，年年被《大众日报》《临沂大众》等省、市新闻媒体评为"模范通讯员"，撰写的通讯稿件《三级书记背书包》《一场别开生面的颁奖会》等荣获"山东省好新闻奖"。

那段时光为我了解基层、贴近群众提供了很好的平台，也为以后的工作打下了良好的基础。1993 年，我从乡党委秘书的位置上调到县直部门工作。至今，我还清楚地记得临走时与领导和同事们依依惜别的情景。

后来我离开家乡到外地工作了，但闲暇的时候，还喜欢到周庄转转看看，有时访访旧友，有时独自驾车兜上一圈，喜欢在桑园阡陌中伫立静思，喜欢在乡大院的原址上驻足凝望，喜欢走在那条挥洒过青春和汗水的乡间小道上，寻找过去的足迹……

机构改革那年，周庄乡并入临沭街道，但不管区划怎么调整，世事如何变迁，那些播洒在心灵深处的点滴，一起走过的四季，还有那些盛在酒杯里的记忆，连同那里的三十一个村庄，已永远嵌在了我的心坎里。

岁月流过母亲河

小 站

人生有许多机缘都设定在冥冥之中，让我没想到的是，毕业三十年后我又来到了母校所在的这个小城工作。这里曾是我人生的一个驿站，留下了青春的梦幻和美丽的憧憬。特别是对那个火车小站，我印象颇深，每每想起，还总是感到亲切和眷恋。

而今，偶尔路过钟罗山下的那个小站，我都会驻足观望，或是摇下车窗久久地远眺，一遍遍从记忆的深处搜寻着曾经的过往。于是，那些陈年往事便像电影般一幕幕拉开，那些和小站有关的人和事又清晰地呈现在眼前。

费县站是兖石铁路沿线一个不起眼的小站，外观中规中矩，具有鲜明的时代气息，古典中透着端庄。淡黄色的外墙已有些斑驳，但还是记忆中的模样，只是增加了院子和围墙。历经三十多年的风风雨雨，小站依然端坐山脚，站台旁边的那两棵塔松依旧矗立，记录着许多悲欢离合、聚散依依的一幕一幕。仔细端详，当年坎坷不平的羊肠小道已被宽阔的柏油马路替代，路两旁的一棵棵幼苗已拔地参天，长成了栋梁。站前的小街也已逐步发展成了初具规模的商业街，多了几分嘈杂和喧闹，没有了以前的空寂和宁静。

记得读大学的时候，兖石铁路刚刚试运行不久，管理还不够规范。为了省几块钱的车费，我们经常翻越围栏，或是绕行好远进站。有几次在火车上遇到稽查验票，无路可逃时，不是遇到熟人解围，就是乘警怜悯我们是穷学生，不忍心处罚，反正最终都是有惊无险。两年时间，我们节省了许多路费，小站也让我们过早踏入社会，多次尝试了"冒险"的滋味。

这条铁路主要以货运为主，临时停靠小站的货车居多，每天只有几趟客车经停。那时能够坐上火车出行简直是众多沂蒙山人的奢望，那老式的绿皮车厢承载着那一代人的希望和畅想。虽然车次不多，但车站上也是熙熙攘攘，多是身背背包、肩扛行李外出谋生的打工者。每次候车的时候，我都会放眼轨道尽头。我知道，这蜿蜒的钢轨再长，也带不走离乡远游的愁和忧，汽笛的长鸣饱含着几多相逢的喜悦和归来的快活。

小站离我们学校很近，站前广场上的那个馄饨摊是大家常去打牙祭的地方。晚上下了自习，同学们经常结伴去吃夜宵，那时手头拮据，多是打着吃馄饨的幌子去多喝不用花钱的汤。当时的馄饨摊跟剃头挑子差不多，一头是烧水的锅，一头是剁馅和包馄饨的小桌，一挑子就能挑起所有的家当。出摊的大哥大嫂为人厚道，非常热情，手擀的面皮不薄不厚，肉馅都是用刀剁的，很新鲜，每碗二十几个馄饨只收五毛钱，汤可随时添加，不另收费。酱油、盐、醋、香葱、虾皮、味精等调料一应俱全，我们基本是吃一碗馄饨要加五六次汤，然后多次添加调味品，有时感觉喝汤比吃馄饨还有味。直到最后碗里连半块馄饨皮都捞不出了，才一气喝光碗底的汤，一抹嘴，恋恋不舍地离去……这时小站的钟声多会响起，意味着最后一班车也要离开站台了。这次来到小城后，我不止一次地去寻找当年摆馄饨摊的大哥大嫂，也向周边的居民和熟悉的朋友打听过，有人说他们搬到统一规划的夜市了，有人说他们远走他乡了，终没找到。也尝过附近别人家的馄饨，虽各有特色，却没有了当年鲜美可口的味道。

岁月流过母亲河

岁岁年年，钢轨依然延伸，小站依然安静地迎来送往，可旅客每天都在变。每次出差或是回家，我都喜欢听绿皮火车启动时哐当哐当的声音，那声音由舒缓到急促，随着车轮的飞驰而最终消失。我还喜欢听列车到站时那长长的汽笛声，然后目送一批批旅客涌向出站口，甚至还会从旅客们迥异的神情中去判断他们的这趟旅行是轻松还是紧张，是心无二事地看风景还是四处奔波着维持生计。有时候车厢里三五成群的人们会闲谈辩论，我是永远不会加入进去的。无论别人说什么，我总会静静地坐在座位上，偶尔翻几本喜欢的书，或是凝望着窗外，欣赏着沿途的风光，不知不觉中，一个个熟悉的站名便被甩在车后。每当列车到站，我走下站台的那一刻，看着绿皮车厢渐渐远去，最终消失成一个黑点，都会有种失落的感觉，就想：如果人生永远在旅途上，或许就不会有太多的惆怅，也不用去考虑前尘还是今后。就这样，每次旅行都把世间百态尽收眼底，细细咂摸，觉得挺有诗情画意，也让自己在平凡生活中有所收获，有所启迪。

我时常想，倘若有一天我离开了这座小城，无缘再见小站，一定会有种落寞和伤感。我还会遥遥地想着它的模样，想着这个缘聚缘散的地方。只愿当初师生们结下的情谊像钢轨那样坚实，在那里收获的爱情像小站那样永远，那个踟蹰在路灯下的小姑娘如愿以偿，老街上那一束束带刺的玫瑰花岁岁吐芳。

那又酸又甜的山楂果

落英缤纷,八百里沂蒙秋意正浓,一头扎进群山的怀抱,去感受丰收之美。

蔚蓝色的天空下,片片白云轻轻舞动,近处的河水欢快地流淌,远山的轮廓也格外清晰。放眼望去,一棵棵果树上挂满了五彩缤纷的"灯笼",茂密的葡萄枝叶向四周蔓延,就像搭起了一个绿色的凉棚,大串的葡萄红里透青,青里透亮,像颗颗珍珠。那红通通的苹果三五成群,头挨着头,脸对着脸,好像在那里说着悄悄话。鸭梨挂在树梢,金黄金黄的,像一个个小巧玲珑的宫灯,可爱至极。玉米撑破了浅黄色的外套,大豆乐开了笑脸,高粱举着红红的火把,嫩绿水灵的黄瓜头上顶着一朵小黄花,稻谷羞涩地低下了头……在农家院后的菜园,茂盛鲜嫩的蔬菜把畦田遮蔽得严严实实,辣椒红得像火炭,萝卜的白腚露出了地面,白菜像列队的胖娃娃,黄瓜翠色欲流,连茄子姑娘也穿上了紫色的盛装,非常惹人喜爱。一群群小蜜蜂低声哼着小曲,对对蝴蝶在不知名的山花上翩翩起舞,不用加任何修饰,就是一幅优美的丰收图画。

山楂沟果然名不虚传。村外的山坡上,漫山遍野的山楂树随风起舞,碧浪之间红光点缀,似在尽享丰收的喜悦。听附近的村民介绍,这片山楂园有一万多亩,大金星、大绵球、五菱、歪把红等品种应有尽有。走进园中,那一串串一簇簇的果儿在碧叶丛中摇头晃脑,让人垂涎欲滴。

随手摘下几颗放进口中,那酸酸甜甜的感觉清新纯正,耐人寻味。

这里地处偏僻,土地贫瘠,交通不便,村民的收入就指望这片山场,属脱贫攻坚重点村。近几年,修路、架桥、建电站……政府已投入了几百万元。

村口的场院是个自发形成的小市场,售卖农药、化肥、种子、水果、蔬菜等,以地方土特产为主,各种农副产品一应俱全。摆摊的人群中,有一位小姑娘,10岁左右的年纪,穿着打着补丁的衣裳。一大筐山楂摆在跟前,比起左邻右舍,她的山楂个头小,品相也不好,别人都卖一块三四一斤,她只卖一块,但还是无人问津,看起来生意还没开张。她羸弱的身体带着倦意,清秀的脸庞上挂着愁容,与周边的秀色格格不入,只有那双清澈的眼睛透着天真无邪。

也许是出于同情吧,不常购物的我不由自主地在小姑娘的摊位前停了下来。

"叔叔,您尝尝吧,虽然果子长得不好看,但味道很好,俺每斤还便宜三毛呢。"她怯怯地向我推介着。

"小姑娘,为什么你的山楂又小又不中看呢?"

"俺爹娘前几年患病,相继去世了,爷爷年纪大,没有能力剪枝施肥精心打理,所以俺们家的山楂树挂果少,长得也丑,但这山楂果可是纯天然野生的。"小姑娘眼含泪花,认真地解释着。

"叔叔,您就帮帮我吧,再便宜点俺也卖,马上快开学了,俺的学费还没凑齐……"

本该是依在爸妈怀里撒娇的年纪,可她却过早地承受了生活的艰辛。望着小姑娘近乎乞求的目光,我的鼻子一酸,眼泪直在眼圈打转。

"这筐我都要了,再去摘一筐来,我回去给朋友分分吃。"

小姑娘连蹦带跳地带我来到了附近的山楂园里,不远处,一位衣衫褴褛的古稀老人正踩着高凳摘山楂。

"爷爷、爷爷，这位伯伯再要一筐呢，这下俺的学费就够啦。"

听得出，小姑娘的声音欢快中透着喜悦。

一过秤，两筐山楂一共六十斤，我掏出二百元。

"不用找啦，余下的钱给妮子添件衣服、买些文具吧。等年底村里彻底脱贫了，你们的生活就有保障啦。"

祖孙俩满含热泪，感动不已。临别时，小姑娘又执意到树下摘了几串又大又红的山楂果送给我。

车子渐行渐远，小姑娘频频向我招手。她的脸上挂着甜甜的笑容，可我的心里却是酸酸的……

盛开的山杏花

山杏花又开了，一簇一簇的，粉嫩粉嫩，格外芬芳。可我知道，那个活泼可爱、开朗大方的小百灵却再也回不来了。

我下基层帮扶的村庄，是蒙山深处一个清奇俊秀的小山村。全村不到一百户，四百多口人散居在三个小山头上。由于山高林密，虽然修了"村村通"，但道路仍然崎岖不平，骑自行车到镇里去还要一个半小时。

去年山杏花开的时候，村小里来了一位支教的姑娘。她是省城师范学院的应届毕业生，主动报名到艰苦的地方参加支教活动，被分配到了这个僻远的村庄。考虑到安全和生活问题，村里安排她住在村委院内，和我们帮扶工作组比邻，并且在一个灶房吃饭。

"我叫葛悠扬，喜欢唱歌，在学校的时候，大家都叫我小百灵……"她开门见山介绍自己的情景至今犹在眼前，质朴得就像山坡上的野果，嘣脆嘣脆，清纯得像山涧里的那汪清泉，没有一点杂质。特别是两根俏皮的小辫子，总是在脑后左右摇摆，动感飘逸，保持着那份旧时光留下的纯真。以后的日子里，她经常穿一身蓝白相间的学生裙，穿上它，浑身上下洋溢着青春的气息，不时引来许多艳羡的目光，走到之处自成一道自然的风景线。虽说是城里孩子，但她没有一点矫揉造作，大胆泼辣而又不乏细腻耐心。她爱唱歌，古今中外的歌曲随口就来，并且唱得声情并茂，很是投入。工作之余总是抢着干这干那，深受大家喜爱。

山里的孩子见识少，多数连镇上也没去过几次，祖祖辈辈都过着面朝黄土背朝天的生活。虽然村小里也来过几任代课教师，但最终都因生活苦、待遇低或是生源不足没坚持下来，本村唯一的女高中生才代了不到一年课就出嫁到镇上去了。家长们灰心，孩子们丧气，几个有点门路的家长把孩子送到了镇小，剩下的就只能池塘里放鸭子——随他去了。她的到来让这些山里娃心中的希望之火重新燃烧，即将瘫痪的学校重又焕发出勃勃生机。望着孩子们一双双求知若渴的眼睛，她像辛勤的园丁，课上课下尽情地把学到的知识挥洒。孩子们由衷地喜欢她，她也无时无刻不把这些孩子牵挂。

　　在她的耐心调教下，短短几个月的时间，孩子们懂事多了，知书达理还热爱劳动，讲究卫生又乐于助人。拾垃圾、挖野菜、摘野果，山谷里时常传来她和学生们银铃般的笑声，山巅上处处都有她攀登探寻的足迹。这位从小生活在城里的姑娘也渐渐地认识了山上的野花野草，还有大山里那些从未见过的小精灵。她走东家串西家，几乎转遍了全村，扶贫济困，尊老爱幼，样样想得周到，乡亲们都亲切地喊她"百灵闺女"。

　　她热爱生活，积极进取，总是把自己的日程排得满满。闲暇的时光喜欢一个人去后山上那棵山杏树下，先敞开嗓子唱上几首喜欢的曲子，然后静静地捧着路遥先生那本《平凡的世界》，憧憬着未来，编织自己的梦想。她总喜欢看着远行的路和高飞的雁，仿佛自己所处的夹角就是茫茫天地间。她想用自己的聪明才华来改变孩子们的命运，想和大自然贴得更紧。有时她甚至想，如果能一辈子待在这里，远离都市的喧嚣，抛开尘世的纷扰，与山相伴，与林为伍，靠水而居，那该是多么美好的事呀。日复一日，她深深地恋上了这片古老而又原始的土地，还有这片土地上和她朝夕相处的人们。

　　噩耗在去年那个落英缤纷、花好月圆的中秋节传来。她放弃休假的机会，带着一群孩子到马路对面的水库边秋游，横穿公路的时候，坡道上一辆大货车刹车失灵，瞬间像脱缰的野马疾驰而来，千钧一发之际，她奋不顾身地将身旁早已吓呆的两名学生推开，自己却倒在了血泊之中……任凭学生们怎样哭喊，她都没能再睁开那双美丽的眼睛，甚至没能留下只言片语。

月圆时分，月却残了，花儿在最美的季节却意外凋零了。远在省城教书的父母伤心欲绝，他们无法接受中年丧女的事实，赶到村子的时候几近昏厥，在女儿住过的房间里以泪洗面，一遍遍地整理着女儿的遗物，抚摸着女儿的照片。面对两位慈祥的老人，面对白发人送黑发人的悲恸场面，大家泪眼相对，实在找不出安慰的话语，怎么也不愿相信一个年轻鲜活的生命在22岁这个花季年华，瞬间化作了永恒。

乡亲们想把百灵姑娘安葬在风光秀丽的山杏林中，让她永远融入这里的山川。但老人最终还是决定带着女儿已化为灰烬的魂灵离开。那位父亲说，女儿死得其所，她实现了人生的价值，往后的日子他们更需要女儿的陪伴。临别那天，乡亲们自发走上街头，被救的两名学生和他们的家长长跪在村口。那一刻，山风长啸，浪花哽咽，苍天垂泪，都在为这早逝的英灵惋惜……

山杏花又开了，树下多了一座衣冠冢，里面埋葬着小百灵最喜爱的学生裙和包含《山杏花开的时候》这首歌的音乐专辑，还有那本《平凡的世界》。这是乡亲们和学生娃们的念想，也算是她把青春最美的时光永远留在了这生命中的第二故乡。

帮扶工作结束的那天，我又来到村后的山坡上，静静地伫立在山杏树下。抬头看去，那满树的粉红恰似百灵姑娘浅浅的笑容，只是还没来得及好好绽放，生命便戛然而止，永远悄无声息。坟头上撒满了鲜花，一如她的美丽。墓碑上刻着她想说的话：我来过，我爱大家，山杏花每年都会盛开。

费县的东霞，还有师专

了解费县源于临沂师专，读懂费县得益于东霞，认识杨东霞主任缘起她的一篇文章。

2019年的四五月份，一篇网红文章《师专，临沂最早的大学》（第一波）在网上疯传，作者的署名是"二月春风"。短短几天的时间，点击量就超过了2.7万。我对母校一直比较关注，又是个写作爱好者，所以认认真真地把文章读了几遍，因为是美篇，其中还配了许多老照片，图文并茂，一下把我的思绪带回了三十年前那段激情飞扬的日子，想起教学楼前的那棵木香，虽历经风雨，仍繁花朵朵，芳香四溢。于是我就关注了二月春风的美篇，后来又陆续在美篇里看到了她描写师专的第二波、第三波……这些文章不仅让极具文化底蕴的校园跃然纸上，而且把师专厚重的历史阐述得精准透彻，对师专精神、师专的师生、师专的影响力和现实意义也诠释得入木三分。起初我认为作者肯定是师专的校友，并且家住费县，因为她的作品中附有大量的有关师专历史的照片，她熟悉校园里的一草一木、角角落落，字里行间流露出对师专独特的感情。同时，她发表的文章《费县城的前世今生》《百货大楼前的馄饨摊》《邵氏寻根》《东埠情结》等都让我百读不厌，从中了解了费县的古今，读懂了师专的文化底蕴。

许多似曾相识的地方促使我想尽快找到二月春风，于是便通过市作协打听作者究竟是何许人也,最后是诗歌朗诵群的孙中伟先生告诉我,二月春风是费县的人大副主任杨东霞,知名的才女。真是无巧不成书,此时我正好在费县的一家企业挂职,已多次去母校重温旧梦,这也是毕业三十年后与费县和母校再续前缘。

  后来,在钟罗山下的一次文友相聚中,我见到了东霞主任的庐山真面目。如果不是文友介绍,起初我真没以为坐在对面的就是东霞。她中等身材,齐耳的短发,打扮得体,说是年近半百,看上去还是那么干脆利落、富有朝气,人如其名,真给人一种春风拂面、霞光普照的感觉,我想这该是文学滋润的结果吧。我把前缘讲述了一遍,是母校拉近了我们之间的距离。通过交谈和大家介绍得知,东霞是土生土长的费县人,幼年随父母在三线兵工厂,10岁回原籍后在县城读的小学、中学,1987年考入临沂幼师,毕业分配到费县工作,论起来我该叫师妹了。三十多年来,她勤勤恳恳,扎实工作,从教师、乡镇干部做起,30多岁就成长为县领导,并且是知名的文史专家,人称"费县通"。

  东霞看似文静,但谈吐诙谐幽默,出口成章,对费县的文化了如指掌,历史知识十分渊博。尽管滴酒不沾,但她的祝酒词经常语惊四座,让人难却盛情,气氛非常融洽。那天恰有两位从兰陵来访的女宾是她幼师的同学,谈论起当年幼师的轶事,个个眉飞色舞,都说那时的东霞是班里最文静、最有涵养的小姑娘,未曾开口脸先红,豁达开朗、正直爽快是兰陵籍几位女同学的性格,没想到经过这么多年的历练,东霞也具备了女汉子的坚毅果敢。那天,文友们交谈甚欢,担任副陪的东霞做到了让宾客微醺而又不失大雅。

  东霞对历史的研究达到近乎痴迷的程度。她不是历史专业出身,但看到费县的历史从人们的记忆中一点点消失,感觉非常痛心,于是下决心发掘整理费县的历史资料。为此,她通读《论语》《左传》《春秋》

等历史文献，从中找出古费县演变的脉络，并且深入走访调研。她考察历史当作文化之旅，苦中寻乐，先后撰写出《费县历史文化之旅·上冶篇》《颜真卿文化记忆》《蒙山文化地图》《蒙山古盐道》《涑河岸边是家乡》等作品十余部，有些研究填补了历史空白，在学术界受到广泛关注。作为县最高权力机关的领导成员，东霞需要参加各类政务活动，主席台上的她总是面带微笑，温文尔雅。但是发起言来铿锵有力，字字句句都在为人民行使权力。多年来，她结合自己联系分管的工作，积极提出议案建议，有多项被党委政府纳入重要决策部署。

　　东霞平易近人，善良纯朴，热爱生活，特别喜欢推介费县风土人情、山山水水。往后的日子里，她经常利用闲暇时间带领我们饱览费县的秀美山川。在博物馆，她向我们详细介绍了古鄪国的起源、重要历史事件和各个历史时期出土的文物、历史名人、文化特点等；在季文子的封地鄪国古城，她把古城的沿革和费县的历史变迁，古城的四至及主要建筑，一代廉相家族的兴衰史等讲解得头头是道；在颜真卿、颜杲卿的家乡薛庄镇诸满村，她带我们走过"双忠桥"，介绍完一门两忠烈的事迹、"颜体"书法的由来后，又带我们瞻仰了真卿、杲卿的墓碑和"孝悌里"牌坊……一年半的时间，她带我们春观流苏飘雪，祭奠大青山；夏赏荷花争妍，丰收盛景；秋登云天崮，品皇菊茶；冬临天蒙雪景，看梅花吐芳。还专程去过她的老家——柱子山下、天景湖畔那个清雅隽秀、风景如画的古村落。每次文友相聚，她都把路线、景点、饭店等考虑得无微不至，让我们尝遍了羊汤、土鸡、山菜等费县特色食物。通过东霞，我还认识了许多文坛女杰。记得在小龙山，偶遇开饭店的老支书，他还按老称呼热情地叫着"杨镇长"，对东霞当年的工作赞不绝口，看得出，这是发自内心的褒扬和尊重。

　　运动版的东霞浑身上下透着阳刚之气，和工作版的东霞判若两人。

每次翻山越岭,她总是走在队伍的前列,遇到险峻的地方总是一马当先,连我这个曾经的体育生都自叹不如。有她的地方处处充满欢声笑语,她乐观向上的生活态度时时感染着大家。

两年的时光,东霞情系师专,写了七篇关于师专的文章,今年恰逢师专八十华诞,应母校之邀,最近她又献出两篇力作,分别是《临沂师专——我在你青春深处》(第八波)和《师专,那些触碰灵魂的美好》(第九波),并请来两名专业摄影师用艺术家的眼光再次诠释师专之美。字里行间感人肺腑,镜头内外浓情尽显,让人留恋,催人奋进。

才相识,即别离。最近我也挂职期满,又一次要离开费县。对东霞的记述不一定准确,更谈不上全面。能够缘起师专、缘聚费县已弥足珍贵,愿友谊之树如校园的塔松长青,如文史楼前的樱花般绚烂。

离开费县那天,我又来到了师专东邻的那个火车小站,久久伫立,深情凝望,不愿离去……不想说再见,就让那钢轨传达着青春的过往和牵绊,让列车带去对这座小城的祝福和思恋。无论身在何方,我们都会坚定地踏上时代的列车,一站又一站驶向梦的远方……

金秋古郯会记

岁辛丑金秋,农历九月十九,秋高气爽,风和日丽。余及郯城县政协宋玉智主席陪同罗欣药业集团刘保起书记、罗欣"木兰会"众姐妹畅游郯城。其间,观银杏古梅园、中华银杏园,赏沂河风光,览古城盛景,谈古论今,其乐融融,以文记之。

临近巳时,车下郯西高速,循滨河大道南行,路旁白杨挺拔,堤下蒹葭苍苍。约十公里,至新村银杏古梅园。园系省级农民公园,西邻沂河,东望马陵山,背倚红石崖。园内有园,景观众多,风光绮丽,各有千秋。行至东区,见"银杏王"本固枝繁,高耸云端,树影婆娑,松柏立前,栉风沐雨三千载,为郯子亲手所植。芽发早于春,落叶迟于冬,周边人杰地灵,传说神奇,故称"老神树",位列全国银杏雄树之冠。众友仰慕,齐聚树下,或搂或抚,沾灵气,纳寿福,拍照留念,不亦乐乎。

园北广福寺,亦称官竹寺,北魏始建,兴于盛唐,与寒山寺齐名,系郯城最早的古刹名寺。寺内古木参天,碑亭次第,栗绽柿黄,落英缤纷,凤栖梧桐,百鸟齐欢,"九女松"星布,钟鼓楼矗立,大雄宝殿居中,气势恢宏,金碧辉煌,飞檐斗拱,古色古香,如来慈眉善目,罗汉栩栩如生。恰逢观音菩萨出家日,法事隆重,鼓瑟齐鸣,仙乐飘飘,香火缭绕,信众纷至沓来,因缘殊胜。经书诵善行,盛世祈太平。

出寺前行,石径弯弯,竹林幽静,江南园林,复建山东。远看山重水复,近观柳暗花明,奇石耸立,连廊蜿蜒,溪流九曲,亭榭八转,芙蓉出水,锦鲤悠然,稚菊探秋,荷花争艳,丹桂飘香,金柳拂面,松梅苍翠,飞瀑飘雪。九仙女谈笑风生,或凭栏远眺,或抓拍佳景,赞不绝口,叹为观止。正所谓:神树赐福寿,古刹佑康宁。处处皆仙境,如游在画中。

古郯盛产银杏。有诗曰:"出门无所见,满目白果园。屈指难尽数,何止株万千。"自清代始,百姓因地制宜,盛植银杏,故百年老树随处可见。沿沂河北上,中华银杏园坐落平滩,且与周边村落连片成林,国内独有,名曰"老万亩"。此处百年银杏逾万株,数百品种根植于斯,虽经磨历劫,老树仍雄姿英发,似凤凰起舞,似孔雀开屏,神态各异,实为难得一景。迎门而进,天高云阔,秋风送爽,一地锦绣。郭沫若先生《银杏》一文跃然壁上,读来朗朗上口,喻义殊深,字里行间,借物咏怀,祈国兴盛。漫步园中,秋意浓浓,树上树下满是金黄,村前村后稻谷飘香,绿草如茵,月季正妍,或有农家小院散落其间,不加修饰,古朴自然,鸡犬相闻,人勤牛欢,长幼尊卑,喜开笑颜。登高望远,沂水拖蓝,碧波万顷,鸥鹭翩翩,水绕园转,如镶银边,古树倒映,木秀画中。碧云天,黄叶地,杏福林,盈车嘉穗,百姓安居乐业,置身于斯,飘然欲仙。人道是:银杏豆儿堆碧玉,桂花栗子劈鹅黄。

走出大自然,穿行开发区,但见厂房林立,龙骨横空,天桥飞架,高囱依约。厂区风景如画,道路宽阔畅通。车水马龙,秩序井然。生机勃勃,彰显发展,实现复兴梦,工业当先行。

穿越时空,走进古城,汉风秦韵,尽显繁荣。御街商贾云集,游人比肩接踵,琳琅满目,生意兴隆。古郯博物馆、东海郡守府、一贯书院……承载郯国轶事,古迹点缀其中。绣楼抛球,戏台献艺,孔子师郯传佳话,鹿乳奉亲尽孝心。郯王宫巍然,应门肃穆,青龙威武,大殿庄严,文武百官，齐聚朝中，仁义治国，歌舞升平。凤凰来仪，鸾鸟献瑞，白虎勇猛，玄武神灵，御花园山高水长，古战场风平浪静。飞行影院，华夏神游，览名峦大川，壮丽山河尽画中。太平盛世，古郊缩影，中华崛起，吾辈建功。

　　古城二号院,举杯念旧情,患难之中与君共,醇酿佳肴助雅兴。频举杯，共祝愿，国富企更强。罗欣腾飞，佳园更美。歌声起，琴声扬，情深谊悠长。惺惺相惜，紧拥而泣，歧路分别奔前方，他日再聚续辉煌。

岁月流过母亲河

情系马陵山

冬日的午后,古郯大地和风习习,一缕暖阳照耀心间,温馨悠然,这种天气容易让人吊古寻幽,产生无限遐想。和两位文友相约共游马陵古道,圆一场穿越时空的旧梦。

马陵古道地处鲁苏交界处的马陵山脉,南北绵延60公里,以形似奔马得名,因公元前341年那场齐魏大战而名扬天下。以前路过几次马陵山区,但都没能仔细欣赏。这次专门从郯城县城驱车到景区,约10公里的距离。一路上,两位"古郯通"兴致勃勃地向我介绍古郯文化、民俗风情,特别是马陵之战的来龙去脉,不知不觉便到了沭河岸畔连绵起伏的古战场遗址。

景区相对原始,只进行过简单的整理开发,冬日里人迹罕至。自卸甲营村下车,西行约五百米,但闻水声潺潺,一股清泉顺流而下,万物凋零的时节,溪边仍翠竹青青,松柏苍苍,几树蜡梅绽开,溢着芬芳,在这凛冬里昭示着生命的活力和色彩,这里便是史上有名的独龙涧(又名庞涓沟)了。空旷的山坳里,有一位老人正端坐在景区导览图下的马扎上翻阅古籍,饭盒、水杯、点心、烟袋,还有笔墨纸砚散落面前,老人目光炯炯、精神矍铄,花白的山羊胡高高翘起。

交谈中得知,老人名叫孙传璞,卸甲营村人,今年92岁高龄,年轻时家境殷实,读过几年私塾,诗书字画样样在行,是远近闻名的文化人。

后来兵荒马乱，土匪猖獗，家境慢慢没落，但他没因生活的挫折而沉沦，也没因岁月的流逝而颓废，他喜欢吟诗作画，谈古论今，浑身上下始终洋溢着激情，且至今耳不聋、眼不花，古诗词倒背如流。每每说起距今两千三百多年的马陵之战，老人总是神采飞扬，如数家珍，俨然成为马陵之战的幸存者。三十多年来，老人甘当古战场遗址公园的义务讲解员，不厌其烦地向游客们讲述着那个孙庞斗智、以少胜多，承载着兵学智慧的经典战例。在和老人攀谈的过程中，我们还了解到了一段鲜为人知的历史故事。

老人告诉我们，1942年5月，刘少奇同志来山东指导工作期间，专程来此调研过马陵之战的兵学价值。时值初春，阳光明媚，山清水秀，姹紫嫣红，少奇同志轻车简从，微服私访。在山下的卸甲营村稍事休息后，就在一位私塾先生和警卫员的陪同下，沿马陵古道攀行。他详细观察了周边地形，不时地打开随身携带的兵书对照分析，途经上马石、穆柯寨、禹凿山口、虎头崖、古寨村、箭眼石等遗迹，他都驻足仔细端详，并向先生了解相关情况。还在独龙涧和样山之巅的庞涓墓前即兴吟诗两首，一首曰："山高谷深独龙涧，马陵古道层林染，古有孙庞征战事，犹闻马萧鸣镝箭。孙庞胜败随史过，功过是非后人断，登山遥望苏鲁地，锦绣山川连海天。"另一首曰："马陵之战天下扬，庞涓之死在于狂，孙膑念于同窗情，立碑无字后人想。如今我军虽然少，日欲疯狂必灭亡，如今虽然尚黑夜，晨曦微露现东方。"

对少奇同志的许多诗作大家都耳熟能详，但唯有这两首，我查遍了手头的文史资料均未找到相关记载，两位"古郯通"也是一脸茫然。但老人却能讲得头头是道，出处准确，诠释清晰，也符合当时少奇同志的心理和斗争形势，甚至连少奇同志赋诗时所处的位置和神态表情，他都介绍得活灵活现，让我们不由得心悦诚服。循着伟人的足迹追思缅怀，如同往日再现,身临其境。

　　游荡在古战场的断壁残垣之间,看着眼前展陈的史料、文物和复原的古战场沙盘,耳畔仿佛又传来了战马的咆哮声、将士的冲杀声和胜利的欢呼声。马陵之战是古代战争史上设伏歼敌的经典战例,这次战役中,齐国军师孙膑利用魏军主帅庞涓的弱点,用减灶法制造假象,诱其深入,使战局始终居于主动地位,致使魏国军队在马陵全军覆没,庞涓中伏身亡,齐军乘胜追击,俘太子申。经此一战魏国元气大伤,逐渐走向衰落,孙膑在报得庞涓陷害之仇的同时,帮助齐国成就了东方霸主地位。

　　马陵山上盛产一植物一动物两种药材,功效奇特。传说庞涓死后,齐国兵士将他的尸首拖到涧边焚烧,骨灰被大风刮得四散。落到山坡的就出土长秧,结出异常坚硬的铁蒺藜;落到涧水中的就化作妒忌成性的红眼山螃蟹。

　　直到如今,人们行走在马陵山上,要是脚被蒺藜扎了,还骂句:"坏骨头庞涓,死了还这么硬!"这样疼痛就会减轻不少。这野生的铁蒺藜还具有舒肝开郁、活血化瘀、祛风、清目、消痒的功效,是一味上好的中草药。附近要是有人跌打损伤,都要到独龙涧来捉红眼山螃蟹浸酒疗伤,并且疗效神奇。用自己的尸骨为患者解除病痛,这也算是庞涓脱胎换骨、痛改前非的证明。

　　同行的邹老师家乡地处马陵山腹地,他熟悉这里的山山水水、一草一木。随手拿起一块砾石,他都能找到岁月轮回的痕迹,都能讲出一段沧桑巨变的史诗和风花雪月的故事。经他介绍,我了解到了许多以前不见经传的马陵传说、历史沿革、名胜古迹和奇闻轶事。

　　景区内的山里赵村以前舟车不通,荒山野岭,吃饭靠天。近几年,在乡村振兴政策的引领下,政府投资修路架桥,整山治水,因地制宜进行社区改造，发挥旅游业和"种、养、加"资源优势，成立农民专业合作社，村民走上了小康社会的康庄大道。如今的山村别墅林立，白墙黛瓦，街道宽敞整洁，绿植错落有致，竹泉点缀，健身设施一应俱全。冬闲时节，文化广场上热闹非凡，男女老幼尽享其乐。往日古战场上的刀光剑影早已荡然无存，替之而来的是一片祥和馨瑞，这个社区已成为远近闻名的乡村振兴样板。

山总是与水不可分割，马陵山脉即与沭河相向而行，相依相偎，情同手足。沭河源于沂山南麓，经莒县、临沭等，循沭河故道由郯城南下江苏，经新沂市，到沭阳县进新沂河入海。沭河是两岸人民的母亲河，滋润了如花的土地，养育了纯朴的乡亲。站在马陵之巅，看玉带飘飘，川流不息，雄伟的拦河坝横贯沭河，古渡口、古渡槽犹在，昭示着那年那月战天斗地、人定胜天的雄心壮志，耳闻目睹，思绪仿佛又把我们带回到那段激情燃烧的岁月。

半日时光转瞬即逝，不知不觉天色渐晚，清泉寺的暮鼓声声，不时惊起归林的倦鸟，偶有夜莺幽幽清啼，恰是应了《禹王台柳莺》中所述的"宛转无心逢丽日，风流遗韵似灵和"。这里丛林茂密，沟壑交织，幽静空灵，气候宜人。黑松、银杏、水杉、刺槐、榉树、红枫、楸树等乔木众多；灌木、藤木、匍匐类品种齐全；藻类、蕨类、苔藓等随处可见，果园、茶园遍布，植被覆盖率达到90%以上，这在北方十分罕见，素有"天然氧吧"之称。山坳里一亩见方的平地上建有一座古寺，依山顺势，名曰清泉寺，又称云门寺，创建年代无考，现存"明万历五年重修云门寺记"石碑一方，大殿三间，供奉众佛，侧殿若干，院内古银杏独立寒冬，虬枝伸展，叶已落尽，满地金黄。置身佛门净地，听经声朗朗，观烟雾缭绕，看善男信女顶礼膜拜，一种空灵静逸的感觉由心而生。

岁月流过母亲河

转目西眺,夕阳已斜挂在天边,白桦林静静地伫立在河岸,沭河依然从容自若、不紧不慢地流淌,鸭群浮在水面,飘飘忽忽,卿卿我我,吱吱有声,点点帆影点缀其间,对岸的村庄上空也陆续升起了缕缕炊烟……好一幅清新秀美的冬日画卷!奔波了一下午,可我们并无丝毫倦意,彻底陶醉在冬所奉献给大自然的透明含蓄的美景里,陶醉在马陵文化的博大精深中。

归途中,两位同好仍然意犹未尽地诉说着古郯的昨天和今天,憧憬着更美的明天,鼓励我干事创业、勇毅前行。虽是数九寒天,但我的心里却很暖,很暖……

我与书城的不解之缘

初识临沂书城缘于女儿。那是2004年的寒假,当时我在老家工作,女儿读初二。为了购买一本课外辅导书《走向清华北大·语文同步导读》,我转遍了临沭县城的大小书店,结果都没有。有朋友告诉我,市里新建的新华书店开业不久,兴许能有。望着女儿渴求知识的眼神,想想女儿小升初全校第一名的成绩,我打算无论如何也要满足她的愿望。那个周末,我驱车来到了位于沂蒙路和解放路交会处东南角的临沂书城。

远远望去,位于市区中心地段的书城外观设计精致秀雅,北依东方红广场,紧贴历史文化名城的主旋律。室内以静雅为主要基调,整齐而高耸的书架上,各类图书典籍浩如烟海,琳琅满目。那时许多人是买不起书的,特别是学生族,但喜欢读书的又特别多。书城很包容,无论买与不买,都可以免费阅读,还免费提供茶水。于是,倚在墙角的、坐在台阶上的和席地而坐的读者摩肩接踵,音乐轻柔,和明亮的灯光设计相呼应,更显出空气中流动着的书香的魅力。至今我还记得当时在楼上楼下翻阅目录苦苦寻觅的场景。最终还是在导购员的热心帮助下,找到了希扬先生编著的那本辅导书,热爱文学的我还同时选购了几本朱自清、汪国真、沈从文、余秋雨的文集和一本《2003年度获奖散文集》。

拿到辅导书后,女儿如获至宝、爱不释手,课上认真听讲,课下自学不辍,养成了良好的学习习惯,特别是对语文课格外青睐。一本好书能够启迪人生,催人奋进,给人动力。2008年高考,女儿如愿以偿,考入了北京一所名牌大学,大一的时候,还出版了一部童话集《大森林里的童话》。现在想来,这本书对她成长的影响功不可没。

二十年来,临沂书城的发展突飞猛进,市民看在眼里,喜在心里。我时常想,能把书城做成国家3A级旅游景区的经营者,一定是位高瞻远瞩、有思想、有情怀、敢创新、接地气的开拓者。工作上的交流,让我认识了临沂新华书店的赵总。在我眼里,她既有知识女性的温文尔雅,又有女汉子的豁达开朗,工作雷厉风行,而又不乏细腻柔和。尤其是近五年来,她锐意进取,改革创新,不断提升书城内外在的品位,营业面积扩大到9000平方米,经销各类图书15万种。经营理念方面,她更加注重与需求的匹配、与体验的交融、与创意的联动,实现了书与非书的互动融合,让读者尽享休闲与读书的快乐。经过五年的努力,书城已成为以图书经营为核心,研学、文创、休闲书吧、特色餐饮、手工创作、智慧娱乐、夜间文化等为一体的全国最美新华书店。

后来家住临沂,忙碌之余,我经常去书城体验那种动中求静的感觉。在这里可以漫步,可以思考;可以忘记代沟,和参加研学的青少年交流研讨;可以参加"非遗手作课堂""书·影沙龙""美学课堂"等;可以聆听"空中花园音乐会""琅琊书声",一边听曲赏影,一边和朋友们闲聊。我更喜欢坐在临窗的咖啡桌边,阅读自己喜欢的书籍,查找所需的资料,偶尔看一眼窗外的车水马龙,感觉这样在浩瀚的书海中汲取知识的营养,是惬意唯美的享受。我喜欢通过读书不断陶冶情操,提高自己的文化素养和文字水平。常与书城相伴,在书的海洋里徜徉,也养成了我业余时间笔耕不辍的习惯。目前,也有百多篇文学作品在各级各类报刊发表并获奖。

"腹有诗书气自华,最是书香能致远。"如今,各类电子刊物层出不穷,所以阅读纸质作品的时间有所减少。但每次走进临沂书城,我依然喜欢慢下脚步,喜欢翻看摆在柜架上的那一排排散发着油墨香味、设计精美、门类齐全的纸质书,载沧桑,显厚重。遇到喜欢的,我还是毫不犹豫地购买收藏。明年,我的散文集将面世,很想第一时间在临沂书城看到,与书城再续前缘。

岁月流过母亲河

皖南情思

三月的春风携着细雨,吹绿了江南,打湿了心扉。向春而去,相约皖南踏青,一路探寻童话般的世界。

车子在崎岖的山道上盘旋,崇山峻岭连绵不断,远观翠色欲滴,近赏多彩绚丽。悠然驻足古村落的溪头,发现早春的气息已笼罩着自然赋予的风光,初春的皖南犹如一首娇嗔的恋歌悠扬婉转。

这正是油菜花盛开的季节,微风吹过,漫山遍野波光闪烁,恰似一片黄色的海洋。无论在大名鼎鼎的西递、宏村、篁岭,还是途经的不知名的小村落,村里村外处处弥散着油菜花吐露的芬芳。樟树丛中花绽蝶舞,水汪汪的稻田里人勤牛欢,白壁、黛瓦、石牌坊,粉墨的山水画里深藏着一段段亘古的历史,浣女、木雕、马头墙,小桥流水的幽静难掩曾经的血雨腥风。

在泾县云岭,绵延起伏的山脉似在讲述着八十多年前那场震惊中外的"皖南事变",纪念馆里再现了当年新四军浴血奋战的惨烈场面,耳畔仿佛传来叶挺将军"抗战到底"的豪言壮语,眼前浮现出刺杀格斗、拼死突围的壮烈画面。而今,战争的硝烟已散尽,花枝招展,群峰肃立,似在祭奠着七千新四军将士的英灵。

桃花潭水翠绿幽深,流淌着李白和汪伦永远的情意。走在万村的雨巷里,我的脑海里不时浮现出一千多年前汪伦踏歌送友的壮观。眼下正是十里桃花绽放、万家醇酿飘香的季节,粉墙黛瓦掩映下的小巷,深邃而悠长。雨声滴答,脚下的砺石愈发厚重光滑,那长满青苔的墙角,总在收藏着陈年的旧事,那缓缓流淌的江水,似把动人的故事传扬。

春是一个多愁善感的季节,时而流泪,时而欢唱,百花齐放掩饰不住淡淡的忧伤。透过朦胧的雨幕,不由得让人浮想联翩,李白和汪伦那场跨越万水千山的深情之约,那段惺惺相惜的故事,还有那些穿越时空的记忆,在春光里逐渐清晰。

在这烟雨蒙蒙的青弋江畔,在东园古渡的石桥旁边,我驻足遐想,千余年前的此时,李白和汪伦究竟如何一起走过十里桃源,在眼前的万家酒馆饮得酣畅,又是如何依依惜别,谐奏出一曲踏歌相送的千古绝唱?

而今,垒玉墩安在,钓隐台矗立,彩虹岗上桃花含笑,千尺潭水清澈晶莹……一别千年,故人却化作雕像,伫立在时空的幕墙。

怀仙阁上笙箫协奏,琴瑟和鸣。我们站在古渡边的扁舟上,不停地向岸边挥手,一遍遍演绎着送别的场景。回眸岸边,不见故人,掩面叹息,此情只能长留心间。

在临溪依山的古村落里,桥是天然的饰物,那一座座大小不一、形态各异的石桥静卧在曲曲弯弯的溪河上,溪水淙淙泛起细浪,一群群种类繁多的水鸟扑腾着翅膀尽情地嬉戏。站在石桥上溯流而望,溪水像漂浮的玉帛,从远处顺流而下,那些柳枝、树影、浮萍,还有鸭鹅等,好像成了绸缎上的印花。我知道,这是人间三月最普遍的景色,算不上什么别致,可就因为这是最原始质朴的常态,所以往往会让人忽略。其实,我们应该在常态中去感受好的事物,不需要刻意寻找和修饰。你看,这缓缓流淌着的溪水,就是一种从容面对人生的思索和娓娓道来般的诉说……

"山重水复疑无路,柳暗花明又一村。"夜色朦胧,时间渐晚,大

岁月流过母亲河

家正为寻找落脚点犯愁时,又一座古村落突兀地出现在眼前,村头的农家客栈便是最好的留宿处了。停车观望,房前溪水涓涓一路欢歌,房后大片的油菜花香四溢,房间不大,但收拾得干净利落。墙角的农具,玻璃上的剪纸,案几上的插花,都散发着浓浓的乡土气息。那几扇窗户下,有一张修长的美人靠,倚着窗台,晚风徐徐吹来,美人靠上坐着一位女孩,她倾斜着身子,出神地遥望窗外,那副凝眸的样子,如水墨画般沉稳淡然。大家围坐在樟木桌旁,喝上一杯溪水茶,点上几道点心,听老板娘款款说解着老街旧事,介绍着她的生意和家史,那种幸福和满足让人羡慕,我们沉湎其中,仿佛也成了皖南的一员。

皖酒皆上品。屏息细闻,楼上楼下尽是女儿红的清香。朦胧的灯光下,笋干、腊肉、臭鳜鱼等几碟徽菜摆满一桌。同行的朋友中有位音乐达人,笛子、箫、埙等乐器样样精通且随身携带,酒过三巡,埙声起,歌声扬,划过寂静的夜空,似天籁之音,引得八方宾客洗耳恭听,掌声不断,也给这紧张的旅程平添了欢快和愉悦。

春雨贵如油。三月的江南,雨是不可缺少的,或三两滴,或连成串,或似瓢泼,淋在身上清清爽爽,并不觉冷。撑一把油伞走在田间地头,看春雨滋润着那些花儿、蔬菜和油茶,还有不知名的野草。穿行在黛顶白墙、黑白相映、古老幽深的小巷中,听着雨打石板的啪啪声,看小桥流水点缀其中,更是别有一番韵味。

雨过天晴,天地间弥散着丝丝雾气。那些临水而建的老宅,无论是屋顶还是高墙,都透着一层黑黝黝的光亮,瓦被浸润成青黛,砖恢复了浅灰,那斑驳陆离的旧墙愈显厚重沧桑,一如岁月的阴晴圆缺,见证着人间的悲欢离合,久而久之便承载着故事,化身为景观。听当地的老人介绍,这些世世代代居住的建筑,本不是供人欣赏的,更不是用来炫耀的。这样的构建主要是为了顺应山势,也为了防火、防盗、防潮。不管四季如何更替，不论时代如何变迁，也不管云卷云舒、晨起日落，平民百姓只是喜欢自己平淡清雅的生活，这恰如水墨的特质，也是徽派建筑的独具匠心之处。

雾气渐渐上升，泛舟太平湖，烟波浩渺，水天一色。远山更显朦胧，幽谷云雾迷蒙，湖畔沟沟坎坎上的作物翠绿鲜嫩、欣欣向荣，身临其境，如游在画中。

返回途中，登上高处的观景亭，徽州大地的风光尽收眼底。皖南这一方峰峦隽秀、溪河交织的土地，就是一张巨大的宣纸，这些河流山川组合成这张宣纸上气势恢宏的画面。置身画中，才能真正体会和理解绿水青山的神韵和美好，才能真正感受到心旷神怡的味道。自古徽女多勤劳，历史上，徽男多数外出经商，女人就成了里里外外的一把手。只见纯朴的徽女腰扎砍刀，步履矫健，穿梭在险峰之间，挖笋、采茶、播种、插秧样样在行。这动景，又给这幅天人合一的唯美画卷点上了浓墨重彩的一笔。

这神秘而古老的皖南哟，老街上每一块砺石都是一部厚重的史书；这清新典雅的皖南哟，稻草、树皮融合成的宣纸记载着昨天的沧桑和今朝的辉煌。

皖南，你是一首幽婉动听的江南恋曲，一幅秀美肃穆的山水画，一杯醇香醉人的壮行酒，一段风花雪月的不老情。

彩云之南，回味悠远

盛夏时节，有幸随考察团赴滇西考察文旅项目的运作管理模式。在滇期间，友人安排周到，政府与项目运营商介绍详尽。短短几日，受益匪浅，收获满满。考察之余也领略了滇西多姿多彩的自然风光、民族风情。

我们乘坐的飞机是下午四点左右抵达丽江三义机场的。当双脚踏上心驰神往的彩云之南，就感觉到天外的世界里处处弥漫着奇特旖旎的壮观：云在山中，山随云动，峻岭蜿蜒，河流纵横，那大片大片的蔚蓝把天和地紧紧相拥，无论从哪个角度观察，都是一幅壮美自然、天造地设的巨幅山水画。置身其中，让人感到自己既伟大，又渺小。伟大的是小小的我竟然也能被这幅巨作收入其中，渺小的是在这幅巨作中我只不过是一粒尘埃而已。

丽江，位于青藏高原东南缘，滇西北高原，金沙江中游，是国家历史文化名城，古代"南方丝绸之路"和"茶马古道"的重要通道。丽江古城始建于宋元时期，是国内保存相对完好的古城之一，虽历经地震、火灾等破坏，但几经修缮复原，仍保持了古色古香的原始风貌。城内的街道顺山势依溪水修建，以五花砾岩铺就，有四方街、木府、徐霞客纪念馆等重要街区和景点。穿行在夜幕下的古城街巷，但见古今交织，商铺云集，客栈林立，灯火阑珊，水车转动，杨柳拂面，小桥端坐，流水环绕，秩序井然而又热闹非凡。茶马古道上沉睡千年的五花石阶，像是早已适应了这里的四季轮回、繁华寂静，你来与不来，它都会心平气和地在此守候。侧耳细听，耳畔仿佛又传来纳西汉子叱马远征的喘息声，还有纳西姑娘送郎离家时的挥泪叮咛。在博物馆里纵观古今，40万纳西人民用自己的勤劳友善、睿智聪颖成就了一代代的繁衍生息和兴旺发达，纳西族成为世界民族之林的一棵长青之树。

翌日清晨，站在东巴观景台上放眼望去，玉龙雪山流淌不尽的涓涓细流，浇灌着滇西多情的土地，养育了如花的山地民族；那原始森林中一棵棵傲雪挺立的红豆杉，掩藏不住泸沽湖畔摩梭阿夏星夜走婚的身影；丽水金沙天人合一的万种风情，幻化成一缕自然优美的轻柔之风。仅一夜半天的时间，这座古城即存入了记忆深处。

来到大理，入住的酒店离洱海不足千米，漫步人行步道，一边欣赏着飞鹤展翅、苇蒲飘扬、荷花绽妍等湿地美景，一边去审视这个面积二百多平方公里，形如人耳、仙岛密布的淡水湖。远远可见洱海正敞开宽阔的胸怀笑纳来自天国的圣水，高原的秀川上荡起了层层欢乐的涟漪，桃源深处的古渡口水清波碧、鸥翔鱼跃，掠水的轻舟载着如诗的梦想探寻仙气凝聚的岛乡。蝴蝶翩翩却舞不出那份风花雪月编织的情网，泉水叮咚似在永恒地诉说着那个凄美动人的故事。远处崇圣寺清脆铿锵的钟声演奏着永镇山川的悠扬，苍山深处薄雾朦胧却昭示着旷古持久的巍峨。这里的空气清纯得一点杂质都没有，这里的宁静让你觉得踏实而又安逸。

临沧市因濒临澜沧江而得名，这里被称为"世界佤乡，恒春之都"，是佤族文化的发祥地。这里盛产普洱茶、滇红、野生菌、中草药……这里还有我亲如兄弟的好朋友。途经南汀河畔的滇缅铁路遗址，我们肃然起敬，深深地为当年边疆人民支援抗战、修建滇缅铁路的英雄壮举感动。驻足河岸，夏日的艳阳时时辉映着河水泛起的波光，这里23个民族的

岁月流过母亲河

260万群众世世代代依山傍水而居，和谐相处，相敬如宾。看，荷塘中那朵娇艳的奇葩，尽情享受着丽日的沐浴。听，傣家竹楼里芦笙奏出的阵阵欢声，涌动着深情的爱慕，悠扬的乐曲轻轻飘向热带雨林梦一样的仙境。相思林中，那一串串饱含炽烈与火热的红豆，串起了傣族姑娘小伙心中那份前世注定的情缘。

在大雪山上的古茶园，当地的茶农介绍，年复一年的风吹雨打和适宜的山地气候，让千年野生古茶树孕育出的忙肺茶散发出独特的芬芳，也算是普洱茶中的极品了。茶舍建在半山腰的古树丛中，各种工艺加工出的茗茶应有尽有。看着煮开的山泉水倒入杯中，茶尖在水里上下翻腾，品着上好的生普、熟普、红茶、白茶，听着古朴雄浑的彝族民乐，看风景，谈事业，叙友情，高山流水遇知音的感觉油然而生。晚宴是我的老领导、老朋友——永德县委书记宋正垠和嫂夫人在家里精心准备的，菜肴以当地民族特色为主，喝的是道地药材诃子酿制的药酒，我们也拿出了从家乡带来的兰陵美酒与主人们分享。山高林密，歌声悠扬，这一杯又一杯的美酒，饮不尽深深的祝福和思念，一首又一首的对唱，也见证着旷日持久的兄弟情长。

考察的最后一站是腾冲，夏日的腾冲更是繁茂明媚、温婉可人。和顺古镇是全国第一魅力小镇，明清古建筑疏疏落落围绕着整个坝子，有"华侨之乡""书香名里"的美名。自古以来，它坐山拥水的仙境，令众多的文人墨客心旌神摇。这里，马帮掠过，驼铃声声，留下的故事口口传承。元龙阁上登高望远，青山沃野秀色可餐，俯瞰近处，野鸭白鹭翻飞、小桥流水、荷塘遍布，"杨柳岸边留燕影，藕花深处听蛙声"的景象一览无余。镇上家家尚书，户户崇礼，中西文化兼容，极边第一城的美誉气贯长虹。坐在街头的小吃铺，我们还尝到了"大救驾""头脑""松花糕"等美食。

穿越古镇，绕山前行，但见远岫浮岚热海翻腾，秘林胜景演绎着亘古不变的热情，这就是中国三大地热区之一——腾冲热海了。这里青山环抱，珍木荫翳，野芳清香，怪石嶙峋。它是一个森林热谷，山谷密林中、崖壁间、地面上，到处都有热气喷涌而出，云蒸霞蔚，恍若仙境。一瀑自山涧飞流而下，热气腾腾，数十处热泉沸沸扬扬，喷薄竞涌，遍地突突作响，整个山谷，热浪翻滚，别有一番景象。这里有气势恢宏的"大滚锅"、晶莹剔透的"珍珠泉"、温润柔和的"美女池"、惟妙惟肖的"蛤蟆嘴"，还有狮子头、鼓鸣泉及澡堂河瀑布等等，百姿千媚，魔幻神奇。置身其中，仿佛走进了一个天然的桑拿浴室，风光殊色又舒服惬意。

不知为什么，当我们路过国殇墓园的时候，忽有雨丝自天空飘落，我知道，这是上天在提醒我们该去拜谒一下那些以身殉国的先烈们。腾冲国殇园是第二次世界大战期间，在中国远征军收复滇西、策应密支那抗日作战取得胜利之后，为纪念攻克腾冲的第二十集团军阵亡将士而修建的烈士陵园。这里，9168名远征将士的英名，深深镌刻在国殇园的墓墙上，他们可歌可泣的战绩，永远彪炳史册，千古颂扬。站在纪念牌前，我们手捧鲜花，行三鞠躬礼。此时，雨还在淅淅沥沥地下着，这是为近万名风华正茂的中华儿女英勇捐躯的壮举垂泪，他们中有的甚至连名字和故乡都无从查起。我会永远铭记那些刻在墓碑上的铭语，还有那些融入岁月深处的记忆。

短暂的滇西之行，使我更多地了解了这方土地的历史文化和风土人情。美丽而富饶的彩云之南，四季的缤纷与岁月的安宁共同谱写出天地间绝美的篇章；神秘而多情的七彩云南，诗的婉约与爱的洒脱携手征服了世间秀丽的山川。感谢大自然和造物主的独具匠心，将如此美景呈现在人间，风情万种的滇西让我依依难舍。

彩云之南，回味悠远。

岁月流过母亲河

我在郯国古城等您

盛世太平,抚今追昔,我在郯国古城等您。让时光倒流三千年,让我们穿越时空,来体验古郯文化的博大精深,古郯大地的富饶秀美。

这里,花团锦簇大殿巍峨,文武百官正襟危坐,歌舞升平风光奇特,泱泱华夏郯国显赫。这里,有许多故事广流于世,有许多传说妇孺皆知。其中,耳熟能详的该是"以鸟命官,孔子师郯"和"鹿乳奉亲,孝行天下"了。

据史料记载,鲁昭公十七年(公元前525年)郯子第二次朝鲁时,昭公盛宴款待。席间,鲁大夫问起远古帝王少昊氏以鸟命官的来由。郯子对答如流,说:"少昊是我们的高祖,我知道以鸟命官的道理。从前黄帝以云来记事,因此他的百官都以云命名;炎帝以火来记事,因此他的百官都以火命名;共工氏以水记事,他的百官都以水命名;太昊氏以龙记事,他的百官都以龙命名。我的高祖少昊挚即位的时候,恰遇凤鸟来仪,因此就根据鸟类的体系确立国家各管理部门的体系及管理制度,设置各部门首长,首长的名称都根据鸟的名称命名。例如,凤凰是吉祥的神鸟,它一出现天下就平安多福,它是知道天时的,历正是主管历数正天时的官,故叫凤鸟氏;玄鸟即燕子,它们春分飞来,秋分离去,故命掌管春分和秋分的官为玄鸟氏;伯赵就是伯劳鸟,它夏至开始鸣叫,冬至停止,所以掌管夏至、冬至的官职以它命名;青鸟就是鸧鸪，它在立春开始鸣叫，立夏停止，所以掌管立春、立夏的官员以它命名；丹鸟即雉，它立秋来，立冬离去，故掌管立秋、立冬的官员以它命名。以上这四种鸟都是凤鸟氏的属官。另有五鸠氏掌管社会事务，例如，祝鸠氏就是司徒，祝鸠非常孝顺，故以它命名主管政教。颛顼帝发布'绝地天通'令后，官员不能以原来的天瑞命名了，就用就近的民事来命名，于是设立百姓的长官，其职位就用民事来命名，而不像从前那样以龙、鸟命名了。"郯子语惊四座，得到了大家的赞誉。学识渊博的孔子当时27岁，在鲁国创办学校，为人师表。他听说了郯子这番话之后，前去拜见郯子求教。韩愈《师说》中"孔子师郯子"这句话即出于此，保存在曲阜孔庙内的《圣述图》内有一幅插图叫《学于郯子》，讲的也是"孔子师郯子"的故事。孔子"问官"这个与郯国有关的历史典故，两千五百多年来一直为人们所珍视，至今仍是研究古代官制形成和远古民族演革的典籍。

《二十四孝》是元郭居敬编撰的一部宣扬封建孝道的书。此书集历史上二十四个人物的"孝行"编成，后配上应景图画，通称《二十四孝图》。其中，郯子因"鹿乳奉亲"而一直被视为楷模。第五幅图中记载："周代的郯子，非常孝顺。父母年老时，双眼都患上了疾病，几近失明。郯子求医问得需用野鹿乳疗伤。于是郯子就披着鹿皮化妆成鹿，混进了马陵山深处的鹿群之中，择机取些鹿乳回家供奉双亲。一次，被一个猎人遇见了，正要用箭射他，郯子从鹿群中站起来把实际情况告诉了猎人，猎人遂被孝心感动。"后来，郯子因仁孝且德威兼备而成为国君。《二十四孝图》在民间广为普及，历代统治者都视郯子为德、孝、仁、雅的化身。

历史上，使郯国名声大噪的还有一件事。孔子周游列国到郯国时，在城北十里铺遇到晋国的学者程琰本，两人谈论礼乐诗歌难舍难分，连车盖都倾斜了,仍未察觉,一直谈到桑树影子明显移动了位置,留下了"倾盖而语,终日甚亲"的佳话。据《孔子家语》记载,孔子与程子临别时,告诉子路"取束帛以送先生",表达了难舍难分的浓浓情谊。后人为纪念孔子来郯,在城北十里铺建一"倾盖亭",称其所登山峰为"孔望山",峰顶石楼为"望海楼",列为古郯八景之一。

古郯物华天宝,人杰地灵,皇亲贵族王相辈出,郯子、后苍、于定国、何承天、鲍照、徐陵、孝妇周青……群贤毕至,仁义满堂。1929年秋,革命先驱刘之言在马头创建的中共鲁南第一支部,是鲁南党的摇篮,他播下的火种已成燎原之势代代相传。

这里,银杏林立,植被茂密。古城西南有一银杏王,树高47米,胸径2.3米,胸围7.1米。当地群众称之为"老神树"。据史料记载,该树距今有三千年的历史,为郯子亲手所植。虽历经磨难,但"老神树"至今体态健硕,枝繁叶盛,巍然矗立,冠全国银杏雄树之首。

古城韵雅,风光无限。漫步在灯火辉煌的御街幽巷,飞檐斗拱畸角力挺,衣袂飘飘心安神宁,东街的美食,西坊的夜市,让你垂涎欲滴,乐此不疲。祈福阁高耸,音乐喷泉流光溢彩,无论是王宫大殿,还是御街、小巷、花园,处处载歌载舞、灯火辉煌,古筝幽婉琴瑟谐鸣,荡涤肺腑回味悠远,古城处处都在欢唱着祝福祖国的歌。这古今交织、百业兴旺的美景就是盛世中华的缩影。

古城文化气息浓厚,间有古迹点缀,史痕昭然。一贯书院是在郯国御街上复原的一个重要文化节点,院内钟磬石耸立,藏书阁雅致,供有"三圣""四贤"像。通过"古郯书香,弦歌高唱""国学殿堂,文华流光""杏坛荟萃,凤舞鸾翔"三大部分展示了书院在郯地文化传承中的重要作用,国学讲堂更是栩栩如生地重现了曾子讲学的场景。郯子庙为历代社会名流所神往,不少达官贵人、才子佳人前来拜谒瞻仰,留下许多脍炙人口的诗文。在郯子庙大殿前精雕石柱上的楹联"居郯子故墟纵千载犹沾帝德,近圣人倾盖虽万年如坐春风",至今人们仍广为咏颂。东海郡始于秦代,治所在今郯城县,自秦末汉初到"永嘉南渡"之前,东海郡是全国文化的汇集地和至高点。这里名人辈出,望族累聚,鸾翔凤集,留下了很多历史印记和人文胜迹。复原的东海郡府,展陈了东海郡、徐州刺史部的历史沿革、历史人物、兵法兵器等,充分展示了古徐州的历史和徐氏、王氏等望族历史文化。另有古郯文化博物馆、非遗文化馆等,以郯城悠久的历史文化和郯地人的智慧才干为依托,围绕"记忆与传承"这一展览主题布展,内容丰富多彩,让人们眼界大开,博古通今。

郯王宫的后花园泉水叮咚,绿树掩映,朱雀尊贵,玄武神猛,一座高科技的飞行影院坐落园中。坐在5D技术的荧幕前,8分钟的时间飞越华夏,神州胜景一览无余。我感叹现代科技的突飞猛进,千百年来,王侯将相享尽荣华,但无论如何也不会想到当今会有如此神奇的声光效应。

登上古城楼,东望马陵山,公元前341年的马陵之战,孙膑、庞涓曾在此斗智斗勇,同室操戈,留下千古绝唱。如今,层峦起伏,秋色烂漫,气象万千,历史的尘埃早已落定,古战场上的血雨腥风都化作了天边绚丽的彩虹;近观,沭河如玉带蜿蜒,奔流向前,承载着古郯文化源远流长。

这段时间,每每陪着朋友们漫步古城,言谈中无不惊诧于古城设计者的匠心独具和建设者的鬼斧神工,喝彩不断,乐而忘返。这就是郯国古城,一颗光彩夺目、雍容华贵的艺术瑰宝,一座横空而出、气势磅礴的神秘宫廷。

我在郯国古城等您。看,满地洒落的金黄,树梢摇曳的红枫,煦暖的阳光普照着古城的角角落落；听，王宫大殿悠扬的钟声，耳畔鸟儿欢快的奏鸣，还有友人的牵挂叮咛。特别是眼前这份欣欣向荣、造福千秋的事业，无时无处不让我深深感动，虽秋凉已至，但心底涌起的那股暖流瞬间传遍全身。

千年时光，一城尽览。让我们乐享其中找寻旧梦，共同体验这里的古朴淡雅，这里的清幽厚重，这里的繁荣昌盛，这里的美丽多情。

后 记

徜徉文海品味人生

人生的最高境界除了要有信仰，有爱好也很重要。工作之余，我喜欢徜徉文海，漫步诗苑，含英咀华，赏心悦目。虽没有生花的妙笔，敏捷的才思，但一路走来左右观赏，朝花夕拾，感慨颇多，收获满满。

唐诗、宋词和元曲，是我国古典文学的三大代表体裁。作品或豪放，或婉约，都浓缩了中华文字的精华。其内容丰富，题材多样，名家辈出。唐诗是最精粹的语言艺术，其中不乏中国古典诗歌史上无与伦比的佳句。唐诗多借物言志，借景抒情，既有李白"飞流直下三千尺，疑是银河落九天"的磅礴，又有白居易"千呼万唤始出来，犹抱琵琶半遮面"的婉约，更有杜甫"车辚辚，马萧萧，行人弓箭各在腰"的沉郁。读来朗朗上口，让人浮想联翩，流连其中。词源于唐，盛于宋。宋词是词中的经典，与唐诗一样，文采斐然、韵律优美，是古韵文字的精华，成为宋代的代表文学。如辛弃疾的词"马革裹尸当自誓，蛾眉伐性休重说"，显示出了军人的勇毅和豪迈自信，李清照的《如梦令》则点出了酒醉、花美，具有清新别致的情调。与唐诗、宋词并称的元曲，意境广阔，内容新颖、丰富，形式灵活、自由，如关汉卿的《窦娥冤》，故事情节起伏跌宕，引人入胜，体现了他"言言曲尽人情，字字当行本色"的语言风格。无论是唐诗、宋词，还是元曲，读来都抑扬顿挫，喜怒哀乐深锁其中，许多佳作脍炙人口、流芳万世，是中华之瑰宝。

对古诗文，我只有欣赏的才情，感叹于古人的锦句妙语、精雕细琢，却深研不了，更谈不上创作了。

现代诗不囿于格律，几乎可以随心所欲，自然地从心间流淌到笔端，又没有之乎者也这些长吁短叹的虚词。像徐志摩的《再别康桥》、席慕蓉的《七里香》《无怨的青春》、余光中的《乡愁》、朦胧派诗人舒婷的《致橡树》等，多写爱情、人生、四季、故乡，写得淡雅剔透，抒情灵动，饱含着对生命的挚爱真情，对愿想的眷恋神往。写散文无须考虑平仄和押韵，可以不拘泥于表达的方式，酣畅淋漓地抒发自己的爱恨情仇，往往文字优美，意境逼真，形散而神不散。如茅盾先生的《白杨礼赞》、朱自清的《荷塘月色》、冰心的《樱花赞》、余秋雨的《文化苦旅》等大家都百读不厌，沉浸其中。

我喜欢用文字记载自己的心路，比较偏爱散文和现代诗，尤其是散文。翻翻以前写的那些长诗短句、散文杂谈，记载的多是亲情、友情、乡情，借景抒情，借物喻人，有感而发，把自己的经历偶得、感悟拾语，用文字记录下来，唯恐忘却。感慨多，想多写了，就用散文铺开，情景交融，娓娓道来，欢乐忧伤跃然纸上；不想多写了，就以诗抒怀，少则三五行，多则几十行，记下当时心情足矣。写作是不需要压力的，不像面对读书时老师出的命题作文，有时苦思冥想也找不到华丽的辞藻，为了完成任务只能绞尽脑汁地东拼西凑。一篇文章酝酿久了，有一种不写出来不足以发泄的冲动，一旦抬笔就一发而不可收。有时半夜醒来也可能文思泉涌，妙语连珠，一气呵成。自己写的东西自己喜欢就达到了目的，没必要在乎别人的评头论足。写东西不应为了发表，不是去哗众取宠，揭伤疤，炫欣喜，而是记载心路和感悟。有时静下心来，读读几年甚至几十年前所写的文章，觉得有的显得青涩、平淡，甚至苍白无力，思想性不够强。但置身其中，又是另一番滋味，那些或深或浅的记忆，那些曾经伴我成长的人和事，总能在脑海中呈现，回味悠长。

闲来无事时品一首小诗，读一篇散文，看一部小说，从一些不朽的传世佳作中，不仅能够领略壮丽山河、历史变革、风土人文、情感变幻、奇闻逸事等，还能够学到许多写作技巧和悟事、修身、养性、齐家的道理。如果自己动动笔，记录一下精彩的瞬间和经历，分享人生感悟与得失，更是一件平凡而又高尚的事情。人生短短几十年，肉身腐朽后，留下的便只有文字和文字彰显的思想和精神了。

回顾自己三十多年业余写作的历程，酸甜苦辣尽在其中。"昔者庄周梦为蝴蝶，栩栩然蝴蝶也……"徜徉在文海中，会让你如沐春风，波澜不惊，从容淡定，品味诗意人生。今天，在众多领导、同事、同学、文友的支持鼓励下，鼓足勇气翻出发表在各类报纸杂志上的部分拙作结集而成《岁月流过母亲河》，也算是给未来留下个真切美好的回忆。感谢著名书法家李岩选老师题写书名，感谢许晨老师为集子作序《岁月浪花上的歌》，感谢张岚主席撰写评论《用温情的书写追问世界》，感谢胡英子女士挥洒自如的点评《此心安处是吾乡》，感谢山东文艺出版社的编辑老师为作品出版发行付出的辛勤努力。因本人才疏学浅，书中文章难免有文不对题、词不达意之处，更有错别字散落字里行间，还请各位方家多多包涵并批评指正。

李　剑

2022年6月于郯国古城贰号院